Nic Blake e os Notáveis

Outras obras da autora publicadas pela Galera Record

O ódio que você semeia

Na hora da virada

Uma rosa no concreto

ANGIE THOMAS

NIC BLAKE E OS NOTÁVEIS
A PROFECIA DO MANIFESTOR

Tradução
Thais Britto

1ª edição

GALERA
junior
RIO DE JANEIRO
2023

CAPA
Capa adaptada do design original
de Jenna Stempel-Lobell

IMAGEM DE CAPA
Setor Fiadzigbey

PREPARAÇÃO
Gabriela Araujo

REVISÃO
Cristina Freixinho

TÍTULO ORIGINAL
Nic Blake and the Remarkables

CIP-BRASIL. CATALOGAÇÃO NA PUBLICAÇÃO
SINDICATO NACIONAL DOS EDITORES DE LIVROS, RJ

T38n
    Thomas, Angie
        Nic Blake e os notáveis : a profecia do Manifestor/ Angie Thomas ; tradução Thais Britto. - 1. ed. - Rio de Janeiro : Galera Júnior, 2023.

        Tradução de: Nic Blake and The Remarkables : The Manifestor Prophecy
        ISBN 978-65-84824-13-3

        1. Ficção. 2. Literatura infantojuvenil americana. I. Britto, Thais. II. Título.

23-84218
        CDD: 808.899282
        CDU: 82-93(73)

Meri Gleice Rodrigues de Souza - Bibliotecária - CRB-7/6439

Copyright © Angela Thomas 2022

Todos os direitos reservados.
Proibida a reprodução, no todo ou em parte, através de quaisquer meios.
Os direitos morais da autora foram assegurados.

Texto revisado segundo o Acordo Ortográfico da Língua Portuguesa de 1990.

Direitos exclusivos de publicação em língua portuguesa somente para o Brasil
adquiridos pela
EDITORA GALERA RECORD LTDA.
Rua Argentina, 120 - Rio de Janeiro, RJ - 20921-380 - Tel.: (21) 2585-2000,
que se reserva a propriedade literária desta tradução.

Impresso no Brasil

ISBN 978-65-84824-13-3

Seja um leitor preferencial Record.
Cadastre-se e receba informações sobre nossos
lançamentos e nossas promoções.

Atendimento e venda direta ao leitor:
sac@record.com.br

Em homenagem a Virginia Hamilton e a todos os ancestrais que sabiam que éramos capazes de voar.

UM
CÃES DO INFERNO, ESPÍRITOS E PARABÉNS PRA VOCÊ

Quando meu melhor amigo JP fez 12 anos, ganhou um celular de presente dos pais. Aquilo foi bem impressionante porque 1) o JP perde tudo, e 2) os pais dele acham que celulares são como "colocar o diabo na discagem rápida". (Eu nem sabia que o diabo tinha celular.)

Já Alabama McCain, que mora lá na rua, ganhou de aniversário de 12 anos um casaco de moletom que já tinha sido usado por um músico da banda de K-pop favorita dela. Meio bizarro, mas não tão bizarro quanto se chamar Alabama, ainda que a pessoa tenha nascido no Mississipi.

Sean Cole ganhou um quadriciclo quando fez 12 anos. Agora ele vive dirigindo aquele negócio pelo bairro, derrubando as latas de lixo. A mãe dele diz que é só coisa de garoto. Eu já acho que é coisa de idiota.

No meu aniversário de 12 anos vou superar todos eles. Meu pai vai me ensinar a usar o Dom, e aí finalmente vou poder ser uma Manifestora de verdade. Mas primeiro preciso capturar um cão do inferno.

Caminho pela floresta na ponta dos pés para não esmagar nenhuma folha. Na aula de ontem em casa, meu pai disse que os cães do inferno conseguem ouvir barulhos a centenas de quilômetros. Acho que consigo sentir o cheiro de um cão do inferno a centenas de quilômetros. O que quer que seja esse negócio, está empesteando a floresta com cheiro de ovo cozido e salgadinho.

— Lembre-se do que te falei, Nic Nac — diz o papai. A voz dele ressoa em volta de mim, como se estivesse falando num interfone. — Procure pelos sinais. Cães do inferno sempre deixam um rastro.

Um rastro de quê? De fedor?

Seco a testa com o braço. Era de imaginar que oito da manhã fosse cedo demais para estar suando, mas é bem normal no Mississipi no fim de maio. O sol brilha em meio às arvores, e o ar está grudento de tão denso; parece que estou andando dentro de um pote de doce de leite.

Seguro com força o cabo da rede. Ela é feita de cabelo de gigante, um dos materiais mais resistentes do mundo. Embora eu tenha dado uma viajada durante a maior parte da palestra de uma hora do meu pai, lembro que cabelo de gigante é uma das poucas coisas que cães do inferno não conseguem mastigar. Também lembro que cães do inferno cospem fogo. Então vou procurando os sinais. Folhas queimadas, terra revirada…

Fumaça. Mais à frente, uma coluna de vapor sobe pelos ares. Onde tem fumaça, tem cão do inferno.

Ando na ponta dos pés naquela direção e, bum, lá está ele, numa clareira. Tem pelo marrom arrepiado, e a *criatura* tem chifres, o que significa que na verdade é uma *fêmea*. É do tamanho de um tigre e está roendo um osso quase tão grande quanto ela. É, antes o osso do que eu.

Agora, vamos capturar essa coisinha. Se eu soubesse usar o Dom, seria moleza. Mas nãããão.

— Você é muito nova para aprender — explicou meu pai. — O Dom não é um brinquedo. Espere até fazer 12 anos.

— Essas regras são uma porcaria — respondi.

Para minha sorte, hoje faço 12 anos, então a partir de agora: adeus, regras. Mas neste exato momento a única coisa que tenho é minha rede. Levanto a mão e me aproximo da criatura. Boa menina. Não preste atenção a esse belo banquete andando na sua direção...

E entããããão ela me vê. Fico paralisada.

— O cão pode farejar medo, Nic Nac — avisa meu pai. — Não se assuste.

Diz o cara que não está a 1 metro de distância de um cão do inferno.

Não, não vou desistir assim. Uma de nós vai atacar primeiro, e vou ser eu.

Dou um passo.

Ela rosna e dá um passo também.

Dou mais um passo.

Ela avança na minha direção.

Quase faço xixi nas calças.

Ela então me empurra e me joga no chão.

Fico soterrada sob dezenas de quilos de cão do inferno. O futum faz meus olhos arderem. Nunca mais vou dizer ao Sean que ele fede. Se é que vou vê-lo de novo. Provavelmente estou a alguns segundos de encontrar os anjos nos portões celestiais.

Mas então a criatura se afasta. Ela tem cheiro de queijo (o que não é ótimo, mas também não é tão ruim) e, em vez de arrancar minha cabeça, lambe minha cara. A floresta desaparece, e de repente estou no jardim de casa. O cão do inferno gigantesco que cuspia fogo é, na verdade, um filhotinho balançando o rabo.

Meu pai está em pé no pátio, rindo.

— Feliz aniversário, Nic Nac.

Com um movimento da mão, ele desfaz o restante da ilusão que criou junto com o feitiço de ocultação para que os vizinhos não percebessem que o jardim tinha virado uma floresta. Meu pai é um Manifestor dos bons. Conseguiu fazer essa bolinha de pelo parecer dez vezes maior. Na vida real, ela é do tamanho de uma caixa de sapato.

Limpo a baba da cachorrinha da minha bochecha.

— Ela é minha?

— Não vou citar nomes, mas alguém vinha *sim* me perturbando para ganhar um cão do inferno ou um dragão. Como o dragão não vai rolar, ficamos com o cão.

Abro um sorrisão.

— Tá vendo só? Sabia que você ia acabar concordando.

— Pode conter essa euforia aí, Nic Nac. Acredite, se quiser ficar com essa cadelinha, vai ter que seguir algumas regras.

— Pode falar!

O papai ergue a sobrancelha.

— Quem é você e o que fez com minha filha? Porque a Nichole Blake que eu conheço odeia regras.

— Maçã — digo, apontando para mim. — Árvore — finalizo, apontando para ele.

Ele ri.

— Essa foi boa, senhorita Blake. Essa foi...

— O que estão fazendo?

Eu e meu pai damos um pulo de susto.

— JP — meu pai cumprimenta, respirando fundo. — Bom dia pra você também.

Meu melhor amigo está espiando por cima da cerca que separa nossos jardins. JP é o segundo amigo que fiz na vida. O primeiro foi uma garota chamada Rebecca que participava do mesmo grupo que eu de crianças que estudavam em casa, em Atlanta. A gente compartilhava um amor pelo biscoito Oreo. Achei que nunca teria uma amiga como ela de novo até JP aparecer. Quando o conheci, ele estava usando camisa social e uma gravata-borboleta, como se estivesse pronto para ir à igreja no domingo e não à aula do quinto ano numa terça-feira. Mas ninguém o obrigava a se vestir daquele jeito. Ele simplesmente gostava de gravata-borboleta.

O garoto estendeu a mão e disse:

— Meu nome é Joshua Paul Williams. Pode me chamar de Joshua Paul.

A gente o chama de JP. Às vezes de Pastor JP por causa das gravatas. Além disso, o pai dele é realmente um pastor, e JP tem o rosto cheio de sardas, a barriga meio roliça e o cabelo castanho curto igualzinho ao pai.

Além de mim, JP é a única criança negra da rua, mas nem é por isso que somos amigos. Ele é o único que não me considera a garota esquisita que tem aulas em casa. Além disso, não estou cem por cento certa de que JP sobreviveria sem mim. Nem estou dizendo isso porque ele é um Mediano (alguém que não tem o Dom nem nenhuma habilidade sobrenatural; quase todo mundo aqui é Mediano). Estou dizendo isso porque ele é puro caos.

JP ajeita a cordinha que segura os óculos.

— Desculpa se assustei vocês. Minha mãe diz que eu sou mais silencioso que uma cobra de pantufa.

— Hã... Cobra não tem pé — corrijo.

— Mas mesmo assim entendo o que ela quis dizer — acrescenta meu pai. — Há quanto tempo está parado aí, rapazinho?

JP dá de ombros.

— Não muito.

O lance é que a maioria dos Medianos não sabe da existência do Dom ou que criaturas notáveis existem de verdade. Além disso, eles não conseguem nem enxergar essas coisas. Mas as ilusões são a única coisa notável que os Medianos conseguem ver, de tão poderosas que são. Por sorte, o feitiço de ocultação deve ter impedido que JP visse a ilusão que meu pai criou, e minha cadelinha deve parecer uma cachorrinha normal para ele. Mas existe uma chance pequena, micro, de que ele tenha visto *alguma coisa*. Esses momentos às vezes rolam com os Medianos. Normalmente eles acabam deixando a coisa toda de lado e dizem que deve ser a própria imaginação pregando peças.

— Senhor Blake, minha mãe perguntou se a Nic vai com a gente hoje à noite na sessão de autógrafos e se eu posso ir ao museu com vocês amanhã — diz JP. — Ela mesma teria vindo aqui perguntar, mas fica meio tímida quanto te encontra; ela acha o senhor lindo. Não conta pro meu pai que falei isso!

Ecaaa!

— JP! Essas coisas não se falam!

— É a verdade!

Meu pai balança a cabeça. Nós já moramos em dez bairros diferentes até hoje — sim, estou contando —, e meu pai teve um fã-clube em cada. Ele é alto, magro, tem covinhas quando sorri, a pele marrom-escura, dreads pretos e tatuagens cobrindo os braços. Sabe como é ter o pai bonitão do bairro? Nojento. Tenho vontade de vomitar o tempo inteiro.

— A Nic pode ir, sim — responde ele. — E você pode vir com a gente amanhã. Diga a sua mãe que agradeço por levarem a Nic hoje à noite.

— Sim, senhor. Nem acredito que vamos conhecer o TJ Retro!

— *E* ele ainda vai autografar nossos livros — acrescento.

JP e eu somos os presidentes não-oficiais-que-deveriam-ser--oficiais do fã-clube de TJ Retro (também somos os editores oficiais da página não oficial dele na Wikipédia). Lemos os livros dele sobre Stevie James umas cem vezes. São sobre um garoto adotado, Stevie, que descobre ser um mago e começa a frequentar a escola preparatória de magia com os amigos Kevin e Chloe. Um dia ele ainda vai ter que duelar com o mago mais malvado do mundo, o Einan.

Os magos e sua magia me lembram um pouco dos Manifestores e do Dom, mas, na vida real, o Dom é mais poderoso do que mágica. Veja bem, o Dom é um poder inato que vive em nós, os Manifestores. Mágica, por outro lado, é apenas uma corruptela do Dom. É difícil de controlar e superdestrutiva. Além disso, na vida real, para fazer mágica é preciso uma varinha, e elas param de funcionar depois de um tempo. Nós, Manifestores, não precisamos de varinhas.

Então, ainda que os livros de Stevie não sejam muito precisos, são bem legais. O terceiro livro da série foi lançado semana passada, e o sr. Retro está fazendo uma turnê de lançamento que chegou aqui em Jackson hoje. Eu e JP nos seguramos para não ler o livro novo e estamos evitando todos os spoilers até conseguirmos pegar nossos exemplares autografados. Disciplina, temos por aqui!

— O bom e velho TJ Retro e seus livros imprecisos — murmura meu pai.

— Como é que livros sobre magia poderiam ser precisos, senhor Blake? — pergunta JP. — Magia não existe.

— Pois é, pai, como é que eles poderiam ser precisos? — reforço.

Ele olha para mim de canto de olho, e dou uma risada. Meu pai odeia livros sobre magia. Ele os chama de "histórias inventadas escritas apenas pelo lucro". Bom, tecnicamente todo livro é uma história inventada escrita para ter lucro, mas não vou roubar o momento de reflexão do cara.

Ele pigarreia.

— Só não são muito minha praia, JP.

— Em outras palavras, ele tem mau gosto — opino.

Meu pai me dá um mata-leão de leve.

— Repete.

— Me solta! — grito, rindo.

Ele me dá um beijo bem molhado no topo da cabeça.

— Eu tenho bom gosto — rebate ele, me soltando. — Tenho o melhor gosto. Lembre-se disso.

— Você que pensa — respondo, e meu filhote de cão do inferno pula nas minhas pernas. — Olha, JP. Finalmente ganhei um cachorrinho.

Como JP é um Mediano, não consegue ver a fumaça que ela solta ao latir nem os pequenos chifres em sua cabeça. Mas JP mal olha para ela.

— Ah, tenho que ir. O primeiro dia da escola bíblica de verão só começaria atrasado se fosse pra esperar Jesus chegar. Feliz aniversário, Nic!

Ele desaparece atrás da cerca, e fico intrigada.

— Do que ele está falando?

— Com o JP nunca dá pra saber — responde meu pai. — Vamos lá. Precisamos começar a aula de hoje.

As outras crianças de Jackson já entraram de férias no começo da semana, mas as aulas em casa com meu pai duram o ano inteiro. Mas hoje não tenho nenhum problema com isso. Hoje é dia de aprender o Dom! Hora de finalmente virar uma Manifestora de verdade.

É que embora a gente já nasça com o Dom, precisamos aprender a usá-lo e, além disso, há muitas formas de usar. As mais fáceis são os feitiços e os jujus, que controlam os elementos. Podemos fazer coisas tipo criar fogo com as mãos ou fazer jorrar água do chão. Se fizermos com boa intenção, é um feitiço. Com má intenção, é um juju. Também podemos usar a mente para materializar objetos, criar ilusões e mais um monte de coisas. Pode levar anos para aprender a controlar o Dom, e os Manifestores continuam descobrindo novas maneiras de usá-lo todos os dias. Nem preciso aprender muito, mas, poxa, eu queria pelo menos saber fazer *alguma coisa.*

A cachorrinha vem correndo atrás da gente quando entramos em casa. Já moramos em Jackson há dois anos. Antes disso foi Nova Orleans, antes de lá foi Memphis, Atlanta, Charleston, Washington, Nova York. Enfim, basicamente já moramos em muitos lugares. Meu pai me deixou decidir qual seria a cidade dessa vez, e escolhi Jackson. Não sei explicar muito bem, mas tinha a sensação de que eu precisava vir pra cá.

E não é por nada, não, mas fiz uma bela escolha. Esta casa é uma das minhas favoritas entre aquelas em que já moramos. Tem dois andares e um porão, e fica num bairro meio artístico chamado Fondren. Uma vez por mês acontece um festival envolvendo a vizinhança inteira e, aos domingos, meu pai e eu vamos comer cheeseburguer com milk-shake num restaurante que fica a alguns quarteirões.

Sinto que realmente estamos em casa aqui, mas a qualquer momento meu pai pode simplesmente dizer: "Ei, está a fim de uma mudança de ares?", o que na verdade significa: "Ei, um Mediano me flagrou usando o Dom, então vamos cair fora." Isso acontece muito.

Da cozinha ouvimos um rugido que chega a tremer a porta que dá no porão. Eu me sento na bancada.

— É aquele demônio que você capturou na mansão do governador?

Meu pai faz um gesto com a mão, e uma luz se acende por debaixo da porta do porão. O demônio solta um grito.

— É. Já é o segundo em duas semanas. Estou te falando: eles amam aquele lugar.

Meu pai trabalha como faz-tudo aqui em Jackson. Os Medianos não sabem que oitenta e cinco por cento dos problemas que enfrentam em casa são causados por espíritos, demônios, carniçais e outras criaturas notáveis. Da parte que não é causada por essas criaturas, doze por cento pode ser consertada facilmente com o Dom. No caso dos três por cento restantes, só uma chave de fenda e muita oração.

— Beleza, Nic Nac — concorda meu pai. — Teste rápido: quando foi que os Manifestores receberam o Dom pela primeira vez?

Ah, cara, lá vem ele com isso. Estou aqui esperando a aula de Dom, não um teste. Mas não tem jeito.

— Nossos ancestrais foram agraciados com o Dom pela primeira vez quando ainda eram escravizados — respondo. — Receberam o Dom para que conseguissem fugir e conquistar a liberdade.

— Tem certeza?

Ai, caramba. Essa pergunta me deixou na dúvida.

— Huuum… acho que tenho?

— Desculpa, filhota. Hoje você errou. Lembre-se do que sempre falo: nada relacionado a *qualquer* pessoa negra começou na escravidão. No nosso caso, dos Manifestores, o Dom surgiu pela primeira vez para nossos ancestrais, os Wallinzi, na África. Vamos nos concentrar neles na aula de hoje.

— O quê? Mas… achei que você ia me ensinar a usar o Dom. Hoje é meu dia de aprender, esqueceu?

Meu pai franze a testa.

— É?

— É! No meu aniversário de 11 anos, você disse que eu podia aprender quando fizesse 12. Antes, quando fiz 10 anos, você disse que eu ia aprender quando fizesse 11…

— Não lembro...

— *E* no meu aniversário de 9 anos, você disse que eu podia aprender quando fizesse 10.

— Isso já faz tempo. Tem certeza?

Aperto os lábios.

— Pai, isso não é justo. Você me disse que aprendeu a usar quando tinha 12 anos.

— Aprendi. Também cresci achando que o Dom era um jeito rápido e fácil de consertar tudo, e não é para...

— Usar de brincadeira.

— Pode haver...

— Consequências reais.

— Você pode se machucar ou...

— Machucar os outros — completo. Já ouvi tudo isso um milhão de vezes. — Só quero aprender a fazer coisas simples, tipo criar uma ilusão pra fingir que meu quarto está limpo ou me vingar dos haters na internet.

— *Ou* você poderia de fato limpar seu quarto. Por favor, limpe. Senti cheiro de algo podre lá outro dia. E com certeza não vou te ensinar a usar o Dom com os haters da internet. Você vai acabar se enrolando e fazendo algum pobre garoto por aí perder os dentes.

Arregalo os olhos.

— Dá pra fazer isso com o Dom?

Meu pai me lança um olhar de censura.

— Como eu disse, o Dom não é um jeito fácil de consertar as coisas quando você tem um problema, filha. Além do mais, ele nem chega perto disto aqui. — Ele bate com os dedos na lateral da minha cabeça. — Seu cérebro é o único dom de que precisa. *Você* é o único dom de que precisa. Tudo de que precisa está dentro de você.

— Bom, considerando que o Dom também está dentro de mim, eu não deveria aprender a usá-lo?

Ele dá um sorrisinho.

— Olha, tenho que admitir, você é persistente. Mas acho que devemos esperar mais um ano, Nic Nac.

Quero pedir a ele para me dar uma chance. Dizer que vou tomar cuidado, juro que vou. Que quero saber da minha capacidade, saber que sou uma Manifestora de verdade.

Mas meu pai não vai ouvir. Ele nunca ouve. Suspiro, desanimada.

— Sim, senhor.

Ele me dá um beijo na testa.

— Vamos terminar logo essa aula sobre os Wallinzi para irmos lá na Senhorita Lena.

*

Depois de umas duas horas de aula em casa, saltamos para dentro da caminhonete do meu pai: eu, ele e meu cão do inferno filhote. Acho que vou batizá-lo de Cacau. Ele é da cor de uma xícara de chocolate quente. O demônio que meu pai capturou na mansão do governador está dormindo dentro de uma gaiola na caçamba do carro, e no banco de trás há um engradado cheio de garrafas de vidro azul com espíritos esfumaçados rodopiando lá dentro. Meu pai capturou as criaturas em várias casas diferentes esta semana. Ele passa com o carro por cima de um buraco no asfalto, e as garrafas batem uma na outra.

— Só pode ser brincadeira — brada ele. — Mais um?

Jackson é toda esburacada. Às vezes as pessoas transformam os buracos em pequenas piscinas ou canteiros de flores. É maneiro e triste ao mesmo tempo.

Olho para trás e observo o buraco pelo qual acabamos de passar.

— Esse já estava aí ontem?

— Não, acho que não. Mas toda hora aparece um. Tem algo a ver com o tal vulcão que fica embaixo da cidade.

A maioria das pessoas não sabe que Jackson foi construída em cima de um vulcão inativo que fica a apenas algumas centenas de metros debaixo da cidade. Dizem que a cratera fica exatamente embaixo do estádio Mississipi Coliseum. Pelo menos está inativo. Acredite, eu não teria pedido a meu pai para morar aqui se estivesse ativo, embora as especialidades culinárias de Jackson (bolo de caramelo e espetinho de frango) valham o risco de uma erupção vulcânica.

Passamos por buracos na estrada por todo o caminho até a rua Farish. Em uma das aulas de história, meu pai me contou que no passado aquele era *o* point das pessoas negras no Mississipi. Era um dos poucos lugares onde não eram discriminadas. Encontrei algumas fotos antigas na internet com um monte de gente fazendo fila nas calçadas para entrar em lojas e restaurantes.

Hoje em dia, a maior parte dos prédios na rua Farish está abandonada. É assim que os Medianos veem a casa da srta. Lena. Eles não sabem que a porta fechada com tábuas de madeira é apenas uma ilusão que esconde uma porta de ferro com símbolos antigos desenhados.

Meu pai abre a porta, e o som de blues e conversas vaza para o lado de fora junto com o cheiro de fritura. O lugar está lotado hoje, mas costuma ser assim mesmo às sextas-feiras. É quando a srta. Lena serve o famoso peixe frito com batatas fritas estilo cajun.

O bar fica mal iluminado para ninguém ver como o lugar está deteriorado, mas os Notáveis acabam iluminando mais o espaço graças ao Brilho, que são as cores diferentes de aura para identificar que tipo de Notável alguém é. Só outros Notáveis conseguem ver isso, mas meu pai diz que os Medianos percebem de alguma forma. Normalmente dizem que a pessoa tem um "quê" ou algo especial.

Nós, Manifestores, temos um Brilho dourado que é um pouco mais luminoso do que o de outros Notáveis. Provavelmente não é uma coincidência que sejamos os Notáveis mais poderosos. Não me leve a mal, os Lobisomens, Vampiros, Gigantes, Fadas, Sereias e vários outros Notáveis são poderosos, mas eles não têm o Dom.

Alguns Manifestores estão sendo atendidos por uma Aziza baixinha de Brilho lilás, com pele marrom, asas resplandecentes e orelhas pontudas. É a srta. Sadie. Nem ouse chamá-la de Fada porque ela vai dizer que Fadas vieram da Europa e Azizas são descendentes de africanos, e que as Azizas são mais fortes do que as Fadas. Conseguem carregar coisas que são até mil vezes o tamanho delas.

Uma Manifestora sentada numa das cabines mostra a uma Vampira de Brilho vermelho uma mala cheia de pequenas bolsas de couro. A Manifestora é a sra. Barbara, que é vendedora da loja MARAVILHOSAS BOLSAS DE FEITIÇOS E JUJUS DA SENHORITA PEACHY. O slogan reluz em letras cintilantes na superfície da mala: "Se você é inteligente, vai abrir esse presente!" Os Notáveis amam essas bolsinhas porque elas vêm com o Dom dentro, mas não se sabe o que cada uma faz até que sejam abertas. Pode ser uma bolsa de feitiço que faz chover dinheiro e ouro, ou pode ser uma bolsa de juju que desativa a gravidade do cômodo ou então faz chover água mesmo. É como se fosse uma versão Notável daquelas raspadinhas das loterias. O povo gasta a grana toda tentando encontrar bolsas de magia com dinheiro ou ouro, mas a maioria delas não vale mais do que dez dólares. É bem raro encontrar uma que valha milhões. Meu pai diz que a única pessoa que ficou rica foi a própria senhorita Peachy.

Em uma das mesas, um Lobisomem de pele escura com Brilho cinzento conversa com uma Metamorfa de Brilho laranja e um Vampiro enquanto mostra fotos no celular.

O Lobisomem, sr. Zeke, vê que chegamos.

— Olha, é a aniversariante!

A frase ecoa pelo bar, e abro um sorrisão. Isso é bem diferente de como era nossa vida no passado. Antes de nos mudarmos para Jackson, não convivíamos muito com outros Notáveis e, mesmo quando havia algum, meu pai me mandava não falar com eles. Ele exagera um pouco no quesito "não converse com estranhos". Quando chegamos aqui, ele conheceu a srta. Lena e começou a frequentar o bar para vender a ela as criaturas que capturava no trabalho. Ele ficava bem hesitante de conversar com o pessoal, mas, com o tempo, os frequentadores viraram nossa família.

Sou coberta por uma onda de abraços de parabéns. A srta. Sadie promete me trazer um refrigerante de baunilha com uma pitadinha de caramelo. A sra. Barbara me dá uma das bolsinhas da senhorita Peachy dizendo que, pela sua intuição, talvez seja um feitiço de chuva de ouro. Coloco no bolso. Com minha sorte, pode muito bem ser um juju que faz chover sapos.

Vamos até o sr. Zeke, que me envolve com os braços peludos. Não consigo nem imaginar como ele fica durante a lua cheia.

— Feliz aniversário, Nic! Como estão sendo os 12 anos?

— Iguais aos 11, por enquanto.

— Espera só até você chegar na casa dos 100 — comenta o Vampiro, sr. Earl. — Vai parecendo tudo igual. Passei o ano inteiro achando que eu tinha 110, mas na verdade tenho 111.

— Você tem 114 — corrige o sr. Zeke.

— Aí, tá vendo?

— Pelo visto alguém ganhou um cão do inferno — diz a Metamorfa, srta. Casey, olhando para meu pai.

Abro um sorrisão.

— Ganhei! Em algum momento ele ia ter que ceder.

— Sei, sei, sei. Aposto que não vai sorrir tanto quando tiver que limpar cocô de cachorro — implica meu pai. — Como foi a viagem, Zeke?

— Incrível não é o suficiente para descrever. Estava aqui mostrando as fotos para Earl e Casey. Cheguei o mais perto que dava.

Todo ano, o sr. Zeke faz uma viagem até alguma cidade ou local histórico Notável. Este ano, foi para a África ver o Jardim do Éden. Bom, do lado de fora. Ninguém pode entrar. Segundo meu pai, os Wallinzi, o povo de quem somos descendentes, vivem na cidade que fica ao redor do jardim. O sr. Zeke nos mostra uma foto dele bem na frente dos portões do jardim. O muro de marfim tem dezenas de metros de altura, e há dois anjos com armaduras douradas de guarda.

— E como é a cidade? Tão linda quanto dizem? — pergunta meu pai.

— Mais ainda — responde o sr. Zeke. — Mas aqueles Wallinzi… são uma galera interessante.

— Que coincidência. Acabei de começar a dar aulas para Nic sobre eles.

— Então precisa ensinar que eles não são muito acolhedores com estrangeiros — conta o sr. Zeke. — Especialmente com a gente, os Notáveis "menos dotados". Você sabe bem como são alguns Manifestores.

O sr. Earl e a srta. Casey resmungam, concordando. Alguns Manifestores fazem muita questão de mostrar para os outros Notáveis que somos os mais poderosos. Meu pai diz que é uma bobagem e que nós, como pessoas negras, já fomos muitas vezes tratados como inferiores e não devíamos fazer isso com os outros.

— Sinto muito que tenha passado por isso, parceiro — diz meu pai.

— É assim que é, Maxwell. Prefiro lidar com eles a lidar com a LAN.

O burburinho se espalha pelo bar todo. Ali no bar da srta. Lena nunca se deve mencionar a LAN, a Liga de Atividades Notáveis, também conhecida como o governo Notável. É comandada principalmente por Manifestores, e eles monitoram os Notáveis para que não mexam com os Medianos. Pelo menos em relação a coisas graves. Por exemplo, quando o sr. Earl invadiu o banco de sangue de Jackson, ele teve que prestar contas à polícia Mediana. Mas se ele se descontrolasse e começasse a morder um monte de Medianos, a LAN ia se meter. A liga também supervisiona as cidades secretas Notáveis que ficam na América do Norte, incluindo Uhuru, onde eu e meu pai nascemos.

Não vou a uma cidade Notável desde que era bebê. Meu pai e eu somos exilados, Notáveis que não moram nessas cidades, assim como todo mundo ali no bar da srta. Lena. Parte deles abandonou as cidades comandadas pela LAN por vontade própria; alguns dizem que elas são muito cheias de regras. A outra parte foi expulsa. Meu pai disse que foi ele quem decidiu que a gente viveria no mundo Mediano, mas às vezes me pergunto se ele teve mesmo escolha. Quer dizer, do jeito que a gente se muda toda hora e pelo modo como meu pai sempre evita outros Notáveis, parece que ele tem algo a esconder. Mas, pensando bem, não imagino que ele fosse capaz de fazer algo que resultasse nele sendo expulso de qualquer lugar.

— Falando em LAN, tem alguma novidade que eu precise saber? — pergunta meu pai.

O sr. Zeke olha para mim por um breve momento, tão rápido que quase não percebo.

— Você sabe como é nesta época do ano.

Hã, o que isso significa?

Meu pai concorda com a cabeça.

— Obrigado, cara.

O sr. Zeke estende a mão com o punho fechado.

— Ei, nós exilados ajudamos uns aos outros.

Meu pai o cumprimenta com um soquinho.

— Sempre. Vamos lá, Nic Nac.

Vou com ele até os fundos.

— O que acontece nesta época do ano?

— É coisa de adulto — responde.

Ele diz a mesma coisa quando fala de política ou sobre o que aconteceu com o sr. Earl depois que ele invadiu o banco de sangue de Jackson.

Meu pai levanta a mão para bater à porta da srta. Lena, mas ela se abre antes. Há prateleiras cobrindo todas as paredes do escritório e, nelas, tem criaturas em gaiolas e vidrinhos com tônicos de todas as cores. Uma mulher negra mais velha está sentada diante da mesa. Há anéis dourados enfeitando seus dedos, e sua pele reluz um Brilho cor de bronze.

A srta. Lena é uma Visionária, uma pessoa que tem visões do futuro. É diferente dos Profetas. Estes ouvem mensagens divinas sobre o futuro de algumas pessoas e as procuram para repassar o recado As profecias não são muito detalhadas e podem ser mal interpretadas pelos receptores da mensagem. Visionários têm vislumbres de coisas que vão acontecer. Ao que parece, é como ver peças de um quebra-cabeça, mas não a imagem completa.

— Ah, meu melhor fornecedor — cumprimenta a srta. Lena. O sotaque de Nova Orleans me faz lembrar dos passeios com meu pai por Uptown. — Pelo visto trouxe o cachorro de volta. Eu avisei: não tem reembolso.

Eu devia ter imaginado que meu pai comprou a Cacau da srta. Lena. Ela tem de tudo ali, de cachorros a pássaros luminosos e tônicos de todo tipo.

— Ah, não, não viemos devolver — explica meu pai. — Só a trouxemos a tiracolo.

— Pois pronto. Ela está cuspindo apenas fumaça? Eu dei um tônico a ela para acabar com aquele fogaréu todo, mas não vou me responsabilizar se ela atear fogo na sua casa.

Hã, o quê?

— Só fumaça — confirma meu pai. — Nada de fogo.

— Pois pronto — murmura a srta. Lena. Acho que é sua expressão inventada favorita. — Bom, para de desperdiçar meu tempo. Me mostra o que tem aí.

Meu pai coloca a gaiola em cima da mesa, e o demônio arranha as barras de metal. Ele deve ter mais ou menos trinta centímetros de altura, a pele avermelhada cheia de marcas e olhos verdes brilhantes. A srta. Lena abre um vidrinho e joga um líquido transparente nele. O demônio urra, e sua pele crepita, como o barulho da água caindo numa frigideira quente.

— Água benta — explica a srta. Lena. — Se ele ficar muito rebelde, jogo um óleo.

O jeito como ela fala a palavra "óleo" é engraçado. É o jeito de falar de algumas pessoas de Nova Orleans. A srta. Lena nasceu e foi criada lá, mas aí veio um furacão chamado Katrina. Ela passou três dias num telhado até que uma Criatura do Pântano (espécie de primo das Sereias e Tritões) a resgatou.

— Quantos espíritos você trouxe para mim, Maxwell? — pergunta ela.

— Dez, incluindo um bem raivoso de Madison.

— *Boa*, rapaz! Você fez a senhorita Lena ganhar o dia. Vamos conseguir uma boa grana!

— E quem é que compra espíritos de você? — pergunto.

A srta. Lena coloca a mão na cintura.

— Quem é que quer saber?

— Ela não perguntou por mal, senhorita Lena — assegura meu pai. Ela levanta a mão.

— É só uma criança curiosa, rapaz, não tem problema. Se quer mesmo saber, Senhorita Intrometida, alguns Notáveis ricos gostam de colecionar espíritos. Não me pergunte o que fazem com eles. Não é da minha conta desde que paguem.

Que bizarro. Se eu fosse rica, ia comprar algo útil, tipo um dragão de estimação treinado para atacar meus inimigos. Coisas práticas.

— Seu pai disse que o cão do inferno era um presente de aniversário. Quantos anos você tem?

— 12.

— *Ah*. — Ela abre um sorriso revelando os dentes cobertos de ouro. — Eu me lembro bem dessa idade. Posso tentar encontrar uma visão pra você. Normalmente não faço isso de graça, mas, sendo seu aniversário, não me importo.

— Não, tudo bem, senhorita Lena. Não quero incomodar — recusa meu pai.

— Ah, fica quieto, Maxwell. Não é incômodo nenhum.

— Não, de verdade. Não faça.

A srta. Lena estende a mão para tocar a minha.

— Por que não? Não vai levar nem um minu...

As pontas de nossos dedos mal se tocam.

Uma rajada de vento forte passa por mim. Meu pai, Cacau e a srta. Lena desaparecem, e de repente estou parada num túnel escuro.

Olho para os lados, desesperada.

— Mas que dro...

Outro flash. Estou numa caverna gigante, só que tudo ao redor está embaçado. Tem alguma coisa grande e escura mais à frente, mas não consigo distinguir o que é. Então alguém grita: "Corra, Nic! Está atrás de você!"

Estou prestes a me virar para olhar, mas outra rajada de vento me atinge, e lá estou eu de volta no escritório da srta. Lena.

Ela solta minhas mãos e grita:

— Como você fez isso?

Seguro minha cabeça, que está latejando, e pisco para enxergar direito. Demora alguns segundos para tudo entrar em foco novamente e, quando acontece, a srta. Lena está me encarando, horrorizada.

Olho para ela, igualmente horrorizada. O Brilho dela está piscando, como se alguém estivesse apertando um botão de ligar e desligar.

— O que você fez? — ela continua gritando, esganiçada. — Acho bom me dizer, mocinha!

Meu pai não me deixa responder. Ele segura a mim e Cacau, e saímos correndo do bar.

DOIS
AS AVENTURAS DE TYRAN PORTER

Meu pai pisa fundo no acelerador no caminho para casa, passando em cima de todos os buracos no asfalto.

— Me fala exatamente o que aconteceu, Nichole.

Começo do início: nossos dedos se tocaram, a rajada de vento, depois o túnel, a caverna, a voz.

— Foi uma visão?

— Parece que sim — responde meu pai, e em seu rosto vejo uma expressão que só vi umas duas vezes na vida.

Ele está apavorado.

Ai, caramba, ele está apavorado. Meu pai não tem medo de nada, então, se ele está apavorado, eu devia começar a planejar meu funeral.

— E o que isso significa?

— Fica calma, filha.

— Como eu consegui enxergar a visão dela?

— Eu não sei.

— O que *foi* aquela visão?

— Eu não sei — repete ele.

Meu queixo começa a tremer.

— Eu machuquei a Senhorita Lena?

— Ei, ei. Calma aí. Você não fez nada de errado.

— Mas o Brilho dela, pai. Estava piscando.

— Tenho certeza de que tem alguma explicação — afirma. — Por mais que a gente saiba muita coisa sobre o Dom, também tem muito que *não* sabemos. Mas eu garanto que você não fez nada de errado, ouviu?

Isso é o que ele diz, mas em seu rosto vejo algo totalmente diferente. Aquela ruga não sumiu de sua testa desde que saímos do bar da srta. Lena.

Tem algo de errado comigo... Ou, pior, fiz algo muito ruim.

Meu pai entra na garagem e desliga o motor. Ficamos sentados ali em silêncio, e ele passa o dedo pela tatuagem do antebraço. XXVII.V, o número romano para 27 de maio, meu aniversário. Tecnicamente são duas tatuagens, uma por cima da outra, então parece meio 3D.

Ele contorna a tatuagem com os dedos.

— Olha — diz ele. — Acho que talvez seja melhor não ir à sessão de autógrafos hoje.

— Quê? Mas você disse que eu não fiz nada de errado!

— Não fez, mas talvez não devesse ficar perto de tantos Medianos.

Meus olhos começam a arder.

— Acha que vou machucar alguém?

— Não! — responde depressa. — Não, filhota.

— Então por que não posso ir? Conhecer o senhor Retro é um dos meus presentes de aniversário!

— Nichole — diz ele, com aquele tom de voz que é um aviso para baixar o *meu* tom de voz. — A senhora Williams e o JP podem levar seus livros para ele assinar. Vamos fazer nossa própria comemoração de aniversário aqui. Eu comprei bolo e vou lá pegar uma pizza no Sal and Mookie. Depois podemos...

Saio correndo da caminhonete e entro em casa, me acabando de chorar.

*

Passo a maior parte do meu aniversário sozinha no quarto com Cacau.

Escuto meu pai ligar para a sra. Williams e dizer que não estou me sentindo bem. Falou que não era nada grave, mas que não queria arriscar, então preferia que eu ficasse em casa. Fiquei pensando se realmente tem alguma coisa errada comigo.

Meu tablet apita em algum lugar do quarto. Cacau para de brincar com um par de meias sujas e vai direto na pilha de roupas no canto. Pego o tablet ali no meio daquele amontoado. Tem três mensagens do JP:

> Minha mãe me contou o que houve
> Nic, é o TJ Retro
> Qualquer doença pode esperar

Eu me jogo de volta na cama. A pior parte de ter amigos Medianos é não poder dizer, tipo: "Na verdade, não estou doente. Fiz alguma coisa com uma Visionária hoje, e meu pai está com mais medo disso do que quer admitir."

Não vai rolar, então escrevo:

> Queria poder ir. Pode pedir pra ele
> autografar meus livros?

> É claro
> Vou tirar uma selfie pra você
> Tecnicamente é pra mim, considerando que eu vou
> estar na foto e você não

Mas vou pensar em você durante a foto
Estou piorando as coisas?

ESTÁ

Escrevo e jogo o tablet longe, de volta no amontoado de roupas.

Cacau sobe na cama e deita a cabeça na minha barriga. Ela olha para mim com aqueles olhos grandes e vermelhos, como se dissesse: "Ama, como posso ajudar?"

Coço a orelha dela.

— Pelo menos ganhei você hoje. Que porcaria de aniversário.

Ouço uma batida à porta, e meu pai dá uma espiada.

— Tem problema se eu entrar?

— Não faz diferença, você vai entrar assim mesmo.

— Verdade, mas acho que tenho dois bons motivos.

Eu me sento. Meu pai entra segurando dois bolinhos com uma cobertura grossa e meio bege. Bolo de caramelo. Eu meio que sou apaixonada por caramelo.

Mas, em vez de ceder, eu me deito de novo.

— Ainda é pouco? — pergunta meu pai. — Está bem, então. Que tal isto aqui?

Ele coloca os bolos na mesa de cabeceira e esfrega as palmas das mãos. Com um movimento, o teto desaparece e ficamos diante do céu. Meu pai desenha estrelas, uma a uma, em pleno ar. Algumas pequenininhas e piscantes, outras grandes e reluzentes, parecendo diamantes. Elas flutuam até o teto. Algumas viram estrelas cadentes cruzando o quarto.

Meu pai sorri para mim.

— Eu disse que você merece as estrelas.

Cruzo os braços.

— Bela ilusão, mas nada feito.

— Ah, para com isso, Nic Nac! Se continuar de birra, vou ter que começar a cantar.

— Não estou de birra, e você não sabe cantar.

— Tem certeza? Olha que eu tenho uns truques de voz.

— Não.

— Acho que tem uma música vindo aí.

— Pai, não!

— Pa-ra-béns pra vo-cê! — canta ele, desafinado.

Ele tenta dançar, e Cacau late para ele da cama.

Antes que eu possa controlar, já estou rindo.

— Tá bem, tá bem! Por favor, para com isso.

Ele vem dançando na minha direção e segura um dos bolos.

— Faça um pedido e, não, pedir para eu parar de cantar e de dançar não vale.

— Isso só com reza braba — afirmo e fecho os olhos.

Todo ano desejo que, no meu próximo aniversário, não sejamos mais só eu e meu pai. Por mais que eu ame o cara, queria ter outros familiares também. Então me imagino rodeada por uma mãe, avós, tias, tios, um irmão. Sempre quis um irmão. Fecho os olhos com força e quase consigo enxergar todo mundo. Seus rostos estão embaçados, mas parecem bem reais.

Faço o pedido de novo e assopro as velas.

Meu pai olha para o outro bolo. Todo ano, ele compra um bolo a mais para comemorar por ter sobrevivido a mais um ano sendo meu pai. Cara de pau.

— Feliz aniversário — diz ele com a voz um pouco triste.

Ele assopra as velas.

Lambo a cobertura que ficou na vela.

— Qual é o problema, velhinho? Está triste porque estou crescendo?

— *Velhinho*? Será que não posso passar nem um segundo sem ser julgado?

— Não pode!

— Mas é uma hater mesmo. — Ele se deita de bruços, atravessado na minha cama. — E então, o que você pediu?

Nunca conto para ele sobre meu desejo por uma família. Não quero que ele pense que não é suficiente.

— Pedi pra gente descobrir o que tem de errado comigo pra eu poder ir à sessão de autógrafos.

— Ah — murmura ele, e parece estar se sentindo culpado. *Como. Ele. Deve. Se Sentir. Mesmo.* Meu pai passa a mão no meu cabelo. — O que quer que tenha acontecido mais cedo, nós vamos investigar e descobrir. Mas, sobre hoje à noite, é melhor assim, filhota.

— Continuo não gostando.

Meu pai tem a audácia de abrir um sorriso.

— Você é igualzinha a sua mãe.

Sinto um aperto no peito. Acontece sempre que meu pai fala dela, como se tivesse algo faltando no meu coração. Mas não acontece muito. Meu pai quase não fala dela.

Minha mãe não morreu. Acho que ela não quis ficar perto de mim. Meu pai diz que "às vezes os adultos tomam decisões que acham que são as melhores, mas não são". Tenho medo de perguntar mais porque quem é que quer descobrir que a própria mãe não quis mais ser sua mãe?

Queria pelo menos me lembrar dela. Assim, quando fizesse meu pedido de aniversário, ela não estaria tão embaçada. Acho que me lembro dos olhos dela; eu os vejo nos meus sonhos. São grandes e castanho-escuros como os meus, e estão olhando para mim enquanto ela canta uma canção de ninar.

— Às vezes, você talvez não entenda as coisas que eu faço, as coisas que já *fiz* — diz meu pai. — Mas a minha prioridade é proteger você. Beleza?

Ele tinha que usar essa. O bolo de caramelo e as dancinhas bobas não foram o suficiente. Agora lá vem ele com esse papo de proteção.

— Beleza.

— Minha menina. — Ele beija minha testa e se aninha ao meu lado. — Sabe, eu me lembro como se fosse hoje quando te segurei pela primeira vez.

— *Pai* — resmungo. — Para de ser meloso, por favor.

— Acho que fiquei lá sentado por horas olhando para você. Não tinha certeza se conseguiria ser o pai que você merecia. Ainda não tenho. — Ele se senta e fica em silêncio por um momento, depois se levanta de repente. — Quer jantar pizza?

— Pode ser. Você está bem?

— Sim, filhota, estou bem. Que tal a gente ir lá pegar a pizza no Sal and Mookie? Podemos comprar um sorvete também.

Quase respondo que sim, mas então me dou conta: leva uns dez minutos para chegar ao Sal and Mookie, depois ainda tem o tempo de espera da pizza. É mais do que suficiente para...

— Posso ficar aqui? — pergunto. — Não quero ficar no meio de muita gente.

— O que preferir, filhota.

— Isso devia ser a regra todos os dias.

— Haha! De jeito nenhum! — Ele assobia para Cacau. — Vamos lá. Vamos arranjar uma comida para você.

Ela vai atrás dele. Na verdade, acho que ela está indo atrás do bolo.

Espero ouvir os passos do meu pai na escada e pego o tablet. Quando assoprei as velas do bolo, fiz um pedido extra: conhecer o TJ Retro. Não preciso desse pedido quando tenho um pai que vai sair de casa e me dar a oportunidade perfeita de fugir.

Mando uma mensagem para JP:

> É um milagre! Estou me sentindo melhor. Acho que nós dois vamos conhecer o TJ Retro hoje.

*

Meu pai sai de casa minutos antes de a sra. Williams e JP saírem de casa também. O timing é tão perfeito que parece até que eu estava destinada a pegar meus livros do Stevie, sair escondida pela porta e pegar carona com eles para ir à sessão de autógrafos.

Tenho certeza de que meu pai não vai encarar dessa forma, mas é um risco que estou disposta a correr.

Na lateral da minivan dos Williams está escrito "Igreja Cristã Nova Vida", junto com o endereço, o horário dos cultos e uma foto da família: o pastor Williams, a sra. Williams, JP e Leah, a irmã mais velha dele. Não sei muito sobre ela. Leah morreu antes de nos mudarmos para cá, e JP não fala muito a respeito.

— Estou tão feliz que está se sentindo melhor, Nichole — diz a sra. Williams enquanto dirige. Ela é uma mulher baixinha e gordinha, de cabelo cacheado. — Quando seu pai disse que estava doente, fiquei arrasada. Ninguém deveria passar o aniversário doente.

— Sim, senhora. É um milagre!

Não sei o quanto é ruim mentir para a esposa do pastor, mas tenho certeza de que fica em um dos primeiros lugares no ranking.

Ela levanta as mãos para cima.

— Aleluia! Sabe, Joshua Paul vai viajar para o acampamento da escola bíblica no domingo, depois do culto. Você devia ir também. Vão ser duas semanas no meio do mato, sem celular, videogames nem computadores. Você ia *adorar*.

Não é possível que ela esteja falando de mim. Isso parece tortura.

A Lemuria Books fica no segundo andar de um pequeno shopping próximo a uma das vias expressas de Jackson. Na entrada da livraria, há uma escultura de duas mãos segurando um livro gigante. A loja é bem aconchegante, graças à quantidade imensa de livros em cada cantinho.

A longa fila de fãs de TJ Retro chega a sair da loja e descer as escadas. O sr. Retro está sorrindo no cartaz colado na vitrine da livraria. É um homem negro mais ou menos da idade do meu pai, com tranças twist no cabelo. Na foto, segura um exemplar do livro mais recente, *Stevie James e a Foice de Almas*, que tem um menino negro na capa apontando a varinha para uma criatura encapuzada. Um dos funcionários avisa que o sr. Retro já está chegando.

— Joshua Paul, que tal você e Nichole irem comprar umas comidinhas para nós na padaria? — sugere a sra. Williams, e pega nossos livros. — Eu guardo o lugar de vocês na fila. Não vão muito longe.

— Sim, senhora — responde JP.

Ele está bem calado hoje, e, pode acreditar, normalmente não dá nem para colocar JP e silêncio na mesma frase. Veio o caminho inteiro mordendo o lábio, nervoso, desde que entrei na minivan.

Descemos até a padaria, e toco de leve no braço dele.

— Ei, não fica com medo de conhecer o senhor Retro. Contanto que a gente não arrote, não peide nem caia, vai dar tudo certo.

— Nossa, ajudou muito. Mas não estou nervoso porque vou conhecê-lo.

— Então o que é? Mais um daqueles seus vídeos de desafios viralizou?

JP adora fazer esses desafios bizarros na internet, tipo filmar a si mesmo escalando uma pilha de engradados de plástico ou comendo coisas picantes. Olha o tipo de coisa que os Medianos gostam de fazer.

— Meu último vídeo está indo muito bem, obrigado.

— Beleza. Então você leu sem querer algum spoiler do *Foice de Almas*? Cara, tudo bem. Um spoiler só não vai estragar o livro inteiro.

— Stevie, Kevin e Chloe roubam a foice de almas do Einan.

Fico chocada.

— Quê? Você não pode chegar e falar as coisas assim sem avisar, cara!

Ele cruza os braços.

— Achei que um spoiler só não estragava o livro inteiro.

— Não… não estraga. Mas fiquei surpresa. Como eles conseguem pegar? O que fazem com ela?

— Não vou dar mais nenhum spoiler, mas não é isso que está me incomodando.

— O que é, então?

— Não posso contar. Você vai me achar esquisito.

— Eu já acho você esquisito. Mas… — emendo depressa, porque ele levou um susto. — Eu sou esquisita também. A gente combina igual pasta de amendoim e batata chips. Também conhecido como o melhor sanduíche da história da humanidade.

— Não, mas você vai achar que eu estou viajando. Viajando muito, pra muito longe. Para o espaço, depois de Plutão, outra galáxia. — Ele olha para baixo. — Eu não posso perder mais ninguém.

Faço carinho no ombro dele. JP pode até não falar muito da irmã, mas é óbvio que sente muita falta dela.

— Você não vai me perder. Me conta o que houve.

— Tudo bem. Hoje de manhã, quando você e o senhor Blake estavam no jardim, eu vi... — Alguma coisa atrás de mim chama a atenção dele. — Nic, olha! Olha!

Viro de costas e olho na direção que ele está apontando, na direção da vitrine da padaria. Do lado de fora, uma SUV preta acabou de estacionar. Um homem negro vestindo calça jeans, camiseta e tênis sai do banco de trás.

JP puxa minha camisa sem parar.

— É... É ele, Nic. É ele!

Fico de queixo caído, mas não é porque estou enfim olhando para *o* TJ Retro. É porque *o* TJ Retro tem um Brilho dourado.

Meu escritor favorito é um Manifestor.

*

JP me pega pela mão, e subimos a escada correndo para voltar à fila de autógrafos. Alguns segundos depois, TJ Retro aparece e recebe uma salva de palmas educadas.

Ele sorri e acena para todos. Quando me vê, sua expressão é de surpresa. Sou a única outra pessoa aqui com o Brilho, a única que também é Manifestor. Assim, de perto, não resta dúvida. Sua pele marrom é banhada pela luz dourada.

Ele está prestes a falar alguma coisa, mas um dos funcionários da livraria o conduz para longe dali.

— Ele quase falou com a gente! — exclama JP. — Será que reconheceu da internet? A gente comenta e manda bastante mensagem pra ele.

Eu e JP não somos obcecados, somos persistentes. É diferente.

— Olha, eu não sei dizer muito bem o que é, mas esse homem tem alguma coisa de especial — comenta a sra. Williams. — Ele tem um "quê", seja lá o que isso signifique.

Típico dos Medianos. Não reconhecem um Notável nem que esteja na cara deles.

Mas olha quem está falando. Não acredito que eu não notei que o sr. Retro era um Manifestor. Mas, em minha defesa, o Brilho não aparece em fotos e vídeos Medianos. Eu me pergunto o que ele vai dizer para mim. Ele nem *pode* dizer muita coisa com esse monte de Medianos em volta, mas podia falar algo tipo: "Vamos manter contato." Aí a gente começaria a trocar mensagens, e ele me acharia tão legal que me colocaria nos livros. Stevie bem que precisa de uma nova amiga.

Beleza, talvez eu esteja sonhando muito alto... ou não. Preciso falar com ele.

Claro, agora que estou superanimada para conhecê-lo, a fila começou a andar feito tartaruga. Pelo menos deve ser por um bom motivo: o sr. Retro dá atenção para cada um que vai até ele. Alguns dos fãs estão vestidos como Stevie, Chloe, Kevin e outros personagens. Um casal segura uma pilha de edições internacionais dos livros. O sr. Retro autografa cada um dos exemplares.

A certa altura, há oito grupos de pessoas entre nós e o começo da fila. Cinco. Três. Apenas uma pessoa nos separa de TJ Retro.

Seguro os livros com força contra o peito. Não sei como todos não estão ouvindo meu coração acelerado.

— O que vamos falar pra ele?

— Ah, não! — JP se vira para a mãe. — O *que* vamos falar? Não sei mais como se fala!

A sra. Williams cai na gargalhada.

— Dizer o nome de vocês é um bom começo.

— E quais *são* nossos nomes?

— Você é Joshua Paul, e essa é...

— Nichole!

Ah, não.

Não, não, não, não.

Meu pai entra na Lemuria e vem direto até mim. Pela expressão em seu rosto, acho que vou ficar de castigo até fazer 25 anos.

— Nichole Blake — resmunga ele. — Você tem cinco segundos para...

— Calvin? — pergunta o sr. Retro.

Meu pai olha por cima de mim.

— Ty?

Calvin? Por que ele está chamando meu pai assim? E quem é Ty?

O sr. Retro se aproxima do meu pai com cuidado e lhe dá um abraço forte.

— Cara! Achei que nunca mais ia ver você.

Meu pai o abraça de volta devagar.

— *Você* é o TJ Retro?

Meu pai está abraçando meu escritor favorito. Meu pai. Está abraçando. Meu escritor. Favorito.

O sr. Retro se afasta. Ele é mais baixo que meu pai, então eles não estão exatamente olhando um nos olhos do outro.

— É um pseudônimo, longa história. Por onde você andou?

Meu pai olha para os lados, nervoso.

— Este não é melhor lugar para...

— Cal, tá tranquilo — diz o sr. Retro. — Eles não estão aqui.

Eles *quem*? Estou muito confusa.

— A gente precisa ir — avisa meu pai.

— Mas Nichole ainda não pegou os autógrafos dela — protesta a sra. Williams com a voz aguda.

Ao lado dela, JP não para de encarar o sr. Retro, os olhos arregalados e o queixo caído. Não sei dizer se está respirando.

O sr. Retro percebe minha presença.

— Ai, meu Deus. Essa é a...

— Nichole? Isso — responde meu pai.

Eles trocam um olhar, como se fosse um diálogo silencioso.

— Uau, Nichole — cumprimenta o sr. Retro. — Não vejo você desde que tinha 2 anos! Temos quase a mesma altura agora, o que não é exatamente muito difícil, mas...

— Você me *conhece?* — pergunto.

— Eu estava lá quando você nasceu e te ajudei a dar os primeiros passos. Troquei algumas fraldas. Dizer isso deve estar te deixando sem graça. Mas a questão é que eu sou seu padrinho.

Para. Rebobina. Toca de novo.

— Você é meu *o quê?*

— Ela vai ter que pegar o autógrafo outra hora — interrompe meu pai. — Temos que ir embora.

— Calma aí, Cal. Não vejo você há anos. Não pode ir embora assim, cara.

JP, que pelo jeito está uns cinco minutos atrasado, pergunta:

— Senhor Blake, o senhor conhece o TJ Retro?

— Ele é o irmão que nunca tive — explica o sr. Retro.

Alguns segundos se passam. Meu pai enfim solta um suspiro.

— Você tem papel e caneta?

— Alguém tem um papel? — pergunta em voz alta o sr. Retro, e todo mundo na fila parece vasculhar as bolsas.

A sra. Williams tira da bolsa um daqueles papéis de promoção que as pessoas distribuem na rua.

O sr. Retro entrega o papel e a caneta para meu pai, que anota ali nosso endereço.

— Passa lá mais tarde — diz ele. — Mas vá sozinho.

— Promessa de dedinho — responde o sr. Retro, com um sorriso. Meu pai não sorri de volta. O sr. Retro pigarreia. — Posso autografar esses pra você, Nichole?

— Lógico!

É a única palavra que consigo formular.

O sr. Retro pega meus livros e escreve alguma coisa neles. Pega um exemplar da nova história do Stevie e assina também. Depois me entrega os livros.

— Não esquece de ler as páginas dos autógrafos. Até mais, Cal.

— Até mais — murmura meu pai. — Vamos, Nichole.

Vou com ele e dou uma olhada para trás. O sr. Retro mexe a boca sem emitir som e diz: "Olhe os livros."

Abro um deles. Onde antes estava escrito "As aventuras de Stevie James, por TJ Retro" agora está "As aventuras de Tyran J. Porter, por Tyran J. Porter". Embaixo disso, ele escreveu:

E seu melhor amigo, Calvin Blake.

TRÊS
AS PESSOAS PODEM VOAR

— Seu nome é Calvin e não Maxwell, você é o melhor amigo de Stevie James e nunca me contou nada disso? — falo quase gritando.

Quase. Ele é meu *pai*, sabe?

Ele desvia de um buraco com a caminhonete.

— Calvin é meu primeiro nome, e Maxwell é o nome do meio, mas para você eu sou Pai. E não sou melhor amigo de Stevie James, eu era o melhor amigo de *Tyran Porter*. É diferente.

— Mas Tyran Porter *é* Stevie. Ele mudou o nome nos meus livros. Também mudou Kevin para Calvin. Ah, cara — resmungo quando percebo. — Meu pai é o melhor amigo covarde do Stevie!

Ele me olha com espanto.

— Espera aí. Covarde? Foi *assim* que ele me descreveu?

— Você tem medo até da própria sombra.

Meu pai diz uma palavra que não posso repetir.

— Eu não era assim! Ty não teria sobrevivido à metade do que passou sem mim! Mas, claro, isso ele não colocou nesses livrinhos, não é?

— Pelo que vocês passaram? — pergunto. — Vocês realmente viajaram para um reino das trevas quando eram crianças? Viajaram no tempo?

— Não é tão legal como...

— Einan é de verdade? Como vocês derrotaram o cara? Vocês devem ter vencido, considerando que não teve nenhum Manifestor do mal destruindo o mundo. — Estou falando rápido demais, mas ainda não consegui processar direito. — Deixa pra lá, não me conta como foi. Quero terminar a série primeiro.

— Nichole. Sei que parece tudo divertido, mas algumas das coisas que fizemos foram perigosas. Nós quase morremos mais de uma vez.

— Uau! Kevin diria exatamente isso.

— Ei! — reclama meu pai, todo ofendido. — O que está insinuando?

Aponto para um dos livros.

— Melhor amigo covarde, isso é tudo que vou dizer. Entenda como quiser.

— TJ Retro — resmunga meu pai, com ar de deboche. — Que nome ridículo é esse?

— Parece que ele usou as iniciais de verdade e depois soletrou Porter ao contrário e sem o P. Genial. Não acredito que vocês são amigos *e* que ele é meu padrinho *e* que você está nos livros! — Abro em uma das páginas. — Quem é Zoe? — A caminhonete faz um desvio brusco. — Eita!

— Tyran colocou o nome dela aí?

— Sim. Era Chloe. Ela é a outra melhor amiga do Stevie. Quem é ela na vida real?

Ele aperta o volante com força.

— Uma amiga.

— Onde ela está? Eu conheço a moça?

— É complicado, Nichole.

— Está mais para inacreditável. Não acredito que você fez algo tão irado algum dia na vida.

— Ei! Eu sou irado!

— Com esse tênis rasgado que não é. Você usou mesmo esse All Star todo acabado em público, pai? É pra usar só quando for cuidar do jardim, essa é a regra.

Meu pai fecha a cara.

— Coloquei o primeiro sapato que vi quando percebi que minha filha, que mal completou 12 anos, não estava em casa, onde eu a deixei.

— Ah.

— Pois é. Vai se explicar?

— *Hum...* Era meu pedido de aniversário?

— Ah, então seu pedido era ficar de castigo? Porque é isso que vai acontecer. Quando chegarmos em casa, você vai direto para a cama.

— Mas o senhor Retro... Stevie... o senhor Porter... — Nossa, está difícil lidar com todos esses nomes. — Ele disse que vai vir aqui.

— Devia ter pensado nisso antes de fugir.

Isso não faz o menor sentido! Como é que eu ia saber que meu escritor favorito é o melhor amigo dele? Na verdade, se eu não tivesse fugido, nada disso teria acontecido.

Inacreditável.

*

Quando chegamos em casa, meu pai faz o Confisco Geral. Meu tablet... já era. Computador... já era. TV e videogame... já eram. Durante duas semanas só estou autorizada a levar Cacau para fazer suas necessidades, o que basicamente significa que só estou autorizada a catar cocô de um cão do inferno.

E essa nem é a pior parte. Meu pai também confisca meus livros do Stevie — do *Tyran*. Achei que lê-los fosse me ajudar a enfrentar essa minha pena de duas semanas. Além disso, o fato de meu pai ser um personagem dos livros muda totalmente minha forma de ler. Não vai rolar.

— Mas eles são uma ótima maneira de conhecer você melhor — argumento. — Você não quer que sua filhinha querida descubra mais sobre o que o maravilhoso pai dela fazia quando tinha a mesma idade?

— Boa noite, Nichole.

Ele fecha a porta na minha cara.

Ótimo. Vou terminar meu aniversário do mesmo jeito horrível que passei o dia inteiro: sozinha no quarto. Pelo menos, antes a Cacau ainda me fazia companhia, mas agora ela está dormindo em cima da cama. Tem pedaços de cobertura de caramelo nos pelos em volta do nariz dela, que lambe os beiços com os últimos pedaços do meu bolo de aniversário.

Visto o pijama, a touca de cetim e me deito na cama com Cacau. Ainda que eu esteja de castigo, valeu a pena sair escondida. Senão eu jamais saberia que meu pai é o melhor amigo de Stevie James.

Cara. Para falar a verdade, nunca fui uma grande fã do Kevin, que meu pai não me ouça. Ele é um pirralho chorão às vezes. Chloe... *Zoe* é minha favorita. Queria saber quem é ela de verdade.

Não sei quanto tempo se passou até a campainha tocar.

Abro a porta do quarto. Não consigo ver nada daqui de cima, mas ouço meu pai dizer:

— Alguém seguiu você?

— Ninguém me viu. Literalmente — garante o sr. Porter. — Fiz um tônico de invisibilidade e...

— Espera um minuto — pede meu pai.

Minha porta bate, e depois há um barulho de estalo no quarto. Parece aquela situação em que você sai da piscina e tira a água do ouvido, só que agora é como se meu quarto inteiro estivesse debaixo d'água. Tudo do lado de fora está abafado.

Meu pai colocou um isolamento acústico no meu quarto.

— Boa noite, Nichole. — Ouço a voz dele ao redor.

Ter um pai com o Dom não é tão bom quanto deveria ser.

*

Acordo com Cacau mordiscando minha orelha.

— Nãããão, Cacau — resmungo, e me viro debaixo das cobertas.
— Só mais uns minutinhos.

Ela morde com mais força.

— Ai!

Levo a mão à orelha. Esses dentes não são fracos, não.

Cacau corre para perto da porta e fica agitada, correndo em círculos. Meu pai disse que ela era treinada, mas não disse que ia morder minha orelha para me acordar.

Calço o chinelo e giro a maçaneta; não está mais trancada. Cacau sai em disparada, e vou meio grogue atrás dela pelo corredor, desço as escadas, passo pela cozinha e saio pela porta dos fundos.

O sol mal nasceu. A luz reflete nas janelas da vizinhança enquanto as pessoas começam o dia. Quero voltar para a cama, mas Cacau não está com pressa nenhuma e cheira tudo enquanto procura um lugar para fazer xixi.

Bocejo e me espreguiço.

— É tudo igual, Cacau. Vai logo.

Ela continua farejando. Uma música gospel começa a tocar na casa do JP. É sábado de manhã, também conhecido como dia da faxina na casa dos Williams. JP diz que a mãe coloca aquela música gospel nas alturas para acordá-lo quando o dia ainda está nascendo, daí ele levanta e começa a limpeza. Acho que a sra. Williams quer incentivar a vizinhança inteira a limpar as próprias casas, dado o volume absurdo daquela música.

Cacau fica paralisada de repente, os pelos todos arrepiados. Começa a latir para um pontinho no céu.

Parece um... pássaro? Não pode ser, é muito grande. Vai aumentando à medida que chega mais perto e...

É uma pessoa. Um homem negro de jeans e camiseta. É o sr. Retro.

Fico de queixo caído. Já tinha visto Manifestores voando antes. Meu pai até já me levou para passear voando quando eu era mais nova. Mas não é todo dia que meu escritor favorito vem voando na direção da minha casa.

O sr. Retro aterrissa suavemente no jardim.

— Bom dia, Nichole! Trouxe café da manhã pra você e Calvin. Não sabia se vocês eram do time biscoito ou do time bolinho, então trouxe um pouco de tudo. Dormiu bem?

Cacau pula nas pernas dele para tentar pegar a comida. Preciso dizer a ele o quanto adoro seus livros. Que Chloe é minha personagem favorita porque é uma menina negra como eu. Ou que seus livros me ajudam a me sentir melhor por ser diferente de todo mundo.

Mas o que é que digo em vez disso?

— Eu doro seus ivros!

Cubro a boca. Ai, não.

Ele dá um sorrisinho.

— Você adora meus livros, é isso que está tentando dizer?

Concordo com a cabeça.

— Obrigado. Você conseguiu dar uma olhada nos seus exemplares?

— Sim, senhor. Vi que mudou os nomes.

— É ótimo que você seja tão educada, mas pode deixar de lado o *senhor*. Me sinto um velho assim. Pode me chamar de tio Ty. Combinado?

Ai, caramba, posso chamar ele de tio Ty.

— Combinado! Há quanto tempo você conhece meu pai?

Ele dá um pastelzinho de salsicha para Cacau.

— Desde que tinha a sua idade. Nós estudamos juntos na Douglass.

— Onde?

— Uma das Escolas de Manifestores em Uhuru — explica. — Ele não te contou isso?

— Não. Meu pai não fala muito de Uhuru.

— Entendi — diz tio Ty. — Imagino que ele não tenha contado as coisas que fizemos na juventude também?

— Não. Tudo que está nos livros é verdade?

— Quase tudo. Tive que mudar algumas coisinhas para a LAN não ficar no meu pé.

— Então Einan é real? — pergunto, e logo me arrependo porque ele fica meio quieto. — Desculpa.

— Tudo bem. O nome dele é Roho. Bom, era Roho.

— Vocês derrotaram o cara? Isso é muito irado!

— Irado é uma das maneiras de descrever.

Ele está sendo modesto, mas não quero nem saber.

— Não, sério mesmo. Deveria ter uma estátua pra vocês. Melhor ainda, um feriado. Vocês são super-heróis da vida real.

— Acho que a LAN não concordaria com você nessa.

— Você também é um exilado?

— Acho que se pode dizer que sim. Passei os primeiros dez anos da minha vida no mundo Mediano, vivendo em orfanatos. Não sabia nada sobre o Dom nem que era um Manifestor. Até que um dia recebi a visita de um Profeta. Já encontrou um deles?

Nego com a cabeça. Quero muito, mas são o tipo mais raro de Notáveis. A maioria deles vive reclusa até o dia em que procuram as pessoas sobre as quais receberam profecias. Eu também seria reclusa se todo mundo vivesse me enchendo a paciência para abençoá-los com uma profecia. Além disso, nem toda profecia é boa, e as pessoas acabam ficando com raiva dos Profetas, como se fosse culpa deles. Deve ser exaustivo.

— Receber a profecia mudou tudo na minha vida — revela tio Ty. — Nunca vou esquecer. Dizia: "Você foi escolhido para derrotar uma força maligna que causará destruição." Eu, um garotinho órfão e nerd. A LAN descobriu sobre a profecia e me levou até Uhuru, para me preparar para realizá-la, mas...

Ele fica em silêncio.

— Mas o quê?

— Digamos que depois de tudo que aconteceu, eu decidi que o melhor para mim era voltar para o mundo Mediano. Tem anos que não vou a Uhuru.

— O que aconteceu?

— Chega de falar de mim — retruca ele, meio animado demais.

— Trouxe um presente de aniversário para você. — Ele põe a mão no bolso e tira algo que parece uma caneta. — É uma Caneta-D, feita com...

— Donologia — digo, maravilhada. Tecnologia enriquecida com o Dom. Só se consegue comprar artigos donológicos em cidades Notáveis, e meu pai nunca me levou a uma, então nunca tive nenhum. Meu pai me disse uma vez que ela é centenas de vezes mais avançada do que a tecnologia Mediana. — O que ela faz?

— Você pode escrever para qualquer pessoa, e eles verão a mensagem onde quer que estejam.

— Qualquer pessoa?

— Qualquer Notável, lógico — acrescenta ele. — É só você pensar na pessoa e escrever no ar. Apenas a pessoa verá a mensagem. Olha só.

Ele escreve no ar com a caneta. As palavras "Feliz Aniversário, Nic" brilham e flutuam diante de mim e depois desaparecem.

— Uau — murmuro.

Tio Ty sorri e me entrega a caneta.

— Cara, eu nem acredito que você tem 12 anos. Ainda me lembro do dia em que você nasceu. Cal desmaiou. Tive que usar um feitiço de despertar para acordá-lo.

— Isso significa que você conheceu minha mãe?

Odeio que minha garganta chegue a ficar apertada só de mencioná-la. Eu não devia me importar tanto com alguém que me abandonou.

— Eu... Não cabe a mim falar sobre isso, Nichole. Sinto muito.

Engulo o tal aperto.

— Ah. Tudo bem.

Cacau pula nas pernas dele querendo mais comida. Tio Ty dá a ela mais um pastelzinho de salsicha.

— Boa menina — murmura ele, com a voz melosa. — Eu sempre quis ter um cão do inferno. Está com ela há quanto tempo?

— Desde ontem. Foi o presente de aniversário do meu pai. Ele ia me ensinar a usar o Dom também, mas acabei ganhando só a Cacau.

— Você não sabe usar o Dom?

— Não. Meu pai acha que sou muito nova pra aprender. Só que ele aprendeu a voar quando tinha a minha idade.

— Na verdade, ele aprendeu com 10 anos. Ele ia voando para a escol... Não estou ajudando, não é?

— Não.

— Desculpa. Olha, eu entendo — afirma tio Ty. — Quando cheguei a Uhuru, eu era a única criança que ainda não sabia usar o Dom. Achei que ia ser o pior Manifestor da história.

— Você começou a aprender quando chegou lá, não foi? Meu pai diz que só vou aprender com 13 anos. Provavelmente a pior Manifestora da história vou ser *eu*.

Há um momento de silêncio, a não ser pelo barulho de Cacau cheirando as sacolas de comida. Tio Ty me encara como se eu fosse a pessoa mais digna de pena que ele já viu.

Ele coloca a comida em cima da mesa do quintal.

— Já ouviu falar da história "As pessoas que podiam voar"?

— Sim. Há centenas de anos, nossos ancestrais na África foram sequestrados por traficantes escravistas que usaram mágica para amaldiçoá-los. Eles se esqueceram do Dom, se esqueceram de quem eram. Foram trazidos para os Estados Unidos, e a dor e o sofrimento da escravidão os fizeram esquecer mais ainda. Até que um dia um senhor chamado Toby chegou numa fazenda. Ele não era escravizado, e ninguém sabia de onde tinha vindo. Toby viu quem eram os Manifestores que possuíam o Dom. Sussurrou palavras antigas para eles, que se lembraram de sua identidade. Então...

— Eles voaram como pássaros e se libertaram — completa tio Ty. — A beleza do Dom é que ele nos ajuda quando estamos precisando. O Dom sabia que nossos ancestrais precisavam voar, então assim eles fizeram. Hoje em dia é preciso um pouco mais de esforço, mas ouvir as palavras ancestrais ajuda a dar o primeiro passo para voar. Levitação.

— Espera aí, você vai...

Tio Ty sorri e me segura pela mão.

— *Kum yali...*

Nossas mãos se tocam, e de repente tudo acontece num flash. O Brilho do tio Ty desaparece como se fosse fogo apagado pela água, e sinto um solavanco subindo pelas mãos, que faz minha aura brilhar tanto a ponto de ofuscar minha visão.

Levo um susto e o solto. O Brilho do tio Ty volta ao normal, mas ele cai duro no chão.

Ai, não.

Acabei de matar meu escritor favorito.

*

Tio Ty está desacordado no sofá da sala, com a pele fria. Depois que ele caiu, chamei meu pai aos gritos. Ele usou o Dom para carregá--lo, e o corpo inerte do tio Ty foi flutuando até o sofá.

Estou roendo as unhas e rezando em silêncio para Deus, Jesus e todos os santos para que ele acorde. Se ele estiver morto, vou para a cadeia, e se eu for para a cadeia, minha vida acabou. Vou ser para sempre conhecida como a garota que matou Tyran Porter.

— Ele está bem, pai?

Meu pai levanta as pálpebras do tio Ty, e tudo que se vê é o branco dos olhos.

— Está respirando, isso é bom. É como se você tivesse lançado um juju de nocaute nele. — Meu pai olha para mim. — O que aconteceu?

Me afasto alguns passos e coloco as mãos para trás.

— Eu... Eu não sei. Eu não queria...

— Ei, ei — interrompe ele, se aproximando de mim, mas chego ainda mais para trás. Não quero machucá-lo também. — Calma, filha. Me conta o que aconteceu.

— Ele ia me ajudar a levitar e segurou minhas mãos, e então... — Minha voz falha. — O Brilho dele piscou, e ele caiu no chão. O que eu fiz, pai?

Ele se ajoelha diante de mim.

— Vamos resolver isso, está bem?

— O *que* foi que eu fiz?

Ele segura meu rosto.

— Não sei, mas prometo que vai ficar tudo bem.

Tio Ty geme e se estica no sofá.

— Cal?

Ele tenta se sentar sozinho, mas meu pai o segura e o ajuda a levantar o corpo.

— Devagar, cara. Como está se sentindo?

— Como se eu tivesse sido atropelado por um caminhão gigante e minhas pernas e braços tivessem virado gelatina.

— Você sempre teve jeito com as palavras. Do que se lembra?

Por favor não se lembre de que quase matei você. Por favor, por favor, não se lembre.

— Cheguei voando com o café da manhã — diz tio Ty, e sinto o coração parar. — Nic e eu estávamos no jardim e eu ia falar as palavras ancestrais para fazê-la levitar. Segurei as mãos dela e... Foi como se eu tivesse levado um choque muito forte. Minha energia foi drenada.

— Desculpa — digo, sem jeito. — Foi um acidente.

— Tudo bem. Sei que não queria me machucar. — Ele segura a própria cabeça. — Mas o que foi isso que você fez?

— Esse é o problema — responde meu pai. — Não sabemos.

A campainha toca. Meu pai dá uma olhada pela fresta da cortina.

— É o JP.

Ele abre a porta, e JP entra usando uma gravata-borboleta recém-passada e uma camiseta com os nomes dos líderes do movimento pelos direitos civis.

— Museu de Direitos Civis do Mississipi, lá vamos nós! — anuncia o garoto.

— Ah, é verdade. O museu — recorda meu pai.

— Obrigada por me deixar ir, senhor Blake — agradece JP. — Meu pai queria me levar, mas anda muito ocupado com a congregação. Vocês nem imaginam as coisas que o pessoal vem pedir a ele. Tem uns pecadores bizarros na nossa... — Ele percebe a presença do tio Ty. — ...igreja. Você é o TJ Retro!

— Meu nome é Tyran. Você é JP, certo?

— Você se lembra de mim da sessão de autógrafos? — pergunta JP, animadíssimo.

— Aham, e dos seus comentários e mensagens na internet.

JP se vira para mim.

— Viu? Eu disse que tinha funcionado, Nic!

Tento sorrir, mas não consigo. Fico olhando para minhas mãos. O que há de errado comigo?

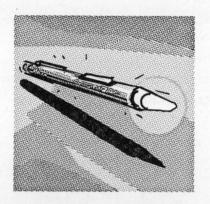

QUATRO
CAOS NO MUSEU

O museu de direitos civis está vazio. Meu pai, JP, tio Ty e eu temos praticamente o espaço todo só para nós. Meu pai deixa que JP e eu saiamos para explorar o museu sozinhos e fica um pouco mais para trás conversando com tio Ty. Aposto dez dólares que estão falando do que fiz.

Coloco as mãos nos bolsos.

O Museu de Direitos Civis do Mississipi tem oito galerias que contam a história do movimento dos direitos civis no estado. JP insiste em visitar a exposição em ordem cronológica, então vai na frente. Fico dando uma volta e olhando para o que me chama a atenção. Há totens de papelão em tamanho real de personagens do movimento, fotos de ficha policial em preto e branco de gente que foi presa por se manifestar de modo pacífico e a reprodução de uma cadeia e de um carro de polícia iguais aos usados para levar e prender as pessoas.

Está difícil me concentrar nessas coisas. Na minha cabeça, vejo tio Ty caído no chão. Penso em como o Brilho dele se apagou e o meu ficou mais forte, como se eu tivesse tirado o Dom dele. Mas isso não é possível... Eu acho.

Aff, por que isso está acontecendo agora? Primeiro com a srta. Lena e agora com o tio Ty. Já toquei nas mãos de outros Notáveis antes e nunca apaguei o Brilho deles. Talvez seja uma coisa da puberdade, tipo acne e pelos no sovaco. Eu preferiria lidar com as espinhas.

Ali do lado, uma mãe, um pai e duas crianças observam a réplica de uma antiga escola. A mãe tira fotos dos filhos e sorri para eles quando não estão olhando.

Em momentos como este eu queria ter uma mãe. Talvez ela soubesse o que há de errado comigo ou pudesse me dar um abraço como os que a mãe de JP dá nele. Do tipo que parece que vai quebrar seus ossos, mas é o esmagamento perfeito. Nem precisa de abraço, eu já me contentaria em falar com...

Espera aí. Tio Ty disse que posso usar a Caneta-D para escrever para *qualquer* Notável; só preciso pensar na pessoa.

Dou uma olhada ao redor. Meu pai e tio Ty não estão por ali. Seguro a caneta e penso nos olhos da minha mãe, aqueles que vejo nos meus sonhos. Escrevo no ar: Oi, é Nichole, sua filha.

Paro, suspiro e coloco a caneta de volta no bolso. Duvido que eu consiga mandar uma mensagem para uma completa desconhecida, e mesmo que ela veja, não significa que vá querer falar comigo. Além disso, eu deveria estar anotando informações sobre o museu.

Entro na galeria principal. Há uma escultura enorme que parece um monte de macarrão pendurado no teto. Há luzes piscando no ritmo de "This Little Light of Mine", que toca nos alto-falantes. Nas paredes estão escritos nomes de mártires dos direitos civis no Mississipi. É impossível não questionar por que os Manifestores não usaram o Dom para salvá-los.

Vou para outra galeria. Há mais fotos, totens de papelão e objetos. Chego a uma sala em que há a foto de um garoto negro que não parece muito mais velho do que eu. Ele usa um chapéu com abas, gravata, tem um sorriso tímido e o olhar direcionado para o horizonte. Do lado, um vídeo antigo e todo granulado mostra o lado de fora de um mercadinho.

Meu pai chega atrás de mim e me segura pelos ombros.

— Esse é Emmett Till.

— Ah.

Meu pai já tinha me contado sobre Emmett. Ele era de Chicago e fez uma viagem para o Mississipi em 1955. Foi acusado de assobiar para uma mulher. Achei que isso não fosse nada grave, mas meu pai explicou que naquela época, porque Emmett era negro e a mulher era branca, muita gente achava que era grave *sim*. O marido e o cunhado da mulher sequestraram Emmett no meio da noite e o mataram. Ele tinha 14 anos; um garoto, assim como eu. Aquilo me fez não querer mais assobiar.

— Foi a morte de Emmett que provocou o movimento por direitos civis como o conhecemos hoje, filha — explica meu pai. — As pessoas ficaram muito chocadas e decidiram que era hora de dar um basta. Tipo quando as pessoas fazem protestos hoje em dia. Agora, o que acha que Emmett e toda essa exposição têm a ver com a gente, os Manifestores? Por que acha que quis trazer você aqui?

— Dever de casa?

— Vai um pouco além disso. A história mostra o que acontece com pessoas negras quando somos vistos como ameaça, algo que *ainda* acontece até hoje — explica. — Não quero jamais que você viva com medo ou pense que todas as pessoas diferentes de você te odeiam. Mas tem gente ignorante que supõe coisas sobre nós com base na cor da pele. Se essas pessoas soubessem do que somos capazes, isso colocaria muitos inocentes em risco. É por isso que precisamos usar o Dom com responsabilidade. Entende?

Entendo e não entendo.

— Por que não podemos usar o Dom pra acabar com essas coisas? Os Manifestores não podiam ter salvado o Emmett? Não podem ajudar as pessoas hoje?

Meu pai observa a foto de Emmett.

— Há muito tempo, a LAN decidiu que ajudar os Medianos nos colocaria em perigo. Eu entendo, eles estão em quantidade muito maior do que nós. Bastaria alguns deles conseguirem umas varinhas e já teríamos problemas enormes.

Varinhas são perigosas. Bruxas e bruxos usam, e eles normalmente são Medianos raros que conhecem o Dom. As varinhas são o mais próximo que conseguem chegar do Dom. Elas também possibilitam que eles vejam o mundo Notável, mas quando a magia da varinha acaba, eles perdem todas as habilidades mágicas.

— Os traficantes escravistas que fizeram nossos ancestrais se esquecerem do Dom usavam varinhas — completa meu pai. — Esse é um dos primeiros exemplos do tipo de problema que teríamos. A LAN acredita que a preservação dos Manifestores e do Dom é mais importante do que ajudar os Medianos.

Olho para a foto de Emmett, e ele meio que me lembra JP. Agora só consigo pensar em alguém machucando meu melhor amigo do mesmo jeito que fizeram com Emmett e que a LAN não o teria ajudado. Para que ter o Dom se não podemos ajudar as pessoas que precisam?

— Eu teria salvado o Emmett — digo.

Meu pai me abraça pelos ombros.

— Eu também, Nic Nac.

Tio Ty caminha enquanto analisa um folheto.

— Cara. Tem tanta gente e história importantes sobre as quais não sabemos direito.

— Ainda bem que o museu retrata tudo do jeito que aconteceu — observa meu pai. — Uma representação precisa é bem importante quando se trata de pessoas reais.

Ih, acho que não estamos mais falando do museu.

— Cal, eu falei que a LAN já estava irada só por eu escrever os livros. Não podia escrever tudo exatamente como aconteceu.

Caramba, um órgão governamental não queria que ele escrevesse a própria história? Eu queria saber por quê.

— Você descreveu a escola exatamente como a nossa ou não, Ty?

— Descrevi.

— E a Chloe exatamente como a Zoe?

— Sim.

— E o Einan é exatamente como o Roho?

Tio Ty suspira.

— Sim.

— Então podia ter me descrito um pouco melhor — conclui meu pai, e seu celular apita com uma notificação. Ele olha a mensagem. — Droga. Um cliente em Rankin County está com um vazamento. Aposto que é um espírito deprimido. Vou ligar para ele e marcar um horário. Já volto.

— Se ajuda em alguma coisa, o Kevin é o favorito dos fãs — conta tio Ty, mas meu pai faz um gesto de desdém para ele.

Agora ficamos só eu e o tio Ty. Ele sugere que a gente vá olhar a exposição especial sobre a Underground Railroad, famosa linha férrea subterrânea que serviu como uma rede de rotas secretas que pessoas escravizadas utilizavam para conseguir se libertar no século XIX. É uma parede inteira com um mapa que mostra por onde a Underground Railroad passava no Mississipi.

— Muito maneiro, mas não exatamente preciso — diz tio Ty. — Quer ver um negócio bacana?

Dou de ombros.

Tio Ty faz um movimento com a mão, e novos trilhos brilhantes aparecem no mapa.

— Havia duas Underground Railroads — explica. — A metafórica, que os Medianos usavam, e a literal para os Notáveis. Era um verdadeiro sistema subterrâneo de trens. Ambas eram usadas para libertar escravizados. No entanto, os Notáveis continuaram usando a Underground Railroad literal por muito tempo, mesmo depois do fim da escravidão, até que o Roho...

Ele fica em silêncio.

— Está tudo bem? — pergunto. Ele não responde. Puxo a camisa dele. — Tio Ty?

Ele balança a cabeça.

— Desculpa.

— Tudo bem?

— Tudo. Já ouviu falar de TEPT?

Confirmo com a cabeça. Quando meu pai e eu morávamos em Atlanta, tínhamos uma vizinha que viu o melhor amigo ser baleado, então alguns barulhos altos a faziam se lembrar daquilo. Meu pai disse que ela tinha transtorno de estresse pós-traumático ou TEPT.

— Eu chamo o que tenho de TEPTE — conta tio Ty. — Transtorno de estresse pós-traumático do Escolhido. É difícil superar o fato de que alguém quer matar você por causa de uma profecia. Ser o Escolhido não é o que parece.

— O que significa ser o Escolhido?

Ele parece surpreso.

— Você não conhece a Profecia do Manifestor?

Minha bochecha queima de vergonha. Ele podia muito bem ter dito: "Uau, mais uma coisa irada e incrível que você não sabe? Que deprimente."

Tento disfarçar.

— Lógico que conheço. É uma profecia sobre... sobre um Manifestor, é óbvio.

Ele dá uma risadinha.

— Tudo bem se não conhecer, Nic. Eu sei mais sobre isso do que a maioria das pessoas. Alguns dizem que sou meio obcecado.

Tio Ty olha para longe, e é estranho como daquele jeito ele parece mais velho e severo. Acho que destruiria o tal alguém com as próprias mãos se cruzasse com ele.

— O que diz a profecia? — pergunto.

— Séculos e séculos atrás foi profetizado que, um dia, haveria um Manifestor que destruiria o mundo Mediano. Essa pessoa é chamada de Manowari, o destruidor.

Sinto um arrepio na espinha.

— E como essa pessoa destruiria tudo?

— Ninguém sabe. Por isso é tão assustador. O desconhecido nunca é confortável. Por centenas de anos, vários Notáveis tentaram prever o que, quando e como isso aconteceria. Quando Roho apareceu, todo mundo achou que ele era o Manowari.

— E não era?

— A LAN diz que sim, mas eu não acredito. Existem doze características que apontam para o verdadeiro Manowari, mas ninguém preencheu os doze itens. Ainda.

Aquele "ainda" me deixa nervosa.

— E o que isso tem a ver com o Escolhido?

— Bom, de acordo com a profecia, apenas um Manifestor tem o poder de derrotar o Manowari. Essa pessoa é tradicionalmente chamada de Mshindi, mas a maioria chama mesmo de Escolhido.

— Você é o Escolhido — concluo, afinal. — Caramba, você *é* um super-herói. — Fico de cara no chão quando me dou conta. — Eu quase matei um super-herói.

— Você não chegou nem perto de me matar. Tenho certeza de que há uma explicação para o que aconteceu.

— Tem, eu sou uma aberração — murmuro.

— Não, você é uma menina de 12 anos que está começando a ter contato com o Dom. Na sua idade, ele pode se manifestar de diferentes maneiras. Quando eu tinha 10 anos, fiquei invisível sem querer.

— Então pode *mesmo* ser uma coisa da puberdade?

— Pode ser. De qualquer forma, não fique chateada com isso. Eu estou bem, você está bem. — Ele levanta meu queixo. — Cabeça erguida, pequena.

Não consigo evitar um sorrisinho.

— Obrigada, tio Ty.

— Disponha. — Seu celular toca, e ele pega o aparelho. — É minha agente. Melhor eu atender. Volto já. — Ele coloca o telefone na orelha e sai andando. — Ei, Molly. O que manda?

Decido ir atrás de JP, considerando que não o vejo há um tempinho. Ele não está em nenhuma das galerias, então vou até a cafeteria. É quase meio-dia, e JP sempre diz que sua glicose baixa drasticamente se ele não comer meio-dia em ponto.

Encontro meu amigo parado na porta da cafeteria. O cheiro de gumbo, camarão com mingau de milho e rolinhos de canela, já me deixa com fome também, mas JP não parece estar pensando em comida. Ele está paralisado olhando para a única outra pessoa ali.

— Nic — chama ele, trêmulo. — Você tá vendo isso, não tá?

A atendente que está no caixa é pálida demais para ser uma pessoa normal. Seus olhos são vermelhos e fundos e a pele... parece estar descolada dos ossos, como se não pertencesse a ela.

Por que de fato não pertence.

— Isso é uma Boo Hag — sussurro.

Meu pai diz que os Boo Hags são os "primos dos Vampiros". Vivem de ar e não de sangue. Sobem no peito das vítimas à noite, sugam o oxigênio de seus corpos e às vezes também roubam sua pele. É a única maneira de sobreviverem à luz do sol, porque eles mesmos não têm pele. Essa aqui roubou a pele de alguma pobre mulher que trabalhava na cafeteria. Talvez a Boo Hag goste de gumbo.

— O que é uma Boo Hag? — pergunta JP.

— São como Vampiros, só que... — Paro de falar. Espera aí um segundo. — Você tá vendo a criatura?

— *Você* tá vendo? — pergunta ele. — Porque ninguém nunca vê!

— É lógico que *eu* vejo! Mas você não deveria ver!

— Não sei o que vocês estão vendo — diz um sotaque sulista bem forte —, mas eu estou vendo a possibilidade de peles novas.

A Boo Hag contorna o balcão, com a pele branca que roubou toda pendurada como se fosse um casaco grande demais.

— Sorte a minha, sorte a minha — murmura a Boo Hag. — Ainda bem que decidi vir para a cafeteria hoje. Vou renovar o guarda-roupa.

— Não se aproxime! — alerto.

— Ou vai fazer o quê? Se soubesse usar o Dom, você já teria feito alguma coisa, não ia ficar só parada aí. Você vai dar uma ótima peça de outono. — A criatura sorri. — Agora, qual dos dois vai oferecer a pele para a Margarida primeiro?

— Ma... Margarida? — gagueja JP.

— Minha mãe dizia que eu era bonita como uma flor. Algum problema?

Aham, a mãe dela mentiu.

A que mesmo meu pai falou que Boo Hags eram alérgicos? Açúcar? Água? Sal, é isso! Derrete a pele deles imediatamente e a devolve ao dono original. Deve ter uns saleiros nas mesas da cafeteria.

— JP — sussurro entre os dentes. — A gente precisa de sal.

— Nós vamos morrer — responde ele, choramingando.

Meu amigo é um inútil.

Recuamos para trás da mesa, e a Boo Hag abre um sorriso ainda maior. Estendo a mão para trás e pego o recipiente com sal e pimenta.

— Não se aproxime! — Aponto para ela. Boo Hags não são alérgicos à pimenta, mas um condimento extra não vai fazer mal. — Se chegar mais perto, vou temperar você!

Agora é *ela* quem recua.

— Não quero problemas.

Vou para cima dela sacudindo o saleiro. A Boo Hag se encolhe. Ter poder sobre alguém é bem incrível.

— Só vou falar uma vez. Devolva. Essa. Pele.

— Não!

Meus lábios se curvam num sorriso.

— A escolha é sua.

Jogo sal nela.

A Boo Hag consegue desviar e se prende numa parede com as mãos e os pés.

— Sua mira deixa a desejar.

Recuo esperando que ela ataque, mas o chão começa a tremer com violência sob nossos pés. As molduras caem das paredes e se quebram. Mesas e cadeiras sacodem tanto que saem do lugar.

— Terremoto! — grita JP, e se esconde debaixo da mesa.

Desde quando tem terremoto em Jackson?

A Boo Hag olha para mim em pânico.

— O que está fazendo?

— Não estou fazendo nada!

— Mentirosa!

Ela vem para cima de mim.

Jogo o sal direto no rosto dela. Prato do dia: Boo Hag temperada!

O efeito é instantâneo, como jogar sal numa lesma. A Boo Hag grita, e seu nariz começa a derreter, revelando o músculo vermelho por baixo.

— Sua garota idiota — diz ela.

Aquele pouquinho de sal não vai ser suficiente para derreter toda a pele dela. Levanto a mão para jogar mais um pouco, mas de repente uma cauda bifurcada sai de trás dela, bate na minha mão e derruba o saleiro.

Essa não.

Vou andando para trás, e ela rasteja na minha direção. O chão ainda treme, e JP implora pela mãe debaixo da mesa.

— Não está mais tão confiante agora — debocha a Boo Hag. — Você vai virar um ótimo casaco de outon...

Luzes brancas a atingem com um estalo. Um gêiser se abre do chão e encharca a mim, à Boo Hag e até a JP debaixo da mesa. Um pouquinho do líquido entra na minha boca, e sinto gosto de mar. Água salgada.

— Nichole! — exclama meu pai, correndo para dentro da cafeteria com tio Ty.

O chão para de tremer. A Boo Hag uiva e se debate toda enquanto a pele vai derretendo sobre o piso de azulejos. De acordo com o que meu pai me ensinou, a pele volta automaticamente para o dono, que acorda exausto, sem se lembrar de nada.

Quando a pele derrete, o que se revela é uma criatura com rabo que se parece com o desenho da musculatura humana nos livros de biologia. Ela se dissolve na poça de água salgada.

Meu pai me segura pelos ombros.

— Você está bem?

Estou trêmula e encharcada, mas pelo menos minha pele segue intacta.

— Aham, estou bem.

— Nic, foi você ou a Boo Hag que causou o terremoto? — pergunta tio Ty.

Pisco os olhos molhados. Não tenho a menor ideia de como começar um terremoto. Nem sabia que era *possível* começar um terremoto.

— Não fui eu. Eu... eu acho que não.

Meu pai faz um gesto com a mão, e uma brisa quente me seca.

— Onde está o J...

— Como você fez isso? — grita JP.

Meu pai e tio Ty se viram para ele, que sai rastejando de baixo da mesa.

— Fiz... fiz o quê? — gagueja meu pai.

JP aponta para mim, animado.

— Secou as roupas da Nic e fez água brotar do chão pra derrotar aquele negócio de Boo Hag!

— Você viu isso? — pergunta tio Ty.

— Si...

Uma luz vermelha invade a cafeteria e atinge JP. Ele cai no chão.

— JP! — grito.

Um raio vem em seguida. Acerta tio Ty com um estampido muito alto, e ele cai se contorcendo. Outro deles atinge meu pai, que também tomba em meio a espasmos.

Uma figura encapuzada com Brilho dourado aparece na entrada da cafeteria. O Manifestor vem andando em minha direção com passos lentos e calculados.

Eu me forço a dar alguns passos para trás. O Manifestor levanta a mão, e vejo minha vida inteira passar diante de mim como um filme acelerado. É assim que tudo vai terminar: numa cafeteria de museu.

Um chiado alto preenche o espaço da cafeteria, e logo uma rajada de vento derruba o Manifestor. Vejo meu pai cambalear para ficar de pé. Ele usou o juju do vento.

Tio Ty tosse e se levanta. O Manifestor misterioso já está de pé também.

Meu pai me segura pela camisa e me joga para debaixo da mesa. Há uma série de feixes de luz de um lado para o outro da cafeteria, mas o Manifestor consegue desviar de todos os jujus lançados pelo tio Ty e meu pai. Tio Ty arremessa uma bola de fogo, mas o Manifestor a apaga com um estalar de dedos. Meu pai mexe o pulso e faz surgir uma corda de luz. Ele lança a corda na direção do Manifestor, que a segura, arranca da mão do meu pai e obriga tio Ty e ele a recuar.

— Seu demônio ladrão de bebês — rosna o Manifestor misterioso. — Eu devia matar você aí mesmo.

Meu pai e tio Ty ficam paralisados de susto.

— *Você?* — diz meu pai.

O invasor atinge meu pai com um raio de luz direto no peito, depois faz o mesmo com tio Ty. Os dois caem no chão, parecendo mortos.

— Não!

Saio engatinhando de debaixo da mesa. Avanço até a pessoa misteriosa, mas com um gesto ela amarra meus braços e pernas com a corda.

— Me solta! — grito, tentando me desvencilhar.

— Alexis, pare! — ordena a Manifestora, que é uma mulher.

Congelo de imediato. Conheço aquela voz. Não sei de onde, mas conheço.

— Quem... — Estou com a boca seca. — Quem é Alexis?

A Manifestora tira o capuz, e eu perco o fôlego.

A mulher tem o rosto igual ao meu, a pele mais clara que a do meu pai, como a minha, o mesmo cabelo grosso e cacheado. O dela está preso numa trança comprida, passando dos ombros. Os olhos, grandes e escuros como os meus, estão cheios de lágrimas.

— Alexis é o nome que eu dei a você — diz ela com a voz embargada. — Eu sou sua mãe.

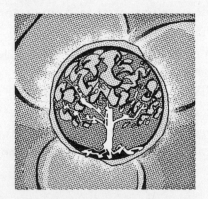

CINCO
A VERDADE NUA E CRUA

Sinto minha pulsação latejando nos ouvidos.

— Você... Minha... Mas...

Ela anda com cuidado em minha direção.

— Sei que é muita coisa para entender, mas precisa confiar em mim. Temos que sair daqui. Agora.

Ela talvez tenha matado meu pai, meu padrinho e meu melhor amigo e agora quer que eu *confie* nela? Por que ela *diz* que é minha mãe? Ela pode muito bem estar mentindo! Não sabe nem meu nome!

— Não vou a lugar nenhum com você!

— Então você não me dá alternativa — conclui ela com a voz triste.

Ela faz menção de passar um zíper na minha boca, e então meus lábios colam um no outro. Depois, levanta a mão, e começo a levitar do chão.

Tento me debater e gritar, mas não adianta. Meus lábios não abrem, e meus braços e pernas não se mexem. Inconscientes, meu pai, tio Ty e JP são levantados, rígidos como tábuas, e essa mulher, quem quer que seja, os faz marchar como soldados.

Ela nos carrega para fora do museu.

Uma multidão de policiais, bombeiros e paramédicos já está do lado de fora do museu para avaliar os danos do terremoto. Um carro de reportagem local já chegou.

— Como assim o terremoto só aconteceu aqui? — Ouço um dos curadores falando. — Isso é impossível!

O lugar está cheio de gente e de câmeras e, no entanto, ninguém me vê levitando e nem meu pai, JP e tio Ty caminhando como zumbis.

A Mulher Misteriosa nos leva para os fundos do museu, onde há um veículo que parece uma nave espacial alienígena misturada com um carro-forte. As portas e a parte de cima são de vidro fosco e, embaixo, o veículo é pintado de preto. Onde deveria haver rodas, há luz rodopiando num círculo.

As portas se erguem como asas. Do lado de dentro, o espaço é parecido com o de uma minivan. Com um movimento de mão, a Manifestora joga meu pai e tio Ty na mala, nos fundos. Ela coloca JP e eu nos bancos de modo mais gentil. Automaticamente somos envolvidos por travas que se ajustam de modo confortável, e as telas no painel se acendem.

O veículo sai do chão, e solto um grito agudo por trás dos lábios colados. Subimos muito alto, acima do museu, da cidade, das ruas de Jackson, e flutuamos pelo céu. Alguns minutos depois, pousamos na garagem da minha casa.

A Mulher Misteriosa nos conduz para dentro. Ela dá um peteleco, e meu pai e tio Ty são lançados para longe como se fossem insetos. Eles aterrissam nas cadeiras da sala de jantar, com cordas de luz os amarrando.

— É muita audácia — diz ela entre dentes.

Estou apavorada e impressionada.

Ela faz um gesto na direção do sofá, e JP e eu aterrissamos lá com suavidade. As pontas dos dedos dela brilham, como se fossem lâmpadas. Ela vai na direção de JP. Tento gritar para impedi-la, mas meus lábios estão grudados. Ela coloca os dedos na testa dele, que acorda com um sobressalto.

— Você fez uma visita normal ao museu — diz ela. — Nada de estranho aconteceu.

— Eu fiz uma visita normal ao museu — repete ele, de modo robótico. — Nada de estranho aconteceu.

— Vá para casa — manda ela.

JP se levanta e vai embora.

A Mulher Misteriosa se volta para mim.

— Vou libertar você — informa ela —, mas precisa me prometer que não vai gritar nem sair correndo.

Aposto que, se eu tentasse, ela me prenderia de novo. Concordo com a cabeça.

Ela se ajoelha diante de mim e faz o mesmo gesto de zíper de antes, mas dessa vez ao contrário. Meus lábios se desgrudam. Posso mover os braços e as pernas de novo, mas estou tão chocada que não consigo me mexer. Olhar para ela é como olhar para mim, de verdade.

Ela cobre a boca, e lágrimas rolam por suas bochechas.

— Oi — diz ela. — Oi, bolachinha.

Sinto um aperto no peito, mas não dói. É como se alguém estivesse abraçando meu coração. Já sei de onde tinha ouvido a voz dela. Ela cantava para mim nos sonhos.

— M... mãe?

Ela sorri em meio às lágrimas.

— Isso, amor. Sou eu, a mamãe.

Ainda não consigo me mexer, mas isso não tem nada a ver com o juju de imobilização.

— Ai, meu Deus, olha só para você. Está tão grande. — Ela segura meu rosto entre as mãos. — Não sei nem dizer quanta saudade eu senti. Não parei de pensar em você nem por um segundo.

Um furacão de sentimentos me assola por dentro. Ela *é* minha mãe; meu coração sabe disso. Olhar nos olhos dela me dá a sensação de estar num lar que eu nem sabia ter.

Mas tem uma coisa que ainda me deixa desconfortável nesse lar.

— Por que você me abandonou?

As lágrimas dela cessam na hora.

— Quê?

— Meu pai disse... Ele disse que adultos tomam decisões que acham que são as melhores, mas não são. Achei que era porque você tinha ido embora.

Dá para ver a raiva nos olhos dela. Ela caminha até meu pai e tio Ty e estala os dedos.

— Acordem! Os dois!

Os dois abrem os olhos devagar.

— Zoe? — diz meu pai.

Zoe? Ela é a Chloe dos livros do Stevie?

— O que aconteceu? — resmunga tio Ty.

— Eu finalmente capturei o bandido que chamo de ex, isso que aconteceu.

Meu pai olha para trás.

— Ty! Foi você que chamou a Zoe?

— Não! Calvin, eu nunca faria isso com você.

— Embora você *devesse* ter feito — censura ela com um olhar fulminante que causa um arrepio até em *mim*. — Eu estava em casa quando recebi uma mensagem da nossa filha por meio de uma Caneta-D.

— Caneta-D? — repete meu pai. — Onde ela conseguiu...

Tio Ty fecha os olhos.

— Eu dei a ela de presente de aniversário. Não achei que fosse usá-la para entrar em contato com a Zoe.

— Ainda bem que ela fez isso — afirma Zoe. — Eu hackeei a rede de mensagens e peguei as coordenadas de onde tinha sido enviada. O rastro me levou até o museu onde encontrei vocês três.

— Você sempre foi a mais inteligente de nós — admite tio Ty.

— Eu sei — responde Zoe. Ela coloca a mão nos braços da cadeira do meu pai e o encara. — Esperei por este dia durante dez anos e agora descubro que você deixou Alexis acreditar que eu a abandonei? Quando a verdade é que você a sequestrou?

É como se um Boo Hag tivesse sugado todo o meu oxigênio.

— Quê?

Os ombros do meu pai pendem para baixo. Pior, ele não diz nada.

— Pai — imploro. — Nada disso é verdade, né? Meu nome é Nichole, né?

Ele abaixa a cabeça.

— Nichole é seu nome do meio. O primeiro nome é Alexis.

— Mas... mas...

— Era mais fácil nos escondermos com nomes diferentes — explica ele. — É por isso que as pessoas me conhecem como Maxwell e não Calvin. Às vezes não adiantava. Outros exilados acabavam descobrindo quem éramos e nos denunciavam para a LAN. Eu descobria, e a gente se mudava.

Minha cabeça não para de girar. Todas as cidades em que vivemos, todas as vezes que meu pai me mandava não falar com outros Notáveis, todas as vezes que justificava a mudança como um Mediano tendo-o flagrado fazendo algo que lhe parecia esquisito.

— A gente esteve fugindo esse tempo todo?

— Sim — admite. — Eu sou um homem procurado há dez anos por ter sequestrado você.

Sinto as lágrimas se formando em meus olhos. Não é possível que isso esteja acontecendo.

— Mas... por quê?

— Filhota, você precisa confiar em mim. Sempre digo a você que sua proteção é minha prioridade, e essa é a mais pura verdade. Nunca quis afastar você da sua mãe, mas juro que tive motivos para fazer o que fiz.

— Que motivos?

— É complicado.

— Não é tão complicado assim! Você mentiu pra mim!

— Ele ainda não está sendo totalmente sincero — interrompe Zoe. — Vai contar a ela o outro motivo para fugir ou vai enganá-la sobre isso também?

Meu pai franze a testa.

— Do que está falando?

— Sabe muito bem do que estou falando. Onde está a Msaidizi?

— Você acha que está *comigo*?

Ela dá uma risada de deboche.

— Não se faça de inocente. Uma das armas mais poderosas do mundo desaparece na mesma noite que você e Alexis...

— Desapareceu? — interrompe tio Ty.

— ...e eu devo acreditar que é pura coincidência? — pergunta Zoe. — Onde está?

— Eu não sei! Não sou ladrão, Zoe.

— Diz o homem que roubou nossa filha.

Essa gritaria faz o cômodo parecer menor. Preciso sair daqui. Caminho em direção às escadas, mas esbarro em algo que não enxergo.

— Ai! — exclama a coisa.

Dou um grito e caio sentada no chão.

O ar diante de mim brilha. A primeira coisa que aparece é um cabelo preto cacheado, depois uma testa de pele marrom e olhos fechados por trás de óculos holográficos.

O resto do garoto fica visível. Ele olha para todos nós com um dos olhos.

— Surpresa?

— Alex! — exclama Zoe. Ela me ajuda a me levantar e se assegura de que estou bem, depois vai na dirção dele. — Meu amor, o que está fazendo aqui? Você devia ter ficado com seu avô.

— Bebi um tônico de invisibilidade. Eu mesmo que fiz, mas não devia ter passado o efeito por causa do contato com alguém. Sabe como posso consertar?

Zoe aperta os lábios.

— Isso não responde à minha pergunta.

— Beleza, beleza, eu me escondi no seu carro — confessa ele com a voz envergonhada. — Queria ver se ia encontrar a Alexis desta vez. — Ele olha para mim. — Nossa, você parece muito com a mamãe. A vovó disse que provavelmente pareceria. Eu diria que é um prazer te conhecer, mas acho que "te conhecer novamente" é mais apropriado.

Ele se parece com meu pai. Tenho a sensação de que o conheço, mas nunca vi esse garoto antes.

— Eu te conheço?

— Eu sou Alex — responde ele. Não tenho nenhuma reação, então ele completa: — Seu irmão? Irmão gêmeo?

Sinto um aperto no peito.

— Meu o quê?

Olho, furiosa, na direção do meu pai, mas mal consigo enxergá-lo em meio às lágrimas.

— Filha, eu posso explicar — afirma ele.

Não dou nem a chance. Subo as escadas correndo para o quarto.

*

Isso não pode estar acontecendo.

Eu me deito na cama e encaro o teto, esperando pelo momento em que enfim vou acordar. Não é possível que isso seja a vida real. Meu nome não é Alexis, é Nichole. Meu pai não me sequestrou da minha mãe. Ele não esconderia de mim que tenho um irmão gêmeo. Isso só pode ser um pesadelo.

O problema é que não parece um pesadelo. As lágrimas nos olhos de Zoe ao me encarar eram reais. Aquele garoto, Alex, em quem eu esbarrei, era real. Essa sensação de que vou vomitar é real. Não acho que vou acordar tão certo.

Alguém bate à porta.

— Nic? — pergunta tio Ty. — Posso entrar?

Murmuro um "aham" e me sento na cama. Tio Ty entra e puxa a cadeira da escrivaninha. Ele fica em silêncio a princípio, como se não soubesse muito bem o que dizer. Tranquilo. Somos dois.

Ele respira fundo.

— Sinto muito que tenha descoberto tudo dessa maneira, pequena.

Abraço o travesseiro.

— Não pode ser verdade, tio Ty. Meu pai não faria isso.

— Eu queria que ele não tivesse feit...

— Ele não fez! Ela está mentindo! Meu nome não é Alexis, é Nichole, e meu pai não é um sequestrador.

Tio Ty olha para mim com uma pena que dispenso.

— Nic, sei que não quer pensar no Calvin dessa maneira, mas, sim, ele fez isso. Sinto muito.

Meus lábios estão trêmulos.

— Tem algo de errado com ela, então. Ela deve ser uma pessoa horrível, não é? Aposto que não me queria e me tratava mal. Meu pai disse que estava me protegendo.

— Zoe nunca trataria você mal. É uma das pessoas mais amorosas e carinhosas que conheço. Se por acaso ela fosse assim, por que o Calvin deixaria o Alex com ela?

— Vai ver ela amava mais meu irmão do que eu.

— Não, Nic — corrige tio Ty com a voz triste. — Sei que quer acreditar nisso, mas não é a verdade. A Zoe ama muito você.

— Então por que meu pai me afastou dela?

— Eu não sei. Fiquei chocado igual todo mundo quando ele fugiu com você. E mais chocado ainda que ele tenha abandonado o Alex.

— Meu pai não faria isso com uma criança! Ele não faria... — Minha voz falha. — Ele não ia me impedir de ter uma família.

Agora estou chorando demais e não consigo falar. Parece que todo o meu universo era feito de areia e eu não sabia, daí veio uma onda gigante e destruiu tudo, e o que restou foi algo que não se parece com minha vida. Não sei mais quem é meu pai, não sei quem sou eu. Até meu nome é uma mentira.

Cacau sobe na cama e lambe minhas bochechas. Tio Ty sorri.

— Esse foi um bom presente de aniversário.

Penso em como pedi por uma mãe e um irmão quando assoprei as velas do meu bolo. Agora eu pediria que nada disso estivesse acontecendo. Não é à toa que as pessoas dizem para tomar cuidado com o que se deseja.

— Como ela é? — pergunto.

— Quem? Sua mãe? Bom, eu a conheço desde criança e não estou mentindo quando digo que é uma das pessoas mais queridas que já conheci. Ela é forte e brilhante. Esses últimos dez anos foram difíceis. Ela sentiu muito sua falta.

É estranho ouvir isso. Eu imaginava que, como ela tinha me abandonado, devia estar por aí feliz por não precisar ser mãe de ninguém. Acho que isso também não era verdade.

Essa parte do irmão gêmeo é a mais bizarra de todas. Eu sabia que tinha uma mãe, mas meu pai nunca falou desse garoto. Agora tem um ser humano que parece comigo e ainda compartilha o dia do meu aniversário. Estou chocada demais para estar animada com isso.

— E como o Alex é?

— Não convivi tanto com ele, mas é bem parecido com a Zoe. Muito inteligente, gentil. Acho que vocês vão se dar bem.

Fico olhando para minhas meias. A parte mais difícil de me mudar toda hora era estar sempre sozinha. Poderia ter tido um irmão gêmeo para passar por tudo isso comigo se meu pai o tivesse levado também.

E *por que* meu pai me levou e deixou o outro filho? Ele disse que é complicado. O que pode ser tão complicado a ponto de me separar da minha mãe? Ele deveria saber que seria pego algum dia.

Sinto um vazio no estômago. Meu pai com certeza não vai sair impune por ter me sequestrado e roubado a tal arma que Zoe mencionou.

— O que vai acontecer com meu pai, tio Ty?

Ele suspira devagar.

— É difícil dizer. A LAN não acredita em sistema prisional, mas quem sabe o que vão fazer, considerando que acham que ele roubou a Msaidizi?

— Esse não é o nome do Manifestor que pode impedir a destruição?

— Esse é Mshindi. Estou falando da *Mis-sa-di-zi* — tio Ty fala separando bem as sílabas. — Significa "ajudante" em suaíli. É uma arma poderosa que muda de forma para se transformar em qualquer coisa que seu dono precise naquele momento. Já ouviu a história de John Henry?

Confirmo com a cabeça. Foi um meio-Gigante que desafiou alguém com uma furadeira a vapor para um torneio de escavar pedras e ganhou usando uma marreta.

— A marreta era a Msaidizi — revela tio Ty. — Depois teve John, o Conquistador.

Grande John, como algumas pessoas o conheciam, era um Metamorfo que se apaixonou pela filha do Diabo. Para conseguir a permissão do pai dela para o casamento, ele precisava limpar 25 hectares de um terreno na metade de um dia, depois plantar milho e colhê-lo nos mesmos 25 hectares da outra metade. Acho que o Diabo queria fazer o maior pote de pipoca do mundo. Grande John usou um arado e um machado especiais para completar a tarefa.

— O arado e o machado eram a Msaidizi? — pergunto.

— Isso mesmo — confirma tio Ty. — A meio-Gigante Annie Christmas a usou como um mastro para seu barco a remo. Recentemente, Roho usou como uma armadura.

— A arma ajudou *Roho*? Ele era do mal!

— A Msaidizi atende à pessoa a quem está destinada a atender, não importa sua intenção — explica tio Ty. — Até hoje não houve nenhuma característica em comum entre as pessoas a quem ela serviu. O fato de estar desaparecida é um tanto preocupante.

— Você não sabia?

— Não. Depois que Roho foi derrotado, a LAN levou a Msaidizi para um local seguro. Achei que ainda estivesse lá.

Entendo por que não divulgaram a notícia de que está desaparecida. As pessoas entrariam em pânico. Seria como se a foice de almas desaparecesse nos livros do Stevie.

Ih, caramba. Isso é bem, bem ruim. A foice de almas é a arma que Einan usa para roubar a alma das pessoas. É o que o torna praticamente invencível.

Quase não quero saber da resposta, mas pergunto assim mesmo:

— Você acha que meu pai roubou a Msaidizi?

— Acho que não. Calvin não tem nenhum motivo para fazer isso, ainda mais se os boatos forem verdadeiros.

— Que boatos?

— Algumas pessoas acreditam que o próximo dono a quem a Msaidizi está destinada é o Escolhido. Eu. Isso me ajudaria a derrotar o verdadeiro Manowari. Quem a roubou é alguém que quer me impedir de cumprir a profecia. Calvin é exatamente o oposto. Ele ia querer me entregá-la.

— E por que então a LAN acha que ele roubou?

— Ela desapareceu na mesma noite em que ele levou você. Além disso, ele estava fugindo. Não é uma atitude que parece muito inocente, Nic.

Sinto um nó na garganta.

— Ah.

Ficamos calados por um tempo.

— Mas quem poderia tê-la roubado? — murmura tio Ty, e acho que ele não está falando comigo. — Não poderia ser... Será que poderia?

— Poderia ser o quê?

Ele se levanta.

— O momento não... Mas e se... — Ele arregala os olhos. — Isso... pode ser isso.

— Tio Ty?

— Desculpa, é que acho que eu sei o que aconteceu com a Msaidizi, Nic. — Ele sorri. — E, mais importante, acho que posso provar a inocência do seu pai.

— Mas ele ainda assim me sequestrou, não é?

O sorriso some do rosto dele.

— Sim.

— E não me contou sobre minha mãe e meu irmão, né?

— Não, não contou.

— E você não sabe por que ele fez isso?

— Não.

— Sem querer ofender, tio Ty, mas é isso que importa pra mim, uma arma qualquer.

Do lado de fora da janela, pássaros voam pelo céu, e os motores dos carros fazem barulho na rua. Não é justo que a vida de todo mundo continue igual quando a minha virou de cabeça para baixo.

— Vou conseguir algumas respostas para você, pequena — promete tio Ty. — Não sei como, mas vou.

Ele fecha o punho e o estende em minha direção.

Sinto as lágrimas se formando de novo. Não pedi por um padrinho, mas talvez ele seja um dos melhores presentes de aniversário que ganhei.

Bato o punho no dele e espero que ele entenda o "obrigada" que não consigo falar.

SEIS
CABO DE GUERRA

Na noite passada, sonhei que meus pais estavam jogando cabo de guerra e eu era a corda.

Meu pai segurava um dos meus braços, e Zoe, o outro. Tentavam me puxar em direções opostas, e eu ficava empacada ali no meio, sem saber muito bem para que lado me jogar.

— Confie em mim, Nic Nac. Por favor! — pedia meu pai.

— Não, confie em mim, Alexis! — dizia Zoe.

Eu queria gritar e pedir para que parassem, mas meus lábios estavam grudados; estava sem voz. Pior ainda, não sabia em quem confiar. Eles continuaram puxando e puxando, e eu sabia que, se fizessem mais força, eu partiria ao meio.

Acordei ofegante. Não consegui mais dormir depois disso.

O sol já havia nascido quando comecei a cochilar de novo, mas meus olhos tinham acabado de fechar quando sinto que tem alguém me observando. Abro um dos olhos e vejo Zoe parada ao pé da cama.

— Oi?

Não sei muito bem o que mais posso dizer a ela.

Ela sorri como se tivesse sido suficiente.

— Oi. Não acordei você, não é?

Eu me sento na cama.

— Não. Não consegui dormir mesmo.

— Nem eu — confessa ela, torcendo as mãos. — Está com fome? Posso fazer panqueca. Você costumava adorar. Desculpa, isso tem muito tempo... Eu não devia presumir que você...

— Ainda gosto de panqueca.

— Ah, está bem. Legal.

Ficamos em silêncio, e ela me observa de novo. Não sei se é para eu encarar de volta.

— Desculpa por ficar olhando — diz ela. — Da última vez que te vi, você estava dormindo no berço. Muita coisa mudou desde então.

— Tudo bem.

— Imagino como deve estar se sentindo depois de ontem, e eu ainda fico aqui encarando desse jeito estranho. — Ela abre um sorriso. — Interações sociais não são meu forte.

— Que nem a Chloe nos livros do Stevie.

— Tyran e esses livros — diz ela, balançando um pouco a cabeça. — Até hoje não sei como me sinto sobre essa coisa de ele escrever sobre mim sem minha permissão.

— Se ajuda em alguma coisa, a Chloe é muito legal. É minha favorita, o que provavelmente significa que você é minha favorita. Meu pai e tio Ty não teriam sobrevivido sem você.

— Nisso você tem razão.

Nós duas sorrimos.

Zoe dá uma olhada no meu quarto. Está bagunçado, mas ela não parece se incomodar. Observa minha coleção de jogos de videogame, minha coleção de tênis (que quase compete com a do meu pai) e meus cartazes da NBA e da WNBA, as ligas de basquete profissional masculino e feminino, nessa ordem.

— Acho que temos uma fã de basquete aqui — diz ela. — Para que times você torce?

— Na WNBA, eu gosto do Las Vegas Aces e do Washington Mystics. Na NBA, gosto do Pelicans e do Hawks. É meio difícil torcer pra um só considerando que...

Considerando que eu e meu pai nos mudamos de cidade toda hora porque ele está foragido por ter me sequestrado. Meu pai me sequestrou.

Meus olhos começam a arder. Era mais fácil lidar com o pesadelo do que com isso.

Zoe se senta ao meu lado. Espero que ela me diga que vai ficar tudo bem ou me incentive a falar sobre como estou me sentindo. Adultos adoram falar de sentimentos. Mas ela não diz nada. Em vez disso, passa os dedos pelo meu cabelo. Não sei se é o roçar das unhas no couro cabeludo, mas de repente não sinto mais vontade de chorar.

Olho para ela.

— Está usando o Dom em mim?

— Só se ser mãe for parte do Dom. Isso sempre funcionava quando você era bebê. Quando estava irritada, eu passava os dedos pelo seu cabelo e você sempre se acalmava.

— Você se lembra disso?

— Eu me lembro de tudo. As lembranças foram a única coisa que me restou.

Não sei o que dizer. É estranho ser tão amada por alguém que você nem conhece.

Meio que quero saber mais sobre ela. Antes, quando achava que ela tinha me abandonado, eu não ligava muito se éramos parecidas ou não. Agora estou pensando em todas as coisas que faço e meu pai não faz, de que gosto e de que meu pai não gosta, e fico imaginando se puxei dela.

— Posso perguntar algumas coisas?

— Claro — responde ela, e se vira para mim, como se estivesse me oferecendo sua completa atenção. — Pode perguntar, bolachinha.

— Pra começar, por que você me chama assim?

— Essa é fácil — responde ela, com um sorriso no rosto. — Você tinha uma carinha redondinha e muito fofa quando era bebê. Umas bochechas gordinhas que davam vontade de beijar o dia inteiro. Fazia sentido chamar de bolachinha.

Sorrio. Foi como se ela tivesse me dado um abraço sem nem me tocar.

— Você gosta de basquete? Meu pai não gosta tanto. Ele é mais do futebol americano.

— Se eu gosto? Quando era criança, eu assistia religiosamente aos jogos da WNBA e da NBA para descobrir quais jogadores eram Notáveis e eu não sabia. Talvez eu exagere no amor pelos jogos às vezes. Cá entre nós, já quase fui expulsa de algumas partidas da ABN.

— O que é ABN?

— Associação de Basquete Notável. A maior parte dos jogadores são Gigantes ou meio-Gigantes.

— Espera, o quê? E a bola é de que tamanho?

— É enorme, parece uma pedra imensa. O ginásio inteiro treme quando alguém faz cesta. Eu tenho ingressos ótimos para as partidas do Vipers. Eles são os favoritos ao título. Podemos ir a alguns jogos depois que você se familiarizar.

— Me familiarizar com o quê?

— Ah — diz ela, meio surpresa. — Você não... Meu amor, você vai morar comigo e com o Alex. Vamos para Uhuru amanhã.

Eu me ajeito na cama.

— Quê?

— Sei que é repentino, mas Uhuru é sua casa. Tem uma família inteira lá que ama você e sente sua falta.

Ainda assim é um lugar novo, e vou ser a garota nova. Outra vez.

— Não quero me mudar.

— Eu sei.

— Adoro Jackson. Preciso ficar aqui.

Tenho a sensação lá no fundo da alma de que Jackson faz parte de mim. Sair daqui seria deixar um pedaço de mim para trás.

— Alexis...

— Eu não sou Alexis! Meu nome é Nichole!

Ela pisca os olhos bem rápido.

— Desculpa. *Nichole*. Você não pode ficar aqui, meu amor. Uhuru é seu lugar. Notáveis não deviam viver junto com os Medianos.

— Os exilados vivem — digo, pensando na srta. Lena e no pessoal do bar.

— Eles vivem, mas que tipo de vida é essa, ter que esconder quem você é de verdade? Sem contar nas histórias horríveis que já ouvi sobre os Medianos. Eles matam crianças em escolas, matam mulheres quando elas estão dormindo, matam homens os sufocando com o joelho. Só de pensar que o Calvin trouxe você para este tipo de lugar... — Ela fecha os olhos e balança a cabeça. — Você merece coisa melhor.

Do jeito que ela fala, parece que existe um mundo em que esse tipo de coisa não acontece, o que me parece impossível.

— Não é assim em Uhuru?

Zoe dá um sorriso triste.

— Odeio que você precise perguntar isso. Situações como essas não deveriam ser vistas como normais, meu amor. Não importa quantas vezes aconteçam, nem com qual frequência. *Não* deveria ser normal. — Ela segura meu rosto entre as mãos. — Em Uhuru, você vai estar segura. Vai ser livre. Vai ser amada. É isso que merece. Eu, você e o Alex vamos ter uma vida maravilhosa juntos.

Eu, ela e o Alex.

— E o meu pai? — pergunto.

— O que tem ele?

— O que vai acontecer com ele?

— Isso é a LAN que vai decidir.

— Mas Zoe...

— *Mãe* — interrompe ela.

Silêncio.

Acho que nenhuma de nós duas sabe muito bem como se referir à outra.

Cacau sobe na cama e esfrega o focinho nas minhas pernas Acho que é o jeito dela de me dizer que precisa ir ao banheiro. Recolher cocô parece melhor do que lidar com isso aqui.

— Vou levar a Cacau pra passear.

— Está bem.

Mais um pouco de silêncio constrangedor. Zoe se vira para sair do quarto, então se detém e olha de volta na minha direção. Acho que vai dizer alguma coisa, mas ela desiste e segue em frente.

Estou sentindo muitas coisas e não sei qual desses sentimentos é o certo ou se existe algum que seja certo. Visto um moletom com capuz, um short, pego Cacau, a coleira, desço as escadas...

E dou de cara com meu pai. Excelente.

Ele ainda está amarrado à cadeira da cozinha com a corda de luz. Uma tigela e uma colher flutuam diante dele. A colher tenta alimentá-lo, mas ele me vê e afasta a cabeça.

— Nic Nac, ei.

— Oi.

— Dormiu bem?

Não, eu estava ocupada demais sonhando com vocês dois jogando cabo de guerra comigo. Mas não conto isso a ele.

— Não muito.

— Foi uma pergunta boba. Desculpa, filhota. De verdade.

Toda vez que peço desculpas, meu pai diz que preciso explicar o que fiz ou não fiz. Ele diz que, sem isso, a desculpa é vazia. Isso devia valer para ele também.

— Por que você fez isso?

— Não posso contar. Precisa confiar em mim, Nic Nac. Um dia você vai entender e...

— Eu nunca vou entender por que fui roubada da minha mãe! — grito. Meu pai se encolhe como se eu tivesse lhe dado um tapa. — Você me deixou acreditar que ela tinha me abandonado.

— Filhota, me desculpa. Eu sei que isso não é suficiente, mas por favor...

Saio de casa com Cacau, batendo a porta, sem querer mais um pedido de desculpas vazio.

*

Não tem nenhuma nuvem no céu. Os pássaros gorjeiam felizes, e os raios dourados de sol se refletem nas gotas de orvalho da manhã. Um dia péssimo como esse não devia estar tão bonito.

Deixo Cacau conduzir o passeio. Ela anda em zigue-zague de um canteiro para outro, cheirando a grama e marcando território. Queria eu que minha única preocupação fosse decidir qual canteiro é bom para fazer xixi ou não.

Zoe quer que eu a chame de mãe, mas seria muito esquisito chamar uma desconhecida de mãe. Por outro lado, meu pai quer que eu confie nele, mas como posso fazer isso? Agora entendo por que sonhei com o cabo de guerra.

— Espera aí! — alguém chama. Olho para trás, e Alex vem correndo pela calçada. Ao chegar, ele diz: — Mamãe me mandou ir junto com você. Ela não quer que fique sozinha.

Tudo o que quero é ficar sozinha.

— Não precisa vir junto.

Em outras palavras, "por favor, vá embora", mas Alex não entende a indireta.

— Mas eu quero ir. Estou ansioso para ver os Medianos de perto.

Quase digo a ele que não são tão interessantes assim — a coisa mais próxima do Dom que possuem é a comida frita vendida em barraquinhas —, mas não vou estragar a experiência dele.

— Se é o que você quer.

Caminhamos atrás de Cacau pela calçada. Sinceramente, não sei sobre o que conversar com Alex. Vinte e quatro horas atrás eu não sabia nem da existência dele. Alex não é só meu irmão, é meu irmão *gêmeo*.

O que posso dizer? "É maneiro aqui fora do útero, hein?" ou "Você gosta de leite até hoje?". Tudo bem que sou esquisita, mas não a esse ponto.

— Então, como devo te chamar? — pergunta Alex. — A vida inteira ouvi falar de você como Alexis. Prefere Nichole ou Nic?

— Nic está bom.

— Beleza.

Um carro passa, e Alex aperta um botão na lateral dos óculos. As lentes são holográficas e os óculos fazem um clique, como se tivessem tirado uma foto. Óculos-D, mais um apetrecho de donologia sobre o qual só tinha ouvido falar, mas nunca vi. Podem ser usados com grau ou só como um acessório fashion mesmo.

— Caramba, os carros ficam no chão! — exclama Alex. — Todas as casas dos Medianos ficam no chão também?

— Onde mais ficariam?

— No céu, debaixo d'água, nas árvores — responde ele como se fosse óbvio. — Ou debaixo da terra, como em N'okpuru. Embora, pelo que vejo de sua natureza primitiva, os Medianos não devam ter a tecnologia necessária para construir moradias diversas. Que tipo de moeda eles usam? É física ou já migraram totalmente para a eletrônica?

Ele parece até um professor de 40 anos no corpo de um menino de 12.

— Eles usam as duas coisas.

— Fascinante. A LAN já migrou para a moeda eletrônica há décadas. São chamadas de Ben-Es. Não consigo nem imaginar o quanto de bactérias e doenças o dinheiro físico carrega.

Enquanto isso, chego a beijar uma nota de dólar cada vez que encontro uma. Nunca me senti tão diferente de uma pessoa na vida.

— *Não é?* Bactérias. Credo.

Alex aperta novamente a lateral dos óculos.

— Os professores vão adorar meu relatório sobre os Medianos.

— Você não está de férias?

— Estou, mas nunca é cedo demais pra começar a se preparar para o próximo ano letivo. Vou conseguir um 10 fazendo um trabalho sobre os Medianos em seu habitat natural.

— Do jeito que você fala, parece que eles são animais num zoológico.

— Comparados aos grootslangs, até que os Medianos são bem mais interessantes.

— Groot o quê?

— São metade elefante, metade cobra — explica ele, como se eu devesse saber. — Não tem isso nos zoológicos Medianos?

— Não! Só elefantes e cobras normais mesmo.

— Caramba. E dragões?

Fico. De. Queixo. Caído.

— Vocês têm dragões no zoológico?

— Tecnicamente os dragões não ficam em zoológicos, mas em fazendas. No jardim de infância, a gente visita fazendas de filhotes de dragões e até passeia montado neles.

Está me dizendo que fiquei dando mamadeira para cabritinhos no passeio do zoológico quando poderia estar montando dragões?

— Sempre quis ter um dragão — confesso.

— Por quê? Eles são superdestrutivos, a não ser que sejam bem treinados.

— Eu o treinaria para atacar meus inimigos.

— Você tem inimigos?

— Ainda não, mas se eu tivesse... dragão neles!

— Interessante — comenta Alex, como se aquilo o fizesse entender tudo a meu respeito. Não sei se gosto disso. — Acha que devemos voltar? Já andamos pra muito longe sem a supervisão de um adulto.

— Cara, a gente só foi até a esquina.

— Isso já é muito longe sem um guarda-costas.

— Você tem um *guarda-costas*?

— Claro. Mamãe já teve uma filha sequestrada por aquele criminoso — diz ele, e me contorço um pouco ao ouvir o "criminoso". — Não ia arriscar que acontecesse o mesmo com o outro filho. Além disso, como a vovó é presidente...

— Presidente do quê?

— Ai, meu Du Bois! Ele não contou pra você? A mãe da mamãe é presidente da LAN.

Como é que é?

— Ela é?

— É! Por que acha que seu sequestro foi algo tão grandioso? Claro, qualquer pessoa ser sequestrada seria algo importante, mas seu caso foi muito, muito sério. Você foi sequestrada na mesma noite em que ela foi eleita.

Meus ouvidos estão registrando o que ele diz, mas meu cérebro travou.

— Sério?

Alex aperta alguns botões dos Óculos-D, e um holograma em miniatura de um Manifestor num telejornal aparece diante de nós.

— O que começou com uma celebração terminou em tragédia — relata o homem. — Ontem à noite, enquanto a presidente eleita Natalie DuForte comemorava a vitória com a família e os amigos, tudo leva a crer que sua neta de 2 anos, Alexis Blake, foi sequestrada pelo pai, Calvin Blake. Donna Balzer, repórter da LWTV, tem mais informações.

O mini-holograma se transforma numa Manifestora diante de uma mansão.

— É isso mesmo, Adam — confirma ela. — De acordo com as autoridades, Zoe DuForte voltou para casa depois da comemoração da mãe e encontrou a babá desacordada graças a um juju de nocaute. Quando foi ao quarto dos gêmeos, encontrou o filho, Alexander, são e salvo, mas a filha, Alexis, tinha desaparecido. Diversas testemunhas viram Calvin Blake sair de casa com a criança. Segundo informações, os recém-divorciados DuForte e Blake vinham travando uma batalha desagradável pela custódia das crianças que parece ter atingido seu ápice com o sequestro desta noite. Embora a força Guardiã tenha ido atrás de Blake, ele conseguiu fugir de Uhuru. Eu conversei com a mãe mais cedo, que estava bastante abalada.

O holograma se transforma em Zoe. Ela está obviamente mais jovem, mas as olheiras afogadas em lágrimas a fazem parecer mais velha do que hoje em dia.

— Só quero minha filha de volta — diz ela, chorando. — Por favor, Calvin, traga minha filha de volta.

Sinto um nó na garganta. É muita coisa para lidar.

Alex aperta os Óculos-D outra vez, e um cartaz flutua entre nós. De um lado, há uma foto de uma bebê sorridente. Do outro lado, um retrato falado de como eu estaria hoje em dia. Na parte de cima, lê-se: "Criança desaparecida: Alexis Nichole Blake, neta da presidente Natalie DuForte. Recompensa: cinco milhões de Ben-Es. Se a vir, entre em contato com a LAN imediatamente."

A imagem se dissolve e se transforma num cartaz de "procurado" com a cara do meu pai. Ele está mais jovem, com um corte de cabelo curto, o rosto sem barba e usa óculos. Há uma recompensa de cinco milhões de Ben-Es por sua captura.

— Isso está espalhado por toda a Rede-D — conta Alex. — Também tem um programa especial de TV todo ano para marcar o aniversário do seu desaparecimento.

Eu me sento no meio-fio. Uma avó que é presidente, milhões em dinheiro como recompensa, especiais de TV. Parece que nada na minha vida era verdade.

Alex desliga o holograma e se senta ao meu lado.

— Desculpa se foi muita informação pra você.

— Você não é o único — murmuro, enquanto Cacau descansa a cabeça no meu colo. Faço carinho nela. — Não sabia de nada disso até ontem.

— Nosso pai não contou nem sobre mim?

— Não — digo, e me sinto mal por isso.

Não é minha culpa, mas não deve ser fácil ouvir que seu pai nunca falou de você.

— Ah — murmura ele, e me sinto ainda pior. — Eu sempre soube de você. Nos feriados, a mamãe sempre colocava um prato pra você na mesa, e no Natal e no nosso aniversário, comprava presentes pra você. Ela tentava esconder a tristeza de mim, mas eu sempre sabia que quando ela se trancava no quarto, era pra chorar por sua causa.

— Isso acontecia muito?

— Mais do que eu gostaria. Eu só queria que ela ficasse feliz, mas isso nunca acontecia de verdade, porque você não estava lá.

Isso é muito diferente do que eu imaginava. Para dizer a verdade, parte de mim odiava minha mãe por não estar presente. Ela não queria participar da minha vida? Beleza, eu também não a queria. Era ela quem estava perdendo.

Agora, descobrir que ela chorava porque eu não estava lá... É como se Alex tivesse jogado meus sentimentos no liquidificador e ligado na velocidade máxima.

— Estou feliz que isso se resolveu agora, pelo bem da mamãe — continua ele. — Tenho certeza de que a vovó já está planejando uma comemoração enorme pela sua volta. Um desfile. Uma festa. De repente ela vai até transformar o dia em feriado. — Ele revira os olhos. — Enquanto isso, eu tiro notas perfeitas e só ganho aumento de mesada.

Ele não parece muito feliz que eu tenha sido encontrada. Talvez eu devesse ter desejado um irmão que quisesse uma irmã, e não um irmão qualquer.

— Desculpa? Acredite em mim, eu nem quero essa atenção toda.

Alguma coisa no céu chama a atenção dele.

— É melhor você se preparar. Lá vem a LAN.

Olho na mesma direção.

— Cadê? Não vejo nada.

Ele tira um apetrecho do ouvido que parece um fone sem fio, e os óculos holográficos desaparecem. Ele entrega para mim.

Coloco nos ouvidos. Os Óculos-D aparecem agora no meu rosto, e vários ícones flutuam ao meu redor. É como se eu estivesse dentro de um celular. Alguns dos ícones são de coisas normais, como "anotações" e "câmera". Outros dizem "1001 feitiços e tônicos diretos". Um ícone chamado "modo raio X" pisca em verde. Olho para as árvores e casas e consigo enxergar através delas. Olho para Alex e vejo seus ossos. Depois, viro para cima.

Uma aeronave dourada em formado de V cruza o céu em alta velocidade. Poderia ser uma nave espacial pelo formato ou um foguete pela rapidez com que voa. Estou acostumada a ouvir o ronco dos motores de avião, mas esse negócio é silencioso. Há uma bandeira vermelha, preta e verde com um leão dourado no meio pintada na cauda da aeronave. Embaixo está escrito "Força Guardiã".

— O que é a Força Guardiã? — pergunto a Alex.

— É a polícia da LAN. Vieram prender nosso pai.

SETE
A FORÇA GUARDIÃ

Corro para casa o mais rápido que posso.

Cacau e eu disparamos aos saltos pela calçada. Sem os Óculos-D de Alex, não consigo ver a nave da LAN, mas aposto que já está lá em casa a essa altura. Talvez já estejam prendendo meu pai agorinha mesmo.

Os passos de Alex vêm logo atrás de mim.

— O que está fazendo?

Não sei, mas sigo correndo.

Não chego muito longe. A um quarteirão de casa vejo uma dúzia de Manifestores com máscaras africanas douradas e macacões de couro branco andando em direção à porta de entrada.

Alex me alcança.

— Tá vendo? Não tem nada que você possa fazer.

Ele deve estar certo, mas não posso só ficar parada aqui.

— Preciso entrar pelos fundos.

— Quê? — retruca Alex, e disparo com Cacau.

Passo pela entrada da garagem do treinador e da sra. Green, depois pelo portão do jardim eles. Os Green são um casal bem simpático que distribui biscoitos para toda a vizinhança em ocasiões especiais. Não vão se incomodar que eu passe correndo pelo jardim e escale a cerca deles com meu cão do inferno e meu irmão.

O sr. Ingram, que mora ao lado deles, provavelmente não vai gostar que eu atravesse o jardim dele e irrite seu buldogue velho. O buldogue resmunga e late para Cacau pela porta dos fundos. Eu a pego no colo e pulo a cerca para o jardim do sr. McCollum antes que o sr. Ingram venha olhar o motivo da confusão.

— Isso é invasão de propriedade! — acusa Alex enquanto atravessamos o jardim dos McCollum.

— Só se formos pegos.

— Não é assim que a lei funciona!

Hoje é. Passamos pelo jardim de JP. Como é domingo de manhã, ele e os pais estão na igreja e vão demorar para voltar. O pastor Williams faz sermões longos. Cruzo o jardim deles e depois pulo para o meu.

Totalmente sem fôlego, Alex pula a cerca e cai do outro lado.

— Não estava planejando esse tanto de exercício a essa hora da manhã. E agora?

— Preciso ver o que tá rolando lá dentro.

— Tenho a solução pra isso.

Alex rasteja na direção da casa. Pego Cacau no colo e vou atrás dele. Paramos debaixo da janela da cozinha, com as costas encostadas na parede.

Alex aperta a lateral dos Óculos-D.

— Modo compartilhado — diz ele.

Dou um gritinho porque de repente o jardim desaparece, e eu e Alex estamos no chão da cozinha.

— Projeção holográfica quadrimensional — explica. — Estamos fisicamente do lado de fora, mas isso nos possibilita ver o que está acontecendo do lado de dentro da casa. Não se preocupe, eles não conseguem nos ver.

"Eles" são uma dúzia de Guardiões revirando minha casa. Os símbolos em ônix nas máscaras lembram animais e criaturas; cada uma é diferente da outra. Há dois Guardiões ao lado de meu pai, de Zoe e do tio Ty, todos amarrados às cadeiras com as cordas de luz.

Alex franze a testa.

— Por que a mamãe está amarrada?

Meu pai tem mais cordas ao seu redor do que os outros dois. Parte de mim está pensando: Isso mesmo! Ele tem que ser punido! Mas a outra parte que ama esse cara e suas dancinhas bobas está sofrendo ao ver a cena.

Uma mulher baixinha e esguia de pele marrom, vestida com um macacão dourado, anda devagar diante deles. Alguns pedacinhos de ouro reluzem em meio ao coque no cabelo escuro.

— Aquela é a general Sharpe, a líder da Força Guardiã — sussurra Alex. — Ela estudou na escola com nossos pais e o tio Ty. Ouvi dizer que era do tipo dedo-duro naquela época. Hoje em dia, não há muitos Medianos que *não* tenham medo dela.

— Althea — chama Zoe. — Pode, por favor, me explicar por que seu guardas *me* amarraram?

— É general Sharpe, não Althea, e isto aqui não é a Escola Douglass, *senhorita. DuForte.* Ter pais poderosos já não garante que você fique acima da lei. — Ela lança um olhar de desdém para tio Ty. — E ser o "não tão Escolhido" também não.

Tio Ty tensiona a mandíbula, e alguns Guardiões soltam uma risada. O que ela quis dizer com isso?

— O Tyran fez mais para derrotar Roho do que todos nós! — dispara Zoe.

— Pode continuar acreditando nisso — diz a general Sharpe, que anda na direção do meu pai. Ela segura seu queixo, as longas unhas douradas se cravando na pele dele. — Calvin Blake. Esperei muitos anos para dizer isso. Você está preso por sequestro e por roubo...

Um dos Guardiões pigarreia.

— Por *suspeita* de roubo da Msaidizi — reformula a general Sharpe. — Vai ser levado para Uhuru, onde será julgado pelo Conselho de Anciãos. Tem algo a dizer em sua defesa?

Quero que ele peça desculpas pelo que fez, que dê algum tipo de explicação, mas ele simplesmente abaixa a cabeça.

— Imaginei que não — debocha a general Sharpe. Ela olha para Zoe e para tio Ty. — Quanto a vocês dois, não alertaram a LAN sobre o paradeiro de Calvin Blake no momento em que o encontraram. Vão ser julgados pelo Conselho também.

— Quê? — protesta Alex em voz alta.

A general Sharpe vira a cabeça na direção da janela da cozinha.

— O que foi isso?

Ponho a mão sobre a boca de Alex. Por favor, não deixe que os Guardiões olhem aqui para fora...

Mas meu pai se vira na nossa direção e arregala um pouco os olhos. Não é possível. Será que consegue ver a gente?

Ele olha para a general Sharpe.

— Caramba, Althea. Um barulhinho já deixou você nervosa? Pelo visto continua sendo a mesma medrosa de antes.

As narinas dela se dilatam.

— Pena que você e seus amigos não são os "heróis" que todo mundo sempre achou que fossem. Bom, todo mundo menos eu. Sempre soube que vocês não valiam nada.

Um dos Guardiões com uma máscara de tigre vai na direção da general Sharpe.

— Senhora? Não há nenhum sinal da Msaidizi nem dos gêmeos. Vasculhamos toda a propriedade.

Devem ter vasculhado antes de chegarmos aqui.

A general Sharpe levanta a sobrancelha, o rosto satisfeito.

— É mesmo? Eu deveria ter imaginado. Tenho certeza de que o famoso trio aqui mandou as crianças fugirem com a arma. Tudo para conseguir o que querem, não é?

— O quê? Não! — desmente Zoe.

— Por que faríamos isso? — pergunta meu pai. — E por que *eu* roubaria a Msaidizi?

— Talvez quisesse ficar com ela para você — responde Sharpe. — Ou talvez estivesse planejando vendê-la. Aposto que esses dois foram cúmplices de alguma forma. Tenho um monte de teorias, mas o fato é que ela foi roubada de Uhuru na mesma noite em que você sumiu. Não pode ser coincidência.

— Olha, Althea, Cal não roubou a Msaidizi — afirma tio Ty. — Eu acho que sei o que aconteceu. Se me libertar, posso procurar...

— Não me faça rir. Eu seria alvo de todas as piadas da LAN se deixasse *você* procurar a Msaidizi.

— Você não está entendendo! Por favor...

A general Sharpe faz um gesto de zíper com a mão, e os lábios do tio Ty ficam grudados.

— Assim está melhor. Vamos voltar para a nave e organizar equipes de busca. Os gêmeos não podem ter ido muito longe. Onde quer que estejam, aposto que a Msaidizi também está.

Zoe tenta se soltar.

— Não toque nos meus filhos!

A general Sharpe gruda os lábios dela também. Depois, faz outro gesto com a mão e meus pais e o tio Ty saem levitando das cadeiras.

A general vai andando em direção à porta com os três flutuando às suas costas e os Guardiões em seguida.

Meu pai olha para trás, na direção da janela da cozinha, e é como se estivesse olhando diretamente para mim e para Alex.

Ele mexe a boca e diz uma palavra sem emitir som:

— *Encontrem-na.*

*

Menos de dois minutos depois de os Guardiões levarem nossos pais e tio Ty, Alex já está em pânico.

— Nós somos fugitivos! — choraminga, sentado à mesa da cozinha.

Fico sentada ali, atordoada. Nunca imaginei que meu pai seria um criminoso procurado ou que a mãe que acabei de conhecer seria presa. Está difícil de acreditar que essa é minha vida.

E é tudo culpa do meu pai. Quer dizer, do estranho que diz que é meu pai. O pai que conheci não era real.

Depois de cinco minutos, desperto da confusão mental e digo a Alex para ligar para nossa avó. Ela é a porcaria da presidente; não é possível que não possa fazer nada. Mas Alex diz que os Guardiões poderiam interceptar a ligação. Pego minha Caneta-D e sugiro que a gente a use.

— Não podemos. Eles conseguiriam rastrear nossa localização, igual a mamãe fez com você — explica, o que faz muito sentido, mas aí o garoto fala: — Deveríamos ligar pra polícia dos Medianos.

Olho para Alex como se sua cabeça tivesse se descolado do pescoço.

— Por que a gente faria isso?

— Somos menores de idade sem a supervisão de um adulto. Eles não podem mandar umas refeições e alguém pra cuidar da gente até a mamãe voltar? É isso que a Força Guardiã faria se não fôssemos considerados fugitivos.

— Não! Além disso, você quer contar para os Medianos que uma força policial secreta prendeu nossos pais por roubarem uma arma poderosa e os levou embora numa nave invisível?

— Argumento válido — admite Alex. — Vamos esperar a mamãe então. Eles não vão mantê-la presa por muito tempo. Ela vai vir buscar a gente assim que estiver livre.

Só que trinta minutos se passam e não há nem sinal de Zoe.

Quarenta e cinco minutos, nada.

Depois de uma hora, penso em algo assustador: os Guardiões podem voltar. Chego à conclusão de que precisamos sair daqui, então corro lá para cima e jogo algumas coisas importantes na mochila, incluindo a bolsa da srta. Peachy que ganhei de aniversário. Com sorte, haverá algum juju lá dentro caso eu precise. Digo a Alex que precisamos ir embora, mas ele começa a hiperventilar só de pensar em ir a qualquer lugar sem um adulto, e diz que prefere ficar e ser capturado pelos Guardiões. Não foi isso que imaginei quando desejei um irmão.

Duas horas já se passaram, e Alex e eu não conseguimos concordar sobre o que fazer.

Eu me sento no chão e dou uns biscoitinhos para Cacau. Alex tamborila os dedos na mesa da cozinha, impaciente, com os olhos fixos na porta.

— A mamãe vai voltar a qualquer momento — afirma.

Parei de acreditar nisso uma hora atrás.

— Acho que ela não vem, Alex.

— Ela vem sim! Ela é inocente! Não merece isso!

Ele desvia o olhar, mas não é rápido o suficiente. Vejo que seus olhos estão marejados.

Entrego um lenço a ele. Não posso começar a chorar também. O risco é eu não parar nunca mais.

Alex seca o rosto.

— Obrigado.

Não falamos nada por um tempo. Ter um irmão gêmeo deve ser assim, então. Ter alguém que compreende você de cara.

— Não acredito que a general Sharpe acha que minha mãe é cúmplice daquele canalha, bandido...

E *assim* o momento de conexão chega ao fim.

— Ei, olha como fala.

— Está defendendo o cara? Ele mentiu pra você a vida inteira!

Eu sei, mas ele é... Não posso dizer um cara bom, porque caras bons não sequestram um filho e abandonam o outro. Mas eu ainda... o amo? Mas será que sequer o conheço?

Quero responder que não, só que...

Lá no fundo, uma vozinha na minha cabeça diz que meu pai me ama, que eu devia confiar nele, e que ele me levou embora por um bom motivo. É a mesma voz que disse que precisávamos nos mudar para Jackson. Neste momento, ela está me lembrando do que meu pai fez antes que os Guardiões o levassem.

Ele me disse para encontrá-la.

— Quando eles estavam levando o papai, não pareceu que ele olhou diretamente pra gente? — pergunto a Alex.

Ele faz uma careta como se tivesse engolido um limão.

— Isso é impossível e irracional. Ele não consegue enxergar através das paredes.

— Mas de alguma forma ele conseguiu, Alex, e nos disse para encontrá-la. Será que estava falando da Msai...

Cacau rosna e me interrompe. Sigo o olhar dela, e o pacote de biscoitinhos cai da minha mão. Três homens acabaram de aparecer no jardim.

Alex os vê também.

— Vai se esconder!

Pego a mochila, e corremos os dois até a despensa. Cacau olha e vira a cabeça. Assobio para ela vir junto. Só quando mostro mais um pacote de biscoitinhos é que ela se junta a nós.

Fechamos a porta da despensa no instante em que quebram o vidro.

— Parece que está tudo em ordem — diz uma voz mal-humorada. Ouvem-se passos sobre os cacos de vidro. — Tem certeza de que os Guardiões levaram Blake?

— Positivo, chefe — confirma uma voz aguda. — Meu contato disse que encontraríamos vários artefatos aqui.

Uma voz mais suave diz:

— Quem diria que um Guardião ia ajudar abutres?

Já ouvi falar de abutres. São exilados que andam por aí roubando itens e artefatos Notáveis. Fazem qualquer coisa para conseguir o que querem, e não é nada bom cruzar o caminho deles... Muito menos ficar preso numa casa com eles.

— Snoop, vasculhe o porão — ordena aquele de voz mal-humorada. — Rock, segundo andar. Eu vou ficar com o térreo.

Abro um centímetro da porta. Um homem negro peludo com dreads e cavanhaque é quem dá as ordens. Seu Brilho é cinzento, então percebo que é um Lobisomem. O cheiro de cachorro molhado também entrega. Minha nossa! Um homem de pele marrom com Brilho vermelho vai até o porão. Vampiro. O outro homem tem a pele mais escura, é magro, usa um durag, tem tatuagens e Brilho laranja. Um Metamorfo. Ele sobe para o segundo andar.

O Lobisomem abre os armários da cozinha. Joga os pratos e copos de qualquer jeito, quebrando tudo. Debocha da caneca que comprei para meu pai no Dia dos Pais. Pelo barulho, os amigos estão destruindo o porão e o segundo andar.

95

— Nic, sinto muito — diz Alex com gentileza.

Estou com os punhos cerrados de tanta raiva. Queria poder sair e atacar esses malditos...

— Ei, chefe — grita o Metamorfo. — Encontrei um negócio interessante aqui em cima.

— É melhor ser bom mesmo — retruca o Lobisomem.

Os passos dele vão subindo a escada.

— Temos que ir — sussurro para Alex. Ponho Cacau dentro da mochila, com a cabeça para fora. — Não podemos ficar aqui com eles.

— Não! — exclama Alex em um sussurro que é quase um grito. — Vamos esperar até eles irem embora. A mamãe...

— Ela não vai vir, Alex! Esses caras são perigosos. Precisamos ir agora — insisto. Ele não responde, então adiciono: — Sei que somos praticamente estranhos um para o outro, mas precisa confiar em mim. Por favor?

Quase consigo ouvir as engrenagens girando dentro da cabeça dele e vejo o momento em que decide me dar uma chance.

Alex abre a porta da despensa.

Coloco a mochila no ombro e saímos correndo, mas, assim que fazemos isso, JP aparece no jardim usando uma pochete e uma camiseta vermelha da escola bíblica de verão.

— Oi, Nic! — cumprimenta ele em voz alta. Depois olha para Alex. — Oi, garoto que não conheço! Vim me despedir antes de ir para o acampamento.

Droga, droga, droga! Alex e eu sacodimos os braços desesperadamente para que ele cale a boca.

— O que foi? — pergunta JP, ainda mais alto. — Está tudo bem com vocês?

O Lobisomem desce a escada correndo. Ele nos vê.

— Ei!

Alex e eu corremos para a porta dos fundos. Pego JP pela mão, e nós três saímos em disparada.

Infelizmente, Lobisomens são bem rápidos. Tipo corredores profissionais mesmo. Seguimos pela calçada e, embora tenhamos uma vantagem, o Lobisomem vem grunhido e mostrando os dentes a poucos metros de nós. Aquele cheiro de cachorro molhado faz meus olhos arderem. O amigo Metamorfo tenta nos alcançar e, por mais estranho que pareça, está com um celular apontado para nós. De dentro da mochila, Cacau solta fumaça na direção deles.

Passamos por Medianos na calçada. Não sei o que enxergam, mas nenhum deles parece muito preocupado que haja três crianças e um cachorro sendo perseguidos por um Lobisomem e um Metamorfo.

Estamos chegando perto de uma esquina movimentada. Não podemos parar para atravessar a rua. Só mais dez segundos e o Lobisomem vai nos alcançar.

— Pra que lado vamos? — pergunta JP.

— Esquerda! — digo.

— Direita! — diz Alex ao mesmo tempo.

— Gente! Qual dos dois?

— Esquerda! — repito.

E Alex diz de novo:

— Direita!

— Gente! — reclama JP.

O Lobisomem chega mais perto. Ele vai nos atacar a qualquer momento.

Um conversível rosa antigo dá uma freada brusca no sinal e, ao volante, está um rosto conhecido.

— Entrem! — ordena a srta. Lena.

Para onde...? Como...? Não importa. Subo no carro, e Alex e JP vêm logo atrás. A srta. Lena acelera, e o Lobisomem vira um pontinho peludo lá longe.

OITO
JP CONSEGUE VER

A srta. Lena nos leva até o bar. Há poucos clientes ali, além da srta. Sadie, a Aziza.

— Tranque as portas — ordena a srta. Lena. — E se os abutres aparecerem, lide com eles.

A srta. Sadie assente. Algumas pessoas encaram JP porque ele não tem o Brilho. JP encara de volta.

— Ela é uma fada! — diz ele, apontando para a srta. Sadie. Ela fecha a cara. Nunca, *jamais* a chame de fada. — Ela está conversando com um lobisomem?

A srta. Lena apressa meu amigo:

— Menos conversa e mais velocidade, garoto.

Ela nos leva até o escritório, fecha a porta, diz para nos sentarmos no sofá surrado e vai até o frigobar.

Caímos no sofá, suados e ofegantes. Cacau pula de colo em colo lambendo o rosto de todo mundo, como se dissesse: "Parabéns por terem escapado daqueles abutres."

Sinto uma dor no peito. Nunca mais vou ver minha casa do jeito que era. Os abutres vão destruir tudo.

JP olha ao redor do escritório, deslumbrado.

— O que *é* este lugar?

Há pequenos pássaros luminosos pretos e brancos em gaiolas e vidrinhos de tônicos que reluzem sob os raios de sol. Um demônio mais ou menos do tamanho da Cacau dorme numa gaiola no canto, e as garrafas de vidro azul cheias de espíritos estão sacolejando numa prateleira nos fundos.

A srta. Lena nos oferece água.

— Eu sou a Lena. Este é meu bar. Você enxergou a forma real de Sadie, isso quer dizer que você é um Clarividente, um Mediano que consegue ver o Notável.

Caramba. Isso explica tudo.

— *Ei!* — protesta JP. — Posso não ser o garoto mais inteligente do mundo, mas não precisa me chamar de mediano

— É com *isso* que tá preocupado no momento? — pergunta Alex.

JP olha para o lado.

— Quem é você?

No meio da confusão de descobrir que fui sequestrada, que meu pai talvez seja um criminoso e que tenho uma mãe e um irmão gêmeo, não tive a oportunidade de contar as novidades a JP.

— Este é o Alex, meu irmão gêmeo. É uma longa história. Alex, este é JP, meu melhor amigo.

— Você é amiga de um *Mediano*? — pergunta Alex, pronunciando a palavra com desdém. — Nossa, a mamãe devia ter resgatado você há mais tempo.

JP estreita os olhos.

— Não sei o que isso significa, mas fiquei chateado.

— Devia mesmo — diz a srta. Lena, lançando um olhar de censura para Alex. — Não tem nada de errado em ser Mediano. Vocês apenas não têm poderes Notáveis, e é raro que consigam enxergar Notáveis sem a ajuda de uma varinha. Você deve ter passado a vida inteira vendo coisas estranhas, não é?

— Sim! — confirma JP. — Quando eu tinha 5 anos, vi uma fada no jardim do meu avô. Meu pai disse que era uma barata. Super-ofensivo para a fada, se parar pra pensar. No terceiro ano, falei pra todo mundo que a professora era uma vampira, mas nãããão, ficaram todos tipo: "JP tem uma imaginação fértil." No quinto ano...

— JP — interfiro. Se eu não interromper, ele vai contar sua história de vida toda. — Nós entendemos.

— Então tudo que eu vi é real? Não era minha imaginação?

— É muito real — responde a srta. Lena. — Você também consegue identificar os Notáveis. Nós temos um Brilho, não temos?

— Isso! Eu pensei que vocês só cuidavam muito bem da pele.

A srta. Lena dá risada.

— Xixi de anjo deixa minha pele ótima, mas isso que você está vendo é meu Brilho.

Eca, não, obrigada. Prefiro lidar com as espinhas.

— Clarividentes como você são raros — continua a srta. Lena. — É bem provável que você seja descendente de um Gorado.

— Não é assim que se chama o ovo quando estraga? — pergunta JP.

— Também é como chamamos alguém que deveria ser um Notável, mas não é — explica a srta. Lena. — Algum de seus ancestrais provavelmente era um Manifestor. Eles são como os bruxos e magos que você vê nos livros e filmes, só que mais poderosos. Esses dois aqui são Manifestores.

JP leva um susto.

— Nic, você é bruxa? Você tem uma varinha?

Alex leva um susto ainda maior.

— Como você ousa...

— Manifestores não precisam de varinhas — interrompe a srta. Lena. — Bruxos e magia são um assunto um pouco mais delicado sobre o qual não vamos falar.

— Não devíamos estar falando de nada disso! — reclama Alex — De acordo com o estatuto de...

A srta. Lena faz um gesto para cortá-lo.

— Estatuto é o caramba. O garoto precisa saber a verdade. Desconfio de que vão precisar da ajuda dele com essa confusão.

— Você sabe o que aconteceu? — pergunto.

— Eu tive uma visão do seu pai preso. Não sabia o que significava. Minha visão não revelou nada, mas elas nunca revelam. O que aconteceu, mocinha?

Começo do começo, com a história do "meu pai me sequestrou", depois a Msaidizi, os Guardiões e os abutres. Damos uma rápida explicação para JP sobre a LAN e a Msaidizi. Ele pergunta se pode transformar a arma em uma cueca — alguém poderia precisar de roupas íntimas limpas tanto quanto John Henry precisou de um machado. Às vezes realmente me pergunto o que se passa na cabeça dele.

— Meu Deus. Eu tinha ouvido boatos de que a Msaidizi estava desaparecida — conta a srta. Lena. — Não estou surpresa de que fossem verdadeiros. Não acredito que a LAN pensa que Calvin a roubou. Eu sabia que ele podia ser pego por ter levado você, mas acusá-lo disso é ridículo.

— Espera aí. Você sabia que ele tinha me sequestrado? E que o nome dele era Calvin?

— Descobri depois de algum tempo — explica a srta. Lena. — A história de vocês já foi capa de jornal. Eu me lembro de ver sua mãe chorando na TV. Fiquei desolada. Depois, alguns anos atrás, uma pessoa metamorfa de quem sou amiga e que mora em Nova Orleans me pediu para contratar um colega que ia se mudar para Jackson. Disse que ele era bom em capturar criaturas. Não me disse que era um fugitivo, mas nós exilados não tocamos muito nesses assuntos. Cada um tem a própria questão com a LAN. Não vou mentir, quando vi seu pai e entendi quem ele era, quase o entreguei, mas minha intuição me disse para não fazer isso, e até hoje ela nunca falhou. Ele não parecia ser o tipo de homem que descreveram, o que me levou a acreditar que ele devia ter um bom motivo para fazer o que fez. Eu o contratei. Não foi o primeiro fugitivo a recorrer a mim. Muitos já passaram por essa porta. Sabem que aqui é um lugar seguro. O fato de um Manifestor amigo meu ter lançado um juju de guarda-segredo no bar ajuda bastante. Você pode entrar aqui com um segredo, contar para todas as pessoas presentes e nenhuma delas conseguirá repetir quando sair daqui. Ninguém conseguiria sair daqui sabendo quem ele era para delatá-lo.

— Basicamente você ajuda criminosos — conclui Alex.

— Eu moro numa casa de vidro, então nunca tenho pedras nas mãos — afirma a srta. Lena. — Agora, aposto minha vida que seu pai não roubou a Msaidizi. O tanto de vezes que aquele menino lidou com espíritos que explodiam privadas na cara dele. De jeito nenhum. Ele teria usado a Msaidizi para ajudar a si mesmo. Outra pessoa deve ter roubado.

Eu me lembro do meu pai olhando para nós antes de sair e balbuciando aquelas palavras.

— Por que ele iria querer que a encontrássemos?

— O que quer dizer, menina? — pergunta a srta. Lena.

— Meu pai olhou para nós quando os Guardiões o estavam levando...

— Ela acha que ele olhou — interrompe Alex. — É impossível.

— Eu sei o que vi. Ele disse "encontrem-na" — afirmo. — Acho que estava falando da Msaidizi.

— Ele deve ter visto vocês sim — opina a srta. Lena. — Ele usa lentes de contato com donologia. Consegue enxergar através das paredes.

— Ele usa? Mais uma coisa que eu não sabia.

A srta. Lena faz que sim.

— Aham. Elas podem ser bem úteis no tipo de trabalho que ele faz. Provavelmente ele quer que vocês encontrem a Msaidizi porque ela conta a própria história. Vocês poderiam informar à LAN como ela sumiu e limpar o nome dele. Ele precisa de você, criança.

Ele precisa de mim.

Ele precisa de *mim?*

Eu me levanto e começo a andar de um lado para o outro. Não é possível. De jeito nenhum.

— Sei que provavelmente não é muito fácil ouvir isso — declara a srta. Lena.

Explodo com ela:

— Sabe mesmo? Acabei de descobrir que minha vida inteira é uma mentira por causa dele, e agora ele quer minha *ajuda*? Ele nem me contou por que me sequestrou!

— Ele ainda é seu pai, Nic — opina JP.

Cruzo os braços com força.

— E daí? Não quero ajudar aquele homem.

— Somos dois — concorda Alex. — Ele não merece nossa ajuda.

— Não merece mesmo — concorda a srta. Lena. — Vocês têm todo o direito de estar com raiva dele. Na minha opinião, até bem furiosos. Mas isso não diz respeito apenas a ele. No mínimo também iriam ajudar sua mãe e Tyran.

— Eles são inocentes — garante Alex.

— Se eu conheço bem Althea Sharpe, ela vai tentar incriminar os dois também. Eles precisam de toda a ajuda que puderem ter. E ainda iria ajudar vocês.

Há algo de sombrio na voz dela que me deixa em alerta.

— Por que diz isso?

— A LAN pode condenar Calvin à pena máxima por roubar a Msaidizi. Podem tirar o Dom dele ou então... apagar a memória dele.

Descruzo os braços.

— Quê?

— A LAN não acredita em prisões. É uma forma de escravidão moderna. Não vou nem começar a falar do sistema prisional Mediano. A LAN acredita em reabilitação. Se o crime é muito grave, eles tiram o poder do Notável até a pessoa melhorar o comportamento. Às vezes nunca devolvem. No caso de crimes realmente hediondos, a LAN apaga a memória do criminoso para que a pessoa possa começar do zero.

— Mas aí ele não se lembraria mais de mim — constato.

— E não poderia explicar por que sequestrou você e deixou esse aqui para trás. — Ela aponta para Alex. — A LAN não vai apagar a memória dele como pena pelo seu sequestro, mas não seria de espantar que o fizessem por causa da Msaidizi, para fazer dele um exemplo. Vocês precisam limpar o nome do Calvin para conseguir respostas. O único jeito de fazer isso é encontrando a Msaidizi e o verdadeiro ladrão.

Eu me sento no sofá. Quero que meu pai tenha o castigo que merece. Não quero me importar com o que vai acontecer a ele, mas ainda assim... Argh, eu me importo! Embora tenha me magoado, sei que ele me ama, e eu o amo também.

Odeio ter sentimentos. Aff!

Também preciso admitir que meu pai não deveria ser punido por algo que não fez. A srta. Lena e o tio Ty não acham que ele pegou a Msaidizi; além disso, nunca o vi usar nenhum tipo de arma poderosa. Não seria justo que ele perdesse a memória ou o Dom por causa disso.

O grande problema? Meu pai me pediu para fazer algo impossível.

— E como podemos encontrar a Msaidizi, senhorita Lena? Se nem a LAN conseguiu, e eles são o governo. Nós somos só crianças.

— Eu acredito que a LAN tenha se concentrado mais em procurar pelo Calvin do que pela própria Msaidizi. Isso deu ao verdadeiro ladrão a chance de sair impune. E daí que vocês são crianças? Quando o Tyran e seus pais tinham sua idade, eles viajaram no tempo, foram para universos diferentes...

— Uou! Espera um estante — diz JP.

— Você quis dizer espera um instante? — pergunto.

— Não importa! Como assim os pais da Nic viajaram no tempo e para universos diferentes? Isso parece com a trama dos livros do Stevie.

Explico que o sr. Porter é o verdadeiro Stevie e que meus pais são Kevin e Chloe.

— Caramba, meu Deusinho! — exclama meu amigo.

Só JP falaria esse tipo de coisa.

— Pois pronto, e embora os livros não sejam totalmente precisos, muita coisa ali aconteceu de verdade — conta a srta. Lena. — Serem crianças não os impediu de nada. Por que impediria vocês?

Eu poderia responder com uma longa lista, começando com o motivo principal: porque eles sabiam usar o Dom, e eu não sei. Além disso...

— Não sabemos nem por onde começar.

— E nem o que procurar — completa Alex. — A Msaidizi muda de forma. Pode ser qualquer coisa.

— Tipo uma cueca — complementa JP.

— Procurem por isto aqui. — A srta. Lena tira um colar de dentro da blusa e nos mostra um pingente em formato de árvore. Há rubis brilhantes ao longo dos galhos. — Chamamos isso de Marca do Éden. É um símbolo antigo que está na Msaidizi.

Nunca vi esse símbolo antes, mas só de olhar o pingente já sinto os pelos dos braços se arrepiarem. Tudo naquele objeto grita *poder*.

Aposto que a Msaidizi também é assim.

— Hã... senhorita Lena? A Msaidizi é bem poderosa, certo? Não seria meio perigoso procurar a pessoa que a roubou?

— Exatamente! — concorda Alex. — A pessoa poderia usar a Msaidizi contra nós.

— Não estou dizendo para confrontarem o ladrão! Encontrem e avisem à LAN quem roubou e onde está. Pelo amor de Deus, garota, seja inteligente, não corajosa.

A coisa mais inteligente a fazer seria dizer não a tudo isso. É impossível.

— Acho que não vou conseguir encontrar.

— Consegue, sim. Seu pai acreditou em você. Precisa acreditar também — incentiva a srta. Lena.

Odeio o quanto ouvir isso me faz acreditar que tenho uma chance. Meu pai ainda tem um efeito muito grande sobre mim.

— E onde podemos começar a procurar, senhorita Lena?

Ela se recosta na cadeira e cruza os braços.

— É aí que as coisas ficam interessantes. Eu disse a vocês que ouvi boatos de que a Msaidizi estava desaparecida. Também ouvi dizer que foi vista na minha cidade.

— Nova Orleans? — pergunto.

Ela faz que sim.

— Não me surpreenderia se o bandido estivesse por lá. Nova Orleans é a cidade Comum mais Notável que existe. A Msaidizi foi usada lá tanto por Grande John quanto por Annie Christmas. O Dom deixou sua marca naquele lugar.

— Eu não vou até uma cidade desconhecida pra ajudar aquele ladrão — afirma Alex. — Não me importo tanto assim com as respostas.

— Tem certeza? — indaga a srta. Lena. — Porque os Guardiões já estão vindo para cá.

— Você teve uma visão? — pergunto.

— Não. Estou ouvindo a linha de comunicação deles. — Ela aponta para algo que pensei ser um brinco de prata. — Preciso me manter informada sobre os passos deles considerando que sempre tenho indivíduos "questionáveis" por aqui. Acabei de ouvir um dos comandantes dar a ordem.

— Precisamos ir para Nova Orleans — afirmo.

— E aí fazemos o quê? — questiona Alex. — Vasculhamos a cidade inteira atrás de uma arma que muda de forma?

— Posso mandar uma mensagem para a pessoa metamorfa que conheço lá e que pode ajudar na busca — oferece a srta. Lena. — Uma coisa tão poderosa tende a deixar rastros.

Alex cruza os braços.

— Não vou viajar para uma cidade onde nunca estive. A mamãe ia ficar muito preocupada se soubesse. Não podemos fazer isso com ela.

— Alex, por favor?

— Não, Nic. Você não a ouviu chorar o tempo inteiro. Eu ouvia. Não ter você por perto a deixou muito abalada. Não me importo em conseguir respostas dele. Nenhuma explicação que me dê vai diminuir o mal que fez a ela.

Ouço o que ele diz e, acredite, eu entendo. Ainda estou em dúvida se quero ajudar meu pai ou deixá-lo lidar com a consequência que vier.

Mas quero respostas. Eu mereço respostas. Se eu encontrar a Msaidizi e salvar meu pai, ele não vai ter escolha a não ser me encarar e contar por que me sequestrou e mentiu para mim. Esse é o único motivo pelo qual vou fazer isso.

Preciso fazer Alex mudar de ideia de alguma forma. Aposto que ele sabe usar o Dom. Deve conhecer alguns jujus básicos, como a maioria dos Manifestores da nossa idade, mas isso já é mais do que eu sei. Não vou conseguir nada sem ele.

— Alex, por favor? É óbvio que eles não libertaram a Zoe, senão ela já teria vindo nos buscar, não acha?

Ele descruza os braços devagar.

— Acho que sim.

— Então a senhorita Lena está certa. Precisamos encontrar a Msaidizi por ela também. Assim vamos poder dizer à LAN que ela não nos mandou fugir com a arma. Zoe precisa de nós.

Aquela última frase parece ter sido a chave.

— Se for para ajudar a mamãe e não ele, eu vou.

— Eu vou também — declara JP. — Meus pais acham que estou no acampamento. Além disso, eu adoro bolinho de chuva, sanduíche poboy, gumbo e pralinas. Mas não gosto de lagostim. Não consigo comer nada que tenha olhos.

Abro um sorriso. Sempre posso contar com JP. Olho para a srta. Lena.

— E como chegamos a Nova Orleans?

— Podemos usar um serviço de carona compartilhada — sugere JP.

A srta. Lena coloca a mão na cintura.

— E vocês têm dinheiro para pagar?

Negativo para mim. Só tenho o dinheiro que ganhei de aniversário e não é suficiente para uma carona de três horas até Nova Orleans.

— E como vamos chegar lá então?

A srta. Lena dá um sorriso sabichão.

— Tenho uma ideia.

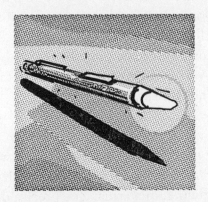

NOVE
A UNDERGROUND RAILROAD (LITERAL)

A srta. Lena vai até a prateleira em que estão as gaiolas dos pássaros luminosos. Eles chiam e batem as asas, o que provoca pequenos raios ao redor.

— Abra — comanda ela.

A prateleira se abre como uma porta, revelando um lance de escadas para baixo. A srta. Lena cantarola enquanto desce alguns degraus. Ela para e olha por cima do ombro para nós.

— E aí? Estão esperando os Guardiões virem dar um oi?

Ah, está bem. Ponho Cacau na mochila, coloco-a no ombro e vamos atrás da srta. Lena.

Os degraus de madeira rangem com nossos passos, e preciso afastar teias de aranha do rosto. Há uma camada grossa de poeira por cima da escada, e vai ficando pior à medida que descemos.

— Não vou deixar ninguém me fazer recuar — a srta. Lena cantarola, citando a letra da música "Ain't Gonna Let Nobody Turn Me Around". — Não vou deixar, não vou deixar. Não vou deixar ninguém me fazer recuar...

No museu dos direitos civis, assisti a vídeos de manifestações em que as pessoas cantavam essa música. Mas, à medida que a srta. Lena canta, luzes vão se acendendo, e um novo degrau aparece a cada palavra. É sério: num segundo não tem nada, e, de repente, mais escadas.

— Vou continuar caminhando, continuar falando, marchando para a liberdade.

A voz da srta. Lena ecoa nas paredes de pedra. É como se outras vozes se juntassem à dela. Firmes, mas sussurrantes ao mesmo tempo. As luzes ficam mais fortes. O ar frio se dissipa. Acho que a música da srta. Lena está trazendo este lugar à vida.

Há uma explosão ao longe que faz o teto tremer, e uma chuva de terra cai sobre nós.

— O que foi isso? — pergunta Alex, estridente.

— Ah, pelo visto os Guardiões chegaram — responde a srta. Lena. — Minha amiga Sadie deve ter usado a força das Azizas neles. Provavelmente arremessou alguém pelo bar. O pessoal subestima as Azizas.

— Ela não vai ter problemas por causa disso? — pergunto.

— Não seria a primeira vez. Sadie tem uma ficha mais longa do que perna de Gigante. Ela é meu braço direito.

Eita, caramba.

A srta. Lena pisa na base da escada, e várias luzes se acendem ao mesmo tempo. Estamos numa ampla sala feita de pedras. Há muitos túneis com trilhos de trem saindo de cada um. No meio, onde todos os trilhos se encontram, está parado um veículo estranho. É prateado, brilhante e parece com um trailer; tem uma porta e janelas largas nas laterais, mas também tem uma chaminé e um sistema de rodas e pistões como uma locomotiva.

— Sejam bem-vindos à Underground Railroad — anuncia a srta. Lena.

Fico chocada.

— Achei que isso tinha sido desativado!

— E foi! — diz Alex, agitadíssimo. — A LAN desativou durante a guerra contra Roho. Ninguém deveria ter acesso!

A srta. Lena olha para ele de cima a baixo.

— E desde quando exilados respeitam as regras da LAN? Eles só fecharam as rotas que levam às cidades Notáveis. Alguns de nós exilados usamos os túneis para viajar até as cidades Medianas. Eu e a velha Bertha aqui viajamos à beça.

— A Underground Railroad é de fato uma linha férrea? — pergunta JP. — Na escola disseram que eram rotas e esconderijos.

— A versão Mediana sim, mas ganhou esse nome por causa desta aqui — explica a srta. Lena. — E esta aqui também foi usada para ajudar pessoas escravizadas. Sabe, antigamente, o principal objetivo da LAN era encontrar Notáveis escravizados e libertá-los. Mandavam espiões até as fazendas para encontrar o pessoal pelo Brilho, então os espiões diziam as palavras ancestrais e reativavam o Dom neles. Mas era impossível deixar para trás as pessoas que não tinham o Dom, então eles as ajudavam também. Quando a escravidão acabou, as pessoas negras continuaram sendo aterrorizadas e tratadas de modo sub-humano. Meu avô dizia que a LAN tinha planos de formar um exército para libertá-las.

— E por que isso não aconteceu? — pergunto.

— Aí você me pegou. De qualquer forma, muita gente se reencontrou neste lugar. Você está em local sagrado, criança.

Quase consigo ver as famílias reunidas aqui: assustadas, mas animadas. Esperançosas, mas cautelosas. Não quero pensar no que passaram para chegar até aqui, mas fico feliz que tenham conseguido.

Seguimos a srta. Lena até o trem, e o interior é muito maior do que parece. A parte da frente está arrumada como se fosse uma sala de estar, com sofá, poltrona reclinável e uma televisão. Atrás, fica a cozinha, com uma mesa e um banco acolchoado debaixo da janela. A srta. Lena nos leva até os fundos, onde há quatro camas: duas beliches, uma de cada lado.

— O banheiro é ali. — Ela aponta para uma porta lá no final. — Ainda deve ter alguns produtos de higiene e comida na cozinha da minha última viagem. Mantenham o lugar limpo. Se trouxerem a Bertha de volta toda suja vão arrumar um problema comigo. Alguma pergunta?

Alex levanta a mão.

— Estou desconfortável em viajar sem um adulto e, além disso, não sei operar um trem. Acho que Nic e JP não devem saber também.

JP e eu confirmamos com a cabeça. A não ser que conte dirigir trens no videogame, e mesmo assim a gente já matou vários personagens não jogáveis.

— Não vão precisar dirigir — explica a srta. Lena. — É só dizer a Bertha para onde querem ir, e ela vai levá-los até lá. Quanto mais específico, melhor. Se forem muito vagos, ela pode levá-los a algum lugar aleatório.

— É só isso? — pergunto.

A srta. Lena joga uma chave de latão para mim.

— Só isso. Ah, e mantenham a porta trancada. Tem criaturas de todo tipo pelo subterrâneo.

— Criaturas? — pergunta Alex, com os olhos arregalados.

— *Ah*, que tipo de criatura? — completa JP.

— O tipo com o qual não vão querer cruzar — avisa a srta. Lena num tom sombrio. — Boa sorte! Quando chegarem a Nova Orleans, sigam as placas de saída na parte subterrânea. Vou dizer para meu contato encontrá-los na porta. Espero que voltem inteiros e, se não voltarem, espero que dê para remendar.

Isso que é uma despedida perturbadora.

Quando ela sai do trem, penso na última vez que vi a srta. Lena; como ela segurou minha mão e enxerguei sua visão, como ela ficou assustada e sua aura piscou.

Ponho Cacau no chão e vou atrás dela. A mulher já está subindo a escada quando me aproximo e...

— Não, menina, não sei dizer o que você fez naquele dia — informa.

Nem toquei nela!

— Você teve uma visão que eu estava vindo atrás de você?

— Quem precisa de visão quando você tem esses pés pesados? — Ela se vira com um olhar crítico. — Tem que aprender a andar sem arrastar os pés.

— Desculpa.

— Pois pronto. E nem preciso de visão para saber que você ia querer falar do que aconteceu no seu aniversário.

O que quer que tenha sido aquilo.

— Me desculpa pelo que eu fiz. Não queria machucar a senhora.

— Eu sei. Você enxergou minha visão, não foi?

Seguro as alças da mochila e olho de volta para o trem. Não quero que JP e Alex saibam disso, mas eles estão longe demais para ouvir.

— Sim, senhora.

— Pois pronto. — O olhar dela pesa mais do que uma tonelada. — Como eu disse, não sei explicar. Nem a visão, nem como você a enxergou. Nunca ninguém me tocou e teve acesso a uma visão antes.

— Nunca?

— Não, mas de uma coisa eu sei. — A srta. Lena se aproxima de mim. — Você é muito mais poderosa do que pensa, Nichole Blake. Muito mais.

Ela me dá uma piscadela e vai embora.

Fico paralisada ali. Eu, poderosa? Aquilo parece tão impossível quanto um Vampiro que odeia sangue. Além do mais, isso só aconteceu duas vezes. Como tio Ty disse, deve ser coisa da puberdade.

É.

Repito isso para mim mesma enquanto caminho de volta até o trem.

Alex, JP e eu olhamos um para o outro. Agora somos só nós, Cacau e Bertha, a locomotiva.

Pigarreio antes de falar:

— Senhorita Bertha? — Imaginei que fosse senhorita e não senhora. Não acho que trens consigam se casar. — Pode nos levar para Nova Orleans?

A princípio, silêncio.

Então as luzes do trem se acendem, e o motor ganha vida. Bertha dá uma guinada e se põe em movimento, derrubando a mim, Alex e JP no chão.

Nova Orleans, lá vamos nós.

*

Os túneis da Underground Railroad vão passando pelas janelas. Alex calculou que a velocidade de Bertha é de mais de trezentos quilômetros por hora, o que é "muito abaixo da média uhuruana de transporte público". Não sei se acredito, mas **sei** que quase caio no chão em alguns momentos.

Faço uns sanduíches para Alex, JP e eu. A srta. Lena disse que devia haver alguma comida da última viagem dela, e encontro frios, pães, pacotes de carne-seca pronta, macarrão para lámen, mingau de aveia, sopa enlatada e frutas secas. Comida de gente velha, mas meu estômago nem liga. É um banquete no momento.

JP está sentado à mesa da cozinha.

— Isso, mãe, estou no ônibus para a escola bíblica. Eu... — Ele amassa um pedaço de papel perto do telefone. — Desculpa por não ter me despe... Sem sinal na floresta... — Ele amassa um pouco mais. — Vejo você quando voltar! — E desliga. — Acho que ela acreditou.

Arrumo os pratos com os sanduíches em cima da mesa e me sento ao lado dele.

— Uau! Você mentiu pra sua mãe.

— Em algum momento eu ia ceder a minha natureza humana e pecadora. Desrespeitar dois dos dez mandamentos de uma vez só é muita coisa. — Ele parece reflexivo. — Será que isso significa que entrei na minha fase rebelde?

— Que nada, só significa que você é um amigo incrível. Espero que essa viagem seja algo pelo qual vale a pena mentir pra sua mãe.

— Por que diz isso? — pergunta JP em meio às mordidas no sanduíche.

— Meu pai é um criminoso, JP. Ele mentiu pra mim. Meu nome verdadeiro nem é Nichole!

— Não é?

— Não, é Alexis. E se meu pai estiver mentindo de novo? E se ele realmente roubou a Msaidizi, escondeu a arma em Nova Orleans e agora precisa que eu a recupere pra colocar em prática algum plano maligno de dominar o mundo, e eu vou ser cúmplice e nunca mais vou me perdoar por tê-lo ajudado a se tornar um gênio do mal?

— Hã, Nic? Você assiste a filmes demais.

— Pode acontecer! Dá pra confiar nele?

— Não dá — responde JP. — Mas dá pra confiar na sua intuição. O que ela está dizendo?

Quase engulo o sanduíche porque minha intuição no momento basicamente só me diz: "fome!". Mas também diz que meu pai é inocente na questão da Msaidizi, que ele me ama e que preciso confiar nele. Só que minha intuição também costuma dizer que posso comer um bolo de caramelo inteiro, então talvez ela não seja a fonte mais confiável.

— Não sei, não. Duvido que a gente consiga fazer isso.

— Você consegue, sim. Se tem alguém que pode encontrar é você, Nic.

JP sempre vê o lado bom das coisas. Meu pai disse uma vez que ele é um eterno otimista. Perguntei a ele o que isso significava.

— Pode estar um breu completo do lado de fora, e JP sempre vai encontrar a única estrela brilhando no céu. Tem sorte de tê-lo como amigo, filha.

Essa foi a única coisa sobre a qual ele não mentiu.

— Espero que esteja certo — digo a JP.

— Sei que estou. Somos tipo Stevie, Kevin e Chloe na vida real, e tudo sempre dá certo pra eles, mesmo quando as coisas ficam bem sombrias, como no terceiro livro. — Ele levanta a sobrancelha. — Você leu o terceiro livro, né?

— Se liga. Andei meio ocupada.

— Não tem desculpa, Nic! Os fãs estão esperando a nossa atualização na wiki! Estou fazendo o resumo do livro novo e espero conseguir postar na semana que vem. Como as pessoas vão se sentir se as biografias dos personagens não estiverem atualizadas também? Essa é sua função!

— O que vão fazer se não atualizarmos, JP? Jogar hate na gente?

— Pior ainda. Boicotar o site e nos jogar para o segundo lugar nos mecanismos de busca. Ninguém clica na segunda página. — Ele estala os dedos. — Ei! Você acha que os livros podem nos ajudar na busca pela Msaidizi?

Alex aparece no corredor.

— Que tipo de informação útil haveria em livros sobre o aspirante a Escolhido que amarela na hora de impedir o vilão?

JP se sobressalta.

— Você está dando spoiler da série!

Olho para Alex.

— Provavelmente não é isso que vai acontecer nos livros.

Ele se senta diante de nós.

— Se são baseados na vida do senhor Porter, deveria ser.

— Do que está falando? Tio Ty derrotou o Roho.

— Foi isso que ele falou pra você?

Agora, pensando bem, tio Ty nunca disse que derrotou Roho.

— Eu concluí que sim, considerando que ele é o Escolhido...

— Ele *acha* que é o Escolhido, mas isso é impossível. O verdadeiro Escolhido já cumpriu a Profecia do Manifestor.

Ele aperta os Óculos-D, e um jornal holográfico flutua em cima da mesa. Há uma foto de um garoto negro de rosto fino com tranças twist no cabelo. Parece ter uns 16 anos e uma expressão meio surpresa, com os olhos arregalados, como se não estivesse esperando que tirassem uma foto. Acima dele, a manchete diz: "Escolhido? Nem tanto! Tyran Porter não cumpriu a Profecia do Manifestor."

Debaixo da foto dele está a imagem de um homem negro mais velho, de uns 50 anos mais ou menos. Usa roupas e acessórios casuais: calça jeans, camisa de botão quadriculada e um boné de beisebol. Abaixo dele se lê: "O verdadeiro Escolhido! Como o dr. Blake derrotou o Manifestor mais poderoso do mundo."

— Doutor Blake? Quem é esse?

— Ai, meu Du Bois! Você não conhece o vovô Doc? Ele é o pai do nosso pai, um dos Manifestores mais brilhantes do mundo.

Estranho, meu pai nunca falou dele.

— Parece ser o doutor Lake nos livros, o bruxo que é mentor do Stevie.

— Doutor Lake, doutor Blake. Uau, a criatividade não é o forte do senhor Porter — opina Alex. — Não sei como ele descreveu o Roho nos livros, mas o verdadeiro quase destruiu a LAN por completo, exatamente como a Profecia do Manifestor descreveu.

— O que é isso? — pergunta JP.

Explico a profecia como tio Ty me contou: que um Manifestor vai destruir o mundo Notável como o conhecemos e apenas uma pessoa pode impedi-lo, o Escolhido.

— O senhor Porter acha que a Profecia do Manifestor ainda não foi cumprida, mas já foi sim — continua Alex. — Roho era o Manowari. Ele de fato destruiu o mundo Notável como o conhecemos. Havia doze cidades comandadas pela LAN e hoje são apenas seis, graças a ele. Ele exterminou todo o resto.

— Que coisa horrível! — exclamo.

— Minha mãe disse que foi uma época aterrorizante. Quando Roho conseguiu a Msaidizi, ele parecia invencível. A única coisa que restava a ele era destruir as seis cidades restantes. O senhor Porter deveria derrotá-lo. Foi treinado pra isso pelos melhores Manifestores do mundo. Era o momento para o qual ele tinha se preparado quase a vida inteira.

— Mas? — pergunta JP, animadíssimo.

Acho que ele não está mais ligando para os spoilers do livro.

— Quando ele e Roho finalmente ficaram frente a frente, o senhor Porter congelou.

— Não acredito.

— Acredite. Vovô Doc foi ajudar. Ele lutou contra Roho e venceu. Depois disso, todo mundo se deu conta de que o vovô era o

Escolhido, e não o senhor Porter. Mas ele ficou em negação. Está convencido de que o Manowari "verdadeiro" ainda vai aparecer um dia e que ele vai derrotá-lo; isso não é segredo pra ninguém. — Alex dá uma risada debochada. — E não vai rolar. A general Sharpe o chamou de não tão Escolhido com razão.

Nossa, pobre tio Ty. Não consigo nem imaginar que uma profecia era sobre mim e acabar vendo outra pessoa realizá-la.

— Ele me disse que a Msaidizi vai responder a ele e ajudar a derrotar o Manowari.

— Isso é teoria da conspiração — explica Alex. — Na Net-D há grupos holográficos de conversa cheios de Notáveis que acham que o Manowari de verdade está prestes a aparecer. É triste que o senhor Porter tenha caído nessa conversa.

— Espero que a história do Stevie não seja essa — diz JP. — Os fãs na internet vão ficar arrasados. Talvez a página da wiki até caia.

Alex pega um sanduíche, e Cacau sobe no colo dele. É óbvio que quer comida. Ele sorri e dá um pedaço de presunto para ela.

— O que é uma wiki?

— É uma enciclopédia on-line. Eu e JP administramos uma página não oficial da série de Stevie James.

— Só temos a página há um ano, mas ela já é a principal fonte de informações sobre Stevie James — conta JP, orgulhoso. — Nic e eu dedicamos muitas horas a ela.

— É um jeito interessante de passar o tempo — comenta Alex.

Eu me encolho um pouco. É como se ele tivesse nos chamado de bobos.

— A gente acha maneiro. Isso que importa — responde JP, e abro um sorrisinho. Ele nunca se abala com comentários maldosos. — O que você e seu melhor amigo fazem pra se divertir?

— Não tenho um melhor amigo. A não ser que a mamãe conte — revela Alex. — Quando sua avó é presidente, as crianças querem fazer amizade pelos motivos errados.

— Que droga — diz JP.

Alex se concentra no sanduíche.

— Tudo bem. Não preciso de amigos.

Sei muito bem identificar uma mentira quando ouço uma.

Bertha começa a desacelerar. Passamos por uma placa de madeira antiga, coberta de poeira, mas consigo ler as palavras:

BEM-VINDO À NOVA ORLEANS: A CIDADE MEDIANA MAIS NOTÁVEL DO MUNDO

Ponho Cacau dentro da mochila. JP coloca a pochete. Alex só precisa dos Óculos-D. Trancamos Bertha e saímos.

Dá para ouvir os ruídos abafados de Nova Orleans acima de nós: zunido e buzina de carros, as trompas das bandas de jazz, gritos aleatórios ininteligíveis. Devemos estar debaixo de alguma área turística.

Alex aperta um botão nos óculos, e uma lanterna se acende.

— Ai, droga, vou perder o jantar de domingo. Logo quando a tia Alice vai levar o bolo invertido de abacaxi.

— Quem é essa? — pergunto.

— É a tia da vovó. Ela tem 90 e poucos anos, mas faz os melhores bolos. Todo domingo ela vai jantar na casa da vovó, junto com os outros irmãos dela, os filhos e netos. Todo mundo leva um prato. A mamãe sempre faz macarrão com queijo; é a especialidade dela. Ela sempre guarda a parte da beirada pra mim. É minha favorita. Todo mundo passa o dia lá, vendo filmes e jogando. É como uma reunião de família semanal.

Enquanto eu assoprava a vela do meu bolo de aniversário e desejava uma família, aparentemente eu já tinha uma que parece melhor do que qualquer sonho.

Isso dói. Alex tem tudo que sempre desejei. Por que eu era a que vivia fugindo, sem uma família, sem uma casa?

As respostas para essas perguntas são o único motivo para não embarcar de novo no trem, voltar para Jackson e desistir disso tudo. Meu pai me deve isso.

— Minha família também se reúne para jantar aos domingos — conta JP. — Todo mundo vai pra casa dos meus avós. Depois que minha irmã morreu, meus pais pararam de ir por um tempo. Estamos voltando agora.

— Sinto muito pela sua irmã — diz Alex.

JP enfia as mãos nos bolsos.

— Obrigado. Eu não fico mais tão triste com isso. Antes eu chorava todo dia. Os garotos do bairro me chamavam de bebê chorão. Até que a Nic se mudou pra casa ao lado e ameaçou dar um soco na cara deles.

— Ameaço o dia inteiro, todo dia, se for preciso.

— Está tudo bem chorar, sabe? — diz Alex. — Lá de onde venho, os mais velhos dizem que lágrimas de luto regam as flores do céu. Acho que significa que é bonito pros nossos familiares quando choramos por eles. Isso os lembra de que os amamos.

JP dá um sorriso.

— Gostei disso.

Alex sorri de volta.

Meu irmão é muito mais legal com meu melhor amigo do que é comigo. Mas não estou com ciúme. Não mesmo.

— Onde está a tal pessoa que a senhorita Lena conhece? — pergunto.

— Ela disse pra gente seguir as placas de saída, e a pessoa nos encontraria do lado de fora — responde JP.

Só que as placas nos levam a um beco sem saída. A última está pendurada na parede de pedra. Nenhuma porta à vista.

— E agora? — pergunto.

Alex aperta a lateral dos óculos, e uma luz verde escaneia a parede.

— Nenhuma ilusão ou porta escondida. Precisamos achar outra saída.

— Não, não — diz uma voz anasalada atrás de nós. — Vocês estão exatamente onde deveriam estar.

Nós três nos viramos.

O homem pálido está limpando os dentes enquanto nos encara. A barriga salta para fora da calça jeans, e os dentes são afiados sobre os lábios. O cabelo loiro bagunçado cai por cima dos olhos, vermelhos como seu Brilho.

O Vampiro respira fundo.

— *Hum!* Manifestores. Uma das minhas iguarias favoritas. — Ele tem um sotaque cajun bem forte, como se tivesse saído diretamente de um pântano da Louisiana. — Esse Dom que vocês têm no sangue é uma delícia. Ainda vou ganhar um Mediano e um pouquinho de cão do inferno também? Eba! O velho Mack vai comer bem hoje.

— Você... não prefere frutos do mar? — gaguejo. — Conheço ótimos lugares na cidade.

— Garota, não me faça perder tempo. Uma refeição inteira veio andando diretamente para a minha humilde moradia. — Ele sorri, ameaçador. — E quanto melhor assustados, melhor o gosto.

— Não é "melhor" assustados, sim "mais" assustados — corrige Alex.

Dou uma cotovelada nas costelas dele.

Mack solta uma risada.

— Vocês são engraçados. Adoro sangue engraçado. Então, qual de vocês devo degustar primeiro?

Cacau rosna de dentro da mochila e enche o túnel de fumaça.

— Acho que vou começar com o cachorro como tira-gosto. Calar esse barulho — conclui Mack. — Os Manifestores vão ser o prato principal, e o Mediano vai dar uma ótima sobremesa.

— Não vou, não — afirma JP. — Meu sangue tem um gosto horrível. Já lambi vários machucados e sei bem.

Sou a favor de qualquer técnica de enrolação, mas eca.

— Mack! — grita alguém. — Cadê você?

O Vampiro bate o pé no chão.

— Mas que droga, mulher! Me deixa em paz com a minha comida.

Ela entra no túnel, virando uma curva. A primeira coisa que noto é o colar de alho. Depois, seu Brilho. Tem cor de carvão. Nunca vi um Notável com um Brilho como esse. Está vestida de preto dos pés à cabeça: calça jeans preta, blusa preta, sapatos pretos de salto. Não há uma ruga em sua pele marrom e nenhum fio de cabelo branco, embora seus olhos pareçam mais velhos do que o restante do corpo.

— Deixe essas crianças em paz, Mack. Só vou dizer uma vez.

Mack faz um beicinho.

— Ah, Dee Dee! Poxa. Já tem semanas que não consigo sangue fresco.

— Não estou nem aí. Não me obrigue a chamar meu pai.

Mack fica rígido como uma tábua.

— Não, senhora, não precisa fazer isso. Já estou indo.

Ele sai em disparada, os pés estalando no concreto até não serem nada mais que um pequeno baque.

Eu me encosto na parede, aliviada.

— Obrigada.

Ela faz um gesto para nós.

— Venham.

— Espere! — digo.

Ela sai andando e desaparece em outro túnel.

Cacau pula da mochila e segue de perto o rastro dela. Andamos rápido para tentar alcançá-la.

— Você é a amiga da senhorita Lena?

Ela faz carinho em Cacau.

— Meu nome é Dee Dee, e posso ajudar vocês a encontrar a Msaidizi.

Ela não respondeu minha pergunta, o que me leva a pensar que ela não é a amiga da srta. Lena.

— Como sabe o que viemos fazer aqui?

Dee Dee continua andando.

— Para alguém que quase acabou de virar merenda, você faz muitas perguntas. Agora, a não ser que queira ficar presa aqui embaixo com Mack, sugiro que aperte o passo. A decisão é sua.

Ela vira em outro túnel e desaparece de novo.

Provavelmente não é muito esperto seguir uma mulher estranha, com um Brilho ainda mais estranho, mas os passos dela vão se afastando cada vez mais, assim como nossa chance de sair daqui por conta própria.

Corremos atrás de Dee Dee.

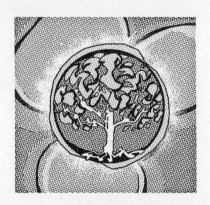

DEZ
PELUDO... JÚNIOR

Saímos de dentro de um bueiro entre o Superdome e o Smoothie King Center. Normalmente, quando é dia de jogo, essa rua fica lotada de torcedores do Saints e do Pelicans. Hoje, apenas um ou dois carros passam por ali. Ninguém dá muita atenção ao fato de que três crianças, um cão do inferno e uma mulher tenham saído de um bueiro no meio da rua.

Entramos na caminhonete de Dee Dee, e ela nos leva até o French Quarter, o centro histórico da cidade.

Dee Dee estaciona diante de uma casa de dois andares, com uma varanda de ferro e janelas altas. Todas as casas ao redor têm cortinas claras e portas coloridas, mas essa é totalmente preta. Longe de mim ficar especulando, mas tenho a ligeira impressão de que essa é a casa dela.

Subimos a escadinha da entrada, e a porta se abre sozinha. Só quando entramos é que vejo o vulto esfumaçado de um homem segurando a porta.

Alex dá um pulo.

— Espírito!

Dee Dee tira o colar de alho. Outro vulto esfumaçado aparece, e ela lhe entrega o colar.

— Ele prefere ser chamado pelo nome. Walter. Este aqui é Darcy. Querem que Eileen traga alguma coisa pra vocês beberem?

Mais um vulto esfumaçado aparece, dessa vez uma mulher vestida com um uniforme antigo de empregada e uma touca.

Eu já tinha visto espíritos antes, trabalhando com meu pai, mas eles nunca deixam de ser bizarros. Você até consegue distinguir rostos e características, mas os olhos são órbitas vazias e o semblante, totalmente inexpressivo. É como olhar para o nada e ele te encarar de volta.

JP engole em seco.

— Seus empregados são espíritos?

Dee Dee estala os dedos, e Eileen desaparece.

— Tecnicamente, são empregados do meu pai. Sentem-se.

Três cadeiras se arrastam sozinhas pelo chão e batem na parte de trás das nossas pernas, nos obrigando a sentar.

Alex começa a choramingar.

— Quem... O que... Como...

— Nenhuma dessas respostas é importante — afirma Dee Dee.

Outra cadeira vem se arrastando pelo chão e se encaixa suavemente sob as pernas dela. Por que as nossas não foram gentis assim? Dee Dee se senta, e Cacau se aninha em seu colo. Quer saber? Um dragão de estimação não me trairia desse jeito.

Dou uma olhada ao redor. As paredes, os móveis e as flores são pretos. Eu me pergunto se Dee Dee conhece outras cores. A coisa mais clara da casa é a porta de metal que fica debaixo da escada, e pela fresta sob a porta sai uma luz avermelhada.

— Ali é o porão — explica Dee Dee, embora eu não tenha perguntado. — É melhor não descerem lá a não ser que não queiram voltar.

Que convidativo.

— Sem querer ser grosseira nem nada, mas que tipo de Notável você é?

Eileen reaparece segurando uma garrafa de refrigerante de baunilha bem gelado. Bom, segurando não é exatamente a palavra, porque espíritos não conseguem fazer isso. A garrafa está flutuando no local em que estaria a mão dela.

Dee Dee toma um gole.

— Poderosa. Isso é tudo que precisa saber.

Sinto um arrepio percorrer o corpo. JP e Alex devem ter sentido também, porque dão um pulo. Outro espírito passa por nós, dessa vez um adolescente de macacão e boina.

— Jesus! — exclama JP com a voz aguda.

Dee Dee congela. O adolescente e o outro espírito olham, embasbacados, para JP.

— Nunca te disseram que não se deve falar certos nomes? — repreende Dee Dee.

JP engole em seco de novo.

— Meu pai me disse que não se deve usar o nome de Deus em vão, mas achei que esse era um momento apropriado.

— Meu pai diria a você que não era, não — contesta Dee Dee, ríspida. Ela se recosta na cadeira, e o espírito adolescente tira os sapatos de salto dela e começa a limpá-los. — Bom, vamos ao que interessa. Vocês querem encontrar a Msaidizi para limpar seus nomes, correto?

— Quem te disse isso? — pergunto.

— Está no noticiário.

Uma TV começa a funcionar do outro lado do cômodo, e um Manifestor vestindo camisa e gravata aparece na tela. Atrás dele, há um prédio com um domo de vidro maior do que os dois estádios de Nova Orleans juntos.

— A notícia de que a Msaidizi está desaparecida há dez anos causou medo, revolta e pânico nas cidades Notáveis ao redor do mundo — informa ele. — Sequestrador e suspeito de roubar a Msaidizi, Calvin Blake foi detido agora há pouco. A LWTV tem as imagens.

Me arrasto para a pontinha da cadeira. Meu pai está rodeado de Guardiões, e há pequenos drones voando em volta dele. Dos drones saem vozes que o bombardeiam de perguntas enquanto os Guardiões o conduzem.

— Onde escondeu a Msaidizi? — pergunta um repórter de um dos drones.

— O que estava planejando fazer com ela? — pergunta outro.

— Você a roubou por causa de uma teoria da conspiração? — indaga um terceiro.

Meu pai fica de cabeça baixa. Ele tem a mesma altura de sempre, mas por algum motivo parece muito pequeno. Ver aquilo me magoa mais do que eu imaginava.

— A primeira-filha Zoe DuForte e o suposto Escolhido Tyran Porter também foram detidos sob a acusação de ajudar o senhor Blake — informa o primeiro repórter.

Alex se aproxima para olhar quando o vídeo mostra Zoe e tio Ty sendo escoltados atrás do meu pai. Zoe mantém a cabeça erguida. Tio Ty parece estar prestes a explodir com alguém.

— Senhor Porter, o senhor pediu para seu amigo roubar a Msaidizi? — pergunta um repórter.

— Somos inocentes! O verdadeiro ladrão está solto por aí — responde tio Ty. — Não querem que eu pegue a Msaidizi e derrote o verdadeiro Manowari!

Alex dá uma risada de deboche, mas, cara, eu me sinto mal pelo tio Ty. Isso não é nada bom.

— Senhorita DuForte, por que ajudou Calvin Blake com o roubo? — indaga um repórter.

— É ridículo que alguém acredite que fiz isso — retruca Zoe. — Só quero voltar para os meus filhos. Já perdi minha filha uma vez e agora, por causa de Althea Sharpe, estou separada dela novamente, e do meu filho também. — Ela olha diretamente para a câmera. — Alex e Alexis, onde quer que estejam, eu amo vocês. Vamos ficar juntos de novo, eu prometo.

Mordo a parte de dentro da bochecha. Ainda estou me acostumando a ter uma mãe que me ama.

— A senhorita DuForte e o senhor Porter estão sob a custódia Guardiã para prestar depoimento — informa o jornalista da LWTV. — Nossa repórter, Mary Pender, conversou com a general Althea Sharpe sobre a situação.

O vídeo corta para o rosto arrogante de Althea Sharpe diante do mesmo prédio.

— Tenho orgulho de dizer que a busca por Calvin Blake que empreendemos durante dez anos finalmente chegou ao fim. No entanto, a busca pela Msaidizi continua. Recebemos imagens de três Bons Samaritanos confirmando que os gêmeos Blake estão com ela.

— Que Bons Samaritanos? — pergunta Alex.

O noticiário então mostra uma repórter com os três abutres que depredaram minha casa, parados diante dela. O Lobisomem sorri e acena para a câmera, e os outros dois colegas atrás dele fazem gestos que parecem símbolos de gangues.

— Eu e meus amigos cumpridores da lei estávamos dando um agradável passeio pela manhã — relata o Lobisomem. — Ouvimos barulhos estranhos vindos de dentro da casa e, como somos muito corajosos, fomos dar uma olhada. Encontramos duas crianças saqueando o lugar. Foi inacreditável! Eles fugiram e levaram um pobre menino Mediano como refém.

— Não foi isso que aconteceu! — protesto.

— Entendo por que eles acharam isso. Eu sou um tipo bem sequestrável mesmo — comenta JP. — Pelo menos é isso que meu tio-avô Benjamin Lee sempre fala. — Ele faz uma voz mais grossa para imitá-lo: — "Garoto, você é tão ingênuo que alguém poderia te sequestrar e você ainda ia deixar."

Olha, acho que nessa concordo com o tio-avô dele.

— Os gêmeos estavam com a Msaidizi? — pergunta a repórter Mary Pender.

— Estavam, sim — responde o Lobisomem. — Eu vi a Marca do Éden, por isso tenho certeza. Não consegui distinguir bem que formato ela tinha, mas parecia perigosa. Meu amigo aqui... — Ele aponta para o Metaformo, que acena. — Gravou um vídeo deles no celular. Nós cedemos a gravação para os Guardiões com prazer e ficamos muito gratos pela enorme quantia que nos pagaram por isso.

A TV mostra um vídeo de Alex, JP e eu correndo pela calçada em Jackson, e há um feixe de luz brilhante saindo de dentro da minha mochila.

— Essa não é a Msaidizi, é a Cacau! — digo. — Eles editaram o vídeo!

— Os gêmeos Blake, Alexander e Alexis, que atende pelo nome de Nichole, agora são oficialmente considerados fugitivos — diz o primeiro repórter. — Os Guardiões pedem a quem tiver informações sobre eles que entre em contato imediatamente.

O meu retrato falado do cartaz de desaparecida está ao lado da foto de identificação escolar de Alex com a palavra PROCURADOS acima de nossos rostos.

Dee Dee desliga a TV.

— Ainda querem minha ajuda?

Seguro com força na lateral da cadeira. Há poucas coisas que odeio mais do que ser acusada de algo que não fiz.

— Você sabe quem pegou a Msaidizi?

Ela cruza as pernas enquanto o espírito adolescente massageia seus pés.

— Não sei. Mas tenho um amigo que talvez saiba. Vocês o chamam de Grande John.

— Ele não está morto? — pergunta JP. O espírito adolescente se vira para ele. — Ah, sim. Ele é um espírito.

— John não é um espírito. Espíritos são seres que não passaram para o outro lado. No caso de John... — Dee Dee suspira. — Ele queria ver o que havia do lado de lá. Seguiu a luz e se transformou num fantasma, mas ele tinha uma conexão com a Msaidizi.

— Que tipo de conexão? — pergunto.

— Já ouviu falar que não se deve guardar os pertences dos mortos? Quando as pessoas morrem, elas podem manter uma ligação com os objetos. É por isso que há casas assombradas, porque os espíritos ficam por ali, perto de suas coisas. Os fantasmas também podem manter essa ligação, mas eles não ficam por perto como os espíritos. Eles vêm de vez em quando, dão uma olhadinha e depois voltam para o outro lado. John poderia ajudar a achar a Msaidizi, mas, para falar com o fantasma dele, é preciso conjurá-lo. Vou precisar da minha raiz de conjuração para fazer isso, e ela foi roubada pelo Peludo Júnior.

— Peludo — repito, tentando me lembrar de onde conheço o nome. — É um Lobisomem que foi passado pra trás por uma criança, não é?

Na história, um garoto chamado Wiley estava procurando ripas de madeira para construir um galinheiro e foi atacado pelo tal Peludo, mas os cachorros de Wiley acabaram o afugentando.

— Esse é o pai. Estou falando do filho dele, Júnior. Eles são metade Lobisomem, metade Metamorfo, e completamente caóticos. O pai morreu alguns anos atrás, mas nunca mais foi o mesmo depois de cruzar com Wiley e seus cachorros nos pântanos. — Dee Dee faz carinho em Cacau. — Júnior tem medo de cachorro igual o pai tinha. Sua cachorrinha vai dar conta do recado.

— Achei que o Peludo fosse só um personagem de histórias — diz JP.

— Vocês Medianos e sua descrença — zomba Dee Dee. — Não sei como acreditam que o oxigênio é real, considerando que não conseguem vê-lo. O Peludo era real, assim como seu filho, e aquele filho da mãe roubou minha raiz. Preciso que vocês a recuperem para mim.

— Por que você mesma não pode fazer isso? — pergunta Alex. Dee Dee coça o pescoço.

— Junior coloca algumas... *barreiras* para me manter longe de sua casa. Vocês três e o cachorro devem conseguir passar por elas.

"Devem conseguir" e não "vão conseguir". Prestei bastante atenção na diferença.

Alex levanta a mão.

— Podemos debater a questão por um momento? Só nós três?

Dee Dee faz um gesto com a mão, e as cadeiras voam para o outro lado da sala... com a gente ainda em cima delas. Um aviso teria caído bem. Ou pelo menos um cinto de segurança.

Alex segura com força na lateral da cadeira.

— Não estou gostando disso.

JP abraça o próprio corpo.

— Eu também não. Esta casa é mais bizarra que a funerária do meu tio Willie. Um negócio muito lucrativo, sempre cheio de clientes, mas bizarro.

— São os espíritos — opino, tentando espantar os calafrios. Ai, não. O espírito adolescente atravessou a gente de novo. — Talvez Dee Dee realmente possa ajudar a gente.

— Não sabemos nem que tipo de Notável ela é — sussurra Alex, irritado. Olha para Dee Dee enquanto ela lixa as unhas. Que obviamente estão pintadas de preto. — Estou com um mau pressentimento.

— Tive um pressentimento pior ainda ouvindo os abutres mentirem a nosso respeito. Você não? Agora precisamos da Msaidizi para provar que somos inocentes. Grande John pode nos ajudar a encontrar.

Alex observa Dee Dee, e dá para notar que ele sabe que estou certa.

O menino suspira.

— Vamos em frente.

*

Então espíritos sabem pilotar barcos.

O sol começa a se pôr quando Dee Dee leva a gente, Cacau e Walter, o espírito, até uma doca na área dos pântanos. É difícil enxergar Walter à luz do dia. Seu contorno esfumaçado entra e sai do campo de visão, como se fosse uma teia de aranha.

Entramos no barco atrás dele. Walter olha para os coletes salva-vidas e não se move até a gente vesti-los. Não sabia que os mortos se preocupavam com segurança. A hélice do aerobarco começa a girar, e seguimos adiante, deslizando sobre as águas pantanosas.

O ar da Louisiana é mais denso e pegajoso que o do Mississipi. Há muito musgo-espanhol pendurado nas árvores, e precisamos afastá-los como se fossem cortinas. Alguns jacarés observam da superfície da água. Mantenho Cacau bem longe da borda do barco. Quando eu e meu pai morávamos em Nova Orleans, nós vínhamos pescar nos pântanos. Os jacarés não nos perturbavam muito, mas às vezes sentiam o cheiro das sardinhas que usávamos como isca e ficavam rodeando o barco para ver se descolavam alguma comida. Não quero que pensem em Cacau como o jantar.

Eu adorava aqueles dias de pescaria. Meu pai levava sanduíches que ele dizia ter feito, mas conheço muito bem as iguarias do Subway. Ele inventava uns raps bobos enquanto esperávamos que os peixes mordessem a isca, e, quando o sol se punha, entrávamos ainda mais nos pântanos para ouvir os verdadeiros shows de jazz que as Criaturas do Pântano faziam. Eu caía no sono com a cabeça no colo do meu pai enquanto ele cantarolava.

Seco os olhos. Quando você descobre que alguém mentiu para você a vida inteira, tudo parece mentira, até mesmo as lembranças. Odeio isso.

— Tudo bem? — pergunta Alex.

— Aham — minto. — Só pensando numas coisas.

— Sei como é. Tenho pensado na mamãe também. Espero que de alguma forma ela saiba que estamos bem. Ela já passou por muita coisa.

— É — murmuro. — Aqui estou eu sentindo falta dos bons tempos com meu pai enquanto eu tinha uma mãe que chorava por mim. Isso é tão complicado.

JP limpa os óculos embaçados. Alex não tem esse problema com os holográficos.

— Então, Walter, há quanto tempo você morreu? — pergunta JP.

Ai, meu Deus! Ele está falando com um espírito.

— JP, acho que espíritos não conseguem...

Walter levanta um dedo, depois desenha dois zeros. Esquece.

— Uau, cem anos — diz JP. — O mundo mudou muito desde então. Você gosta?

Walter faz um gesto de "mais ou menos".

130

— Eu entendo. Há cem anos o mundo era outra coisa, e aqui está você hoje, sem poder aproveitar os avanços que a sociedade teve. Pesado.

Caramba, ele está me fazendo sentir pena do espírito.

— Então, como foi que você morreu? — indaga JP, a mesma naturalidade com que perguntaria o que ele jantou ontem.

— Não acha que essa é uma pergunta pessoal? — retruca Alex, então completa: — Não acredito que estou defendendo um espírito.

Mas Walter aponta para uma árvore, tomba a cabeça para o lado e depois levanta a mão como se estivesse segurando uma corda.

— Ah — murmura JP. — Você foi executado.

Já ouvi falar sobre as execuções. Meu pai disse que acontecia com muitas pessoas negras antigamente. Se você fizesse alguma coisa ilegal, tipo beber água da fonte errada, uma multidão enfurecida podia vir e o enforcar numa árvore.

— Sinto muito — diz JP para Walter. — Eles pagaram pelo que fizeram?

Walter nega com a cabeça.

— Eles mataram você! — protesta Alex. — Como alguém pode sair impune disso?

— Era assim que funcionava para as pessoas negras naquela época — respondo. — Tem gente que sai impune de coisas assim até hoje. Os Medianos fazem protestos e manifestações quando acontece, mas...

— Manifestações e... Espera aí. — Alex balança a cabeça, confuso. — Por que essas coisas aconteciam com pessoas negras? E por que *ainda* acontecem? Ninguém pode impedir?

— Os Notáveis poderiam. Manifestores poderiam ter ajudado Walter se fosse permitido.

— Eu... Como diz a LAN, nós temos que... O Dom precisa ser mantido em segredo — afirma Alex. — Não podemos usá-lo para ajudar Medianos.

— Por que não? — pergunta JP.

Alex não sabe responder.

Também não sei. Eu teria usado o Dom para ajudar Walter. Teria salvado Emmett Till. Teria usado um feitiço para proteger aquela criança com arminha de água no parque. A mesma coisa com a moça que estava dormindo na própria cama. Teria usado um tônico de invisibilidade para ajudar aquela criança com o chá a chegar em casa em segurança ou então o homem que estava praticando corrida na rua. Teria usado um juju de nocaute naquele idiota armado que invadiu uma escola. Quando eu souber usar o Dom, vou ajudar os Medianos. Não importa o que a LAN diga.

Deslizamos para as profundezas do pântano. As árvores bloqueiam o brilho do sol, e o ar fica um pouquinho mais frio. JP se sobressalta quando passamos por uma escola de Criaturas do Pântano. Eles têm caudas que parecem escamas de jacaré, mas não são tão grandes quanto as de Sereias e Tritões. Esse grupo parece estar mesmo estudando. Um homem do pântano mais velho segura um livro, e as crianças tentam acompanhar. Eles acenam para nós.

JP acena de volta, meio hesitante.

— Ser Clarividente é incrível.

— Espere até você ver as Sereias e Tritões — diz Alex. — A cauda deles tem joias. A maioria vive nos arredores da Nova Atlântida.

JP fica de queixo caído.

— Existe uma nova Atlântida?

— Sim, fica no Triângulo das Bermudas — explica Alex. — Lá tem um parque aquático com a maior montanha-russa subaquática do mundo. Se tomar um comprimido para enjoo, dá pra andar horas e horas nela.

— Eu também tomo comprimido pra enjoo e adoro montanha-russa! — conta JP. — Você devia vir com a gente pra Flórida. Meu pai tem passe livre em todos os parques lá. Podemos andar de montanha-russa o dia inteiro se quisermos. E comer uns nachos entre uma volta e outra, óbvio.

— Se tiver pimenta jalapeño, pode contar comigo — responde Alex.

— Cara, e por acaso existe outra maneira de comer nacho? — pergunta JP. — Senão vira nabo, de tão sem graça.

Alex cai na gargalhada. Uau! Finalmente JP arranjou alguém que ri da piada do nabo.

— Então, JP, quando tudo isso acabar, a gente podia entrevistar tio Ty para a página da wiki — sugiro.

Estou começando uma conversa totalmente aleatória? Sim. Estou sentindo alguma coisa estranha por causa dessa relação entre Alex e JP? Óbvio que não. Só quero que JP se lembre das nossas coisas, sabe? É isso.

— Uma entrevista seria incrível! — concorda ele, depois olha para Alex. — Você devia dar uma chance aos livros do Stevie. Posso ler junto com você, se quiser. A gente pode ler um capítulo, conversar sobre ele e depois ler outro.

Alex sorri.

— Isso ia ser maneiro.

Como é que é? Ler junto é uma coisa *nossa*.

— Tô dizendo, você vai gostar — continua JP. — O terceiro livro é o meu favorito até agora. Stevie e os amigos precisam roubar a foice de almas que Einan usa para coletar a alma das pessoas. É superintenso, mas, caramba, vale muito a pena.

Alex leva a mão aos lábios.

— No livro, eles querem roubar uma arma poderosa, e, na vida real, nosso pai está sendo acusado de roubar uma arma poderosa.

— Aonde está querendo chegar? — pergunto.

— É interessante, só isso.

A expressão em seu rosto revela que ele acha bem mais que interessante. Uma parte de mim também se pergunta se tem alguma coisa aí.

Ao longe, vemos uma cabana decrépita construída sobre palafitas. Há uma cruz pintada na lateral, e imagino que seja uma igreja, mas Walter aponta para ela.

— É aqui que Peludo Júnior mora? — pergunto.

Ele faz que sim.

— Nós vamos mesmo tentar pegar a raiz, não é? — diz Alex.

— Aham. Como disse Dee Dee, Peludo Júnior tem medo de cachorro. Então um cão do inferno provavelmente vai fazer o cara se mijar todo.

— *Esse* cão do inferno? — Alex aponta para Cacau, que dorme no meu colo.

JP dá uma risadinha.

— Cacau está poupando forças pra atacar.

— Aham, *está sim* — dizem Alex e JP juntos, então se entreolham e gritam: — Falei primeiro!

Então caem na risada de novo.

Não sei se gosto dessa nova amizade aí.

Walter desliga o motor, e flutuamos devagar pelo resto do trajeto. Há mais cruzes penduradas na grade do pórtico e pintadas nas paredes, em diferentes cores e tamanhos. Nunca imaginei que Peludo fosse religioso. As palafitas que sustentam a cabana estão apodrecendo; não sei como se mantém de pé.

Walter nos leva até a escadaria. Tiro o colete salva-vidas e ponho Cacau dentro da mochila. Preciso me equilibrar no balanço suave do barco, mas consigo sair. JP vem atrás de mim.

— Invasão de propriedade — murmura Alex. — Como foi que minha vida virou isso?

Ele desembarca, apesar das reclamações, e subimos a escada devagar. Levo a mão à porta, mas Alex segura meu braço para me impedir. Ele aperta um botão dos óculos. Uma luz verde escaneia a casa, mostrando os contornos dos móveis lá dentro.

— Não vejo Peludo Júnior — informa Alex. Ele aciona os óculos mais algumas vezes. O raio X aumenta a imagem do que parece ser um pote em cima de uma mesa. — A raiz de conjuração está em cima da mesa.

A donologia sendo incrível de novo. Giro a maçaneta da porta, mas está trancada. Tento erguer a janela e, veja só, abre na hora.

Entro pela janela e, minha nossa senhora, este lugar é muito sagrado. Há mais cruzes penduradas nas paredes e estátuas de anjos em todos os cantos. Parece mais uma igreja do que todas as igrejas que já vi na vida.

JP entra pela janela depois de mim, e Alex faz o mesmo.

— Que decoração é essa? — pergunta Alex.

Dou de ombros.

— Sei lá, de repente ele encontrou Jesus.

— Jesus que encontrou ele — corrige JP. Olhamos para ele. — Que foi? Meu pai sempre diz que Jesus não está perdido. Todos os outros que estão.

— Está bem, pastor JP. Vamos pegar logo essa raiz — digo.

Na parede do corredor, vemos fotos de um garotinho coberto de pelos dos pés à cabeça sorrindo ao lado de um homem bem mais alto e ainda mais peludo que ele. Em uma das fotos os dois estão num lago, e Peludo Júnior segura com orgulho o peixe que conseguiu pescar. O pai usa uma camisa de seda e óculos de sol pretos e dourados. Não é exatamente um traje de pesca, mas ficou bom. Em outra foto, estão num evento chique, e Peludo Pai usa um terno brilhante. Na imagem ao lado desta, estão assando marshmallows na floresta, e Peludo Pai está com camisa e calça de linho roxo, além de um chapéu de aba combinando. Quando eu pensava no Peludo, não imaginava um ícone da moda. Vai entender.

Ao lado das fotos, há um mapa bem grande pregado na parede. Quase não presto atenção até que vejo o que está escrito em cima: Jackson, Mississipi. Estranho.

Vamos até a cozinha e precisamos atravessar uma camada de lixo que chega até o tornozelo. Um rato guincha em algum lugar em meio àquela sujeira, e há ossos grandes espalhados.

— São ossos humanos? — pergunta JP.

Espero que não, mas em cima da bancada da cozinha há um saco de pano bem grande. A lenda diz que Peludo Pai capturava pessoas, colocava-as dentro de um saco e elas nunca mais eram vistas. Foi isso que aconteceu ao pai daquele menino Wiley.

O lado bom é que não precisamos procurar muito pela raiz de conjuração. O pote está em cima da mesa. As raízes lá dentro parecem umas batatas enrugadas e flutuam num líquido cor de âmbar.

Não entendo muito sobre raízes e conjurações, só sei que não se deve perturbar os mortos. Não quero pensar muito nisso. Preciso da ajuda de Dee Dee.

Ponho o pote dentro da mochila.

— Moleza — constato.

Cacau escapa da mochila, com o pelo eriçado. Ela rosna para um canto onde um pequeno rato guincha sem parar.

— Gente — chama JP. — É impressão minha ou esse rato está brilhando?

Eita. Dee Dee disse que Peludo e o filho eram metade Metamorfo, metade Lobisomem, e o rato tem um Brilho meio marrom--dourado, como uma mistura do laranja de Metamorfo com o cinza de Lobisomem. Ele fica de pé sobre as duas patas, guinchando enquanto se alonga e vai crescendo.

Peludo Júnior está diante de nós. É mais baixo do que eu esperava, tem olhos vermelhos, cascos no lugar dos pés e pelos pretos e ásperos cobrindo o corpo inteiro, igual ao pai na história. Usa uma camisa de seda laranja que o pai está vestindo em uma das fotos, mas nele está um pouco grande. As mangas ficam compridas, cobrindo as mãos. Os lábios tremem quando ele olha para Cacau.

— Por que estão na minha casa? — pergunta.

Alex tenta balbuciar alguma coisa sem sucesso, e JP está paralisado. Meu coração dispara. Peludo Júnior está morrendo de medo de Cacau, mas isso não o torna menos assustador.

— A gente... a gente se perdeu — respondo. — Não percebemos que era sua casa.

— É mentira! Vi que pegou minha raiz. Foi Dee Dee que mandou vocês, não foi? Pode dizer a ela que a raiz é minha! Eu já a uso há anos para conversar com meu pai. Pertence a mim.

— Ela não é sua por causa disso. Não é assim que funciona — argumenta Alex.

Júnior mostra os dentes.

— Funciona para mim.

Cacau tenta atacar, e Júnior dá um grito, mas seguro a coleira e a mantenho a alguns centímetros de distância dele.

Abro um sorrisinho.

— O que estava dizendo?

— Olha, olha, olha, as coisas não precisam ser assim — diz ele. — O que Dee Dee prometeu a vocês para os convencerem a vir até aqui? Aposto que posso oferecer algo melhor. Querem dinheiro? Tenho muito. Querem bens valiosos? Também tenho.

JP olha a sujeira ao redor.

— *Você* tem bens valiosos?

— Tenho! Vocês querem roupas? Eu herdei o guarda-roupa do meu pai... — Ele estica os braços para mostrar a enorme camisa de seda. — Ele tinha os melhores tecidos encontrados nos pântanos. Posso lhes dar ternos que valem muito mais do que essa raiz.

Duvido que esse guarda-roupa cafona do pai dele seja tão valioso assim.

— Não, obrigada. Queremos a raiz. — Olho para JP e Alex. — Vamos embora.

— Esperem! — grita Peludo Júnior. — E o Dom?

Paro e me viro de volta para ele.

— O que tem o Dom?

— Posso ensinar uns truques legais a vocês.

— Impossível — rebate Alex. — Pra fazer isso, você teria que ser um...

— Manifestor? — completa Peludo Júnior. — A mãe do meu pai era uma Manifestora. Não estão vendo que meu Brilho tem um pouquinho de dourado? Meu pai aprendeu a usar o Dom e me ensinou. Vocês são muito novos, não devem saber muita coisa. Não querem aprender um pouco?

— Não — respondo.

— Você está mentindo, garota. Consigo ver nos seus olhos. Posso ensinar coisas legais que não se aprende na escola de Manifestores. O que quer saber?

Seguro a alça da mochila. Assim... Se tiver uma maneira de trazer a Msaidizi até nós, não precisaríamos do Grande John.

— Sabe usar o Dom para encontrar coisas perdidas?

— Nic — repreende Alex baixinho.

— Espere um pouco. A garota fez uma boa pergunta — diz Peludo Júnior. — Eu sei de um feitiço para encontrar coisas perdidas. É meio complicado, mas consigo fazer.

— Duvido que consiga! Esse feitiço é complicado demais até pra Manifestores avançados — diz Alex. — Existem anciãos que não conseguem! Além disso, aposto que a LAN já tentou.

Peludo Júnior levanta as sobrancelhas grossas.

— LAN? Devem estar procurando algo importante então. Va mos fazer o seguinte: devolvam minha raiz, e eu ajudo a conseguir o que quer que estejam procurando.

Alex não me dá nem chance de pensar no assunto. Ele me empurra na direção da porta.

— Não, obrigado. Tenha um bom dia — diz ele para Júnior, depois sussurra para mim: — Temos que ir embora. Agora!

A porta da cozinha se fecha sozinha.

— Olha só isso — comenta Júnior. — Eu tranco portas sem tocar nelas.

— Deixa a gente ir — digo. — Ou faço minha cadela avançar em você.

— Ela é só um filhote. Não vai fazer nada. E eu venho trabalhando meu medo de cachorros na terapia. As técnicas de relaxamento funcionam.

Terapia é legal, mas hã...

— *Você* faz terapia? — pergunto.

— Claro que faço! Estou superando traumas geracionais. Meu pai morria de medo de cachorros. Eu me recuso a ter o mesmo destino.

— Bom pra você... acho? — opina JP.

— Mas ruim para vocês — completa Júnior. — Na sessão da semana passada deveríamos ter conversado sobre minha obsessão em comer pessoas, mas o medo de cachorro tomou o tempo inteiro. E, ora, ora, estou com bastante fome.

Ele pega o saco de pano, e não sei o que pensa em fazer com aquilo, mas não quero descobrir.

Pense, Nic, pense! Wiley não usou apenas os cachorros para afugentar Peludo. Ele o enganou. Wiley convenceu Peludo a se transformar em três animais — um grande, um médio e outro pequeno, um gambá. Peludo adorou a ideia de ostentar o que conseguia fazer. Mas se transformar naqueles animais consumiu muita energia. Quando virou um gambá, ele já estava tão cansado que Wiley conseguiu prendê-lo num saco e jogá-lo no rio. Será que isso funcionaria com Júnior?

138

— Prove — digo.

— Provar o quê? — pergunta ele.

— Prove que sabe usar o Dom.

— Eu tranquei a porta, não é prova suficiente?

— Pode ser uma porta construída com donologia — argumento. — Mostre algo melhor.

Ele faz um movimento com a mão, e a fechadura da porta faz um novo clique.

— Pronto! Destranquei.

— Ainda pode ser uma porta com donologia. Acho que você não tem mesmo nada de Manifestor. E talvez nem de Metamorfo.

— Quê? — grita ele. — Eu me transformei num rato, não foi?

— É, mas isso é fácil. Ratos são pequenos. Muito básico. Ouvi dizer que seu pai conseguia se transformar em animais bem mais impressionantes.

Alex parece confuso, mas então eu praticamente consigo ouvir o "aaaahhh" interno quando ele entende.

— Pois é. Rato? Grande coisa. Ninguém tem medo de rato. Eu mesmo nunca corri de nenhum. Nunca, nunquinha.

Vou presumir que ele entendeu.

— Seu pai não conseguia se transformar num gambá? — pergunto a Peludo Júnior. — Esses são mais assustadores.

— Ah, é verdade — acrescenta JP. — Acredite, meu tio Troy teve um confronto horrível com um gambá numa estrada de duas pistas. Ele nunca mais foi o mesmo.

Isso é muito estranho e específico, mas beleza.

— Seu pai se transformava em girafa, jacaré. Ele se transformava no vento! E você está se gabando por ser um rato? Fala sério, cara.

Ele bate na mesa com força e derruba um prato.

— Estou farto de ficar à sombra dele! "Júnior não é tão grande e alto como o pai. Júnior não é tão assustador quanto o pai. Júnior não se veste tão bem quanto o pai." Eu sou mais poderoso do que ele era! Diga o que quer ver e aposto que consigo me transformar!

— Não, não acredito em você — retruco.

— É só me dizer agora! Vamos! Eu posso me transformar em qualquer coisa, consigo imitar até o Brilho da criatura se for um Notável. Olha só isso!

Ele fecha os olhos e encolhe uns trinta centímetros. Os pelos desaparecem, e a pele fica um pouco mais clara. Cabelos cacheados brotam da cabeça, Óculos-D aparecem no rosto e um Brilho dourado o ilumina. É o Alex.

Alex franze a testa.

— Minha cabeça tem esse formato estranho mesmo?

— Tem — responde JP, assentindo.

Dou uma risada com o olhar que Alex lança para ele.

— Maneiro, mas não muito impressionante — digo para Júnior. — Consegue se transformar num urso?

— Isso não é nada — responde ele.

Fecha os olhos, e os pelos ficam mais grossos e marrons. O nariz e a boca se transformam num focinho, e os olhos se tornam castanhos e mais redondos. Em alguns segundos, ele é um urso.

— Nada mal — digo, tentando não ficar com medo mesmo tendo um ursão bem na minha frente. — Agora eu ficaria mais impressionada se você conseguisse virar algo menor. Tipo uma ovelha?

— Suave — afirma ele.

Ele encolhe para metade do tamanho do urso, e a lã encaracolada substitui os pelos marrons. O espaço entre os olhos aumenta, as orelhas diminuem e ficam mais protuberantes. Agora ele é uma ovelha.

— Bééé. Eu falei!

Dou umas batidinhas no queixo.

— É, acho que é legal. Mas ursos e ovelhas são mamíferos. Alex também. E você também. Não é muito impressionante.

— Então fala alguma coisa diferente — pede Júnior. — Um pássaro! Um réptil! Um peixe!

— Um peixe sem dúvida seria mais impressionante.

— Bééé! Que tipo de peixe você quer? Bagre, truta, achigã? É só dizer e eu faço.

— Que tal algo bem pequenininho? Tipo... — Bato um pouco no queixo para fingir que estou pensando, depois estalo os dedos. — Uma sardinha?

Peludo Júnior fecha os olhos, e os braços encolhem de uma vez só. Os pelos desaparecem, e escamas cinzentas cobrem todo o corpo. E então, num piscar de olhos, é como se ele tivesse desaparecido deixando uma pilha de roupas.

Vasculho no emaranhado de camisa de seda e calça e encontro uma pequena sardinha se debatendo no chão de madeira.

Eu a seguro na mão.

— Nossa, Júnior. Acho que está precisando de água, não é?

Pelo modo como se debate, vou entender como um sim.

— Está bem, eu conheço a história de Wiley — diz JP. — Minha avó me contou. Mas por que disse a ele pra se transformar num peixe?

— Uma das amigas do meu pai é Metamorfa — explico. — Ela fica cansada quando se transforma muito, e precisa de força pra voltar à forma normal. Júnior devia estar cansado depois de se transformar em todos aqueles animais e, além disso, um peixe fora da água enfraquece rápido. Não consegue fazer muita coisa.

— E quanto menor for a criatura, mais força é necessária para voltar ao normal — acrescenta Alex. — Você foi esperta.

— Obrigada — digo.

Acho que é a primeira vez que ele me faz um elogio.

JP pega Cacau, e saímos correndo da cabana. A versão sardinha do Júnior ainda está se debatendo na minha mão, e continuo segurando até estarmos de volta no barco. Walter liga o motor, e nos afastamos da cabana.

Aproximo a mão da água.

— Prazer em conhecer você, Júnior. Obrigada pela raiz.

Assim que abro a mão, ele pula na água, e vejo a ondulação à medida que vai nadando na direção da cabana. Mas logo à frente três jacarés enormes levantam a cabeça sobre a superfície do pântano.

Eles disparam sobre as águas pantanosas atrás do Júnior Sardinha, e só vejo os respingos. Júnior consegue chegar à cabana antes que os jacarés o alcancem. Pula na escadaria e agora já está do tamanho normal de novo, mas ainda coberto de escamas cinzentas.

— Eu vou pegar vocês! — grita ele, ainda meio sem ar. — Vocês mexeram com o peludo erra... Ai!

Um dos jacarés avança sobre ele em cima da escada. Os outros dois batem a cabeça nas palafitas podres debaixo da cabana. Ele provavelmente ainda está cheirando como uma sardinha gigante, e eles querem comer.

— Vão embora! — grita ele para os jacarés, mas as criaturas continuam batendo nas palafitas. O que está mais perto da escada começa a escalar. — Sai!

Crec!

Alex, JP e eu damos um pulo com o barulho.

Uma das palafitas quebra no meio, e um lado da cabana cai. Era só o que faltava para as outras cederem também. E então, com um estrondo e um esguicho enorme, a cabana decrépita afunda na água, levando Peludo Júnior junto.

ONZE
GRANDE JOHN, O CONQUISTADOR

— Você acha que ele tá bem? — pergunta JP.

O barco já se afastou bastante da cabana agora, e essa é a primeira coisa que alguém fala desde que Júnior afundou e desapareceu na água.

Eu me sinto péssima. Por um lado, o cara queria jantar a gente. Por outro, agora talvez ele esteja sendo o jantar dos jacarés. Mas não posso me preocupar com ele. Não posso.

— Precisamos nos concentrar em encontrar a Msaidizi — afirmo.

— Ele pode estar machucado — pondera Alex, e JP assente. — Não deveríamos voltar pra olhar?

— Ele queria comer a gente! Galera, temos uma missão, vocês lembram?

Eles trocam olhares, e fico me sentindo a vilã da história, mas nenhum deles diz mais nada.

Tento não deixar isso me afetar. Quando encontrar a Msaidizi, tudo vai ficar bem de novo.

Dee Dee nos busca na doca. Espero até estarmos na casa dela para lhe entregar a raiz.

Os olhos dela brilham ao vê-la.

— Vocês conseguiram mesmo.

— É — murmuro, tentando não pensar no que custou. — A raiz é sua, mas precisa conjurar Grande John para nos ajudar primeiro.

Ela olha tão fixamente para a raiz que até me surpreendo de ela ter ouvido uma palavra do que eu disse.

— Vou conjurar meu John. Agora me dê a raiz.

Entrego a ela e, quando Dee Dee a tira da minha mão, vejo fogo dançando em seus olhos.

Fogo.

Dançando.

Nos olhos dela.

— Meu John, meu John — diz ela. — Finalmente chegou a hora.

Alex dá um passo para trás.

— De onde você conhece Grande John mesmo?

O Brilho preto ao redor de Dee Dee fica ainda mais escuro. Ela molha os lábios, e uma língua bifurcada sai de dentro de sua boca. Ela *não* tinha língua bifurcada antes.

— Nós nos conhecemos de outros carnavais. Não é assim que as pessoas falam hoje em dia? — pergunta ela. — Não consigo acompanhar todas as gírias de vocês humanos ao longo dos séculos.

Vocês humanos?

JP e eu também recuamos e ficamos ao lado de Alex.

— Responda à pergunta do meu irmão — digo.

Os lábios de Dee Dee se curvam num sorriso. Eles parecem meio de couro agora, como pele de lagarto.

— Eu estava tentando entender se vocês são corajosos ou apenas puramente estúpidos. Vou dar alguns pontos pela coragem, mas também provaram sua estupidez ao perguntar quem eu sou quando a resposta é bem óbvia.

Ela estala os dedos. A porta de metal debaixo da escada se abre, e chamas emanam de lá. Ouvimos inúmeros lamentos, de vozes diferentes, e uma risada ecoa a distância, tão maligna quanto o próprio Diabo.

Porque *é* o próprio Diabo.

O nome dela não é Dee Dee.

É *DD*. Descendente do Diabo.

— Você é a filha do Diabo — digo. — Aquela por quem Grande John se apaixonou.

DD estala os dedos novamente, e a porta para o inferno se fecha.

— Demorou, hein? Normalmente, o inferno no porão já deixa tudo bem óbvio. Mas não se preocupe, Manifestora. Você recuperou minha amada raiz. Vou manter minha parte do combinado e deixar vocês falarem com meu John antes da cerimônia.

JP treme da cabeça aos pés.

— Que tipo de cerimônia?

As chamas nos olhos de DD dançam descontroladamente.

— Vocês vão ver.

Uma mesa com velas flutua. No meio, há um porta-retrato com a foto em preto e branco de um homem negro com uma coroa adornada de joias.

Na história que meu pai contou, Grande John era um príncipe africano que foi sequestrado e vendido para ser escravizado nos Estados Unidos. Ele usou os poderes como Metamorfo e Profeta para entreter e dar esperança a outras pessoas escravizadas, com as profecias sobre liberdade e as histórias das peças que pregava nos senhores escravistas. As narrativas das peripécias dele iam passando de fazenda em fazenda. Seu truque mais lendário dizia respeito à vez em que foi mais esperto que o Diabo e conseguiu se casar com sua filha.

Agora, o pessoal vai contar histórias sobre quando a filha do Diabo nos fez roubar sua raiz de conjuração para que ela pudesse falar com Grande John. DD tira a raiz de dentro do pote. Não consigo ver o que ela faz, porque está de costas para nós, mas começa a cantar num idioma que nunca ouvi. Os tacos do chão trepidam, e as luzes piscam ao redor da casa. Um frio extremo invade a sala, como se centenas de espíritos tivessem acabado de entrar.

DD canta mais alto. Um ciclone de fumaça branca forma um redemoinho em cima da mesa. Surgem braços de pele marrom--escura, depois pernas e o tronco, peito, pescoço e uma cabeça com cabelo cacheado.

Diferentemente dos espíritos, os fantasmas têm olhos, e Grande John abre os dele. Seria fácil confundi-lo com uma pessoa viva, exceto pelo fato de que consigo enxergar através dele.

— Onde estou? — pergunta ele. A voz é fraca, como se estivesse falando de um lugar muito longe. — Quem me conjurou?

DD chega para a frente.

— Amor, fui eu!

— DD! — Ele leva a mão até a bochecha dela, mas passa direto. — Por que você parou de me conjurar, querida?

— Aquele patife do Peludo Júnior roubou minha raiz! Essas crianças a resgataram para mim.

Grande John olha para nós.

— Essas crianças enfrentaram o Peludo Júnior?

Do jeito que estamos encolhidos e tremendo, entendo por que ele não leva muita fé.

— Sim, senhor. Fomos nós — confirmo.

Grande John dá uma risada.

— Caramba, não sou chamado de senhor há milênios. Nesta área aqui o respeito não é o forte. Eu sou Grande John, o Conquistador. E vocês, quem são?

— Nós... — começa Alex e para por aí.

Nenhuma outra palavra consegue sair.

— Prazer em conhecer você, Nós — diz Grande John. — Vocês são extremamente valentes de terem enfrentado Peludo. Como posso recompensá-los por terem ajudado minha dama?

Eu me obrigo a olhar para John. Fantasmas são tão assustadores quanto espíritos.

— Precisamos da sua ajuda, senhor. Estamos procurando pela Msaidizi.

— Ah, a Ajudante em si. Para que precisam dela?

— Meus pais e o melhor amigo deles foram acusados de roubá-la, e precisamos encontrá-la para limpar o nome deles — respondo. — Há boatos de que ela foi vista aqui em Nova Orleans. DD disse que você tem uma conexão com ela e poderia localizá-la.

— Desculpe, criança, não sei onde está. Minha conexão foi quebrada. Msaidizi está em algum lugar que não consigo encontrar ou alcançar.

— Como assim? — pergunta Alex. — Você é um fantasma. Não pode ir a qualquer lugar que quiser?

— Normalmente, sim. É uma das minhas partes favoritas de ser um fantasma. Gosto especialmente de ir ao Coachella. Vocês têm umas boas diversões hoje em dia. Aquela Beyoncé? Uauuuu! Ela sabe dar um verdadeiro show. Eu estive lá alguns anos atrás quando ela foi atração principal do festival e cantei e dancei muito...

— Mas e a Msaidizi? — pergunto, retomando o assunto.

— Minhas sinceras desculpas, pequena dama. A última vez que eu a vi foi há uns dez anos, se minha memória não me trai. Estava com alguém que embarcou num ônibus aqui em Nova Orleans. Tive a impressão de que a pessoa estava se escondendo e fugindo.

— O ladrão. — Agora tenho centenas de perguntas girando na cabeça. — Lembra como ele era?

— Baixo e gordinho, com uma árvore tatuada na mão. A Marca do Éden, acho que é assim que se chama.

— Esse é o símbolo que está na Msaidizi, certo? — indago.

— Sim, senhora, é isso mesmo. Ele tinha o símbolo desenhado nas costas da mão. Não consegui ver o rosto porque ele usava uma máscara.

— Havia... — Estou quase com medo de perguntar. — Havia um bebê com ele?

— Não, nenhum bebê. Não me lembro de bebê. Ele estava sozinho.

Sinto ondas de alívio invadindo meu corpo. Não foi meu pai. Em primeiro lugar, ele é alto e magro, e não baixinho e gordinho. Segundo, ele não tem a Marca do Éden tatuada na mão. Terceiro, ele estaria comigo ao sair de Nova Orleans. Aquela vozinha na minha cabeça me dizendo que ele não é o ladrão estava certa.

Isso também significa que o verdadeiro ladrão está solto por aí, e meu pai está pagando pelo que ele fez.

— O ladrão falou com você? — pergunto a Grande John. — Contou por que pegou a Msaidizi?

— A pessoa disse que recebeu a ordem de escondê-la para "um momento futuro". Depois que saiu da cidade, perdi minha conexão. Onde quer que tenha escondido a Msaidizi, é algum lugar protegido por um juju poderoso o suficiente para manter as almas afastadas.

— E quem deu a ordem pra escondê-la? — pergunto. — E o que é esse momento futuro?

— Infelizmente — interrompe DD —, acabou o tempo das perguntas. Temos assuntos mais importantes para tratar.

A expressão ávida em seus olhos me faz recuar.

— Do que está falando?

Ela dá um passo à frente.

— Eu mantive minha parte do combinado e deixei vocês falarem com meu John, mas minha lealdade acaba aí. Sabe, eu quero trazer meu amor de volta à vida, e preciso de uma alma jovem para isso. Para a minha sorte, tenho três para escolher. Mas sou uma mulher justa. — Ela sorri. — Vou matar todos os três.

JP tira um colar com uma cruz de baixo da camiseta da escola bíblica.

— Afaste-se!

DD dá um pulo para trás.

— Seu pirralho! Como ousa trazer isso para dentro da minha casa?

— Meu pai me disse pra levar Jesus comigo a todo lugar que eu fosse! Ainda bem que eu ouvi!

DD se contorce toda.

— Não vai ficar tão feliz depois que eu terminar.

O resto da pele dela vai ficando mais ensanguentado e com aparência de couro. Garras emergem dos pés, chifres crescem em meio ao cabelo, asas pretas rasgam a blusa. Ela bate as asas e levita

JP deixa a cruz cair.

— Ai, meu...

— Amor! — grita o fantasma de Grande John. — Fique calma!

— Não! — responde DD. — Já perdi muito tempo!

Ela avança para cima de nós. Cacau pula na nossa frente com seu instinto protetor, mas basta um olhar de DD para minha cachorrinha desabar com um guincho.

— Cacau! — grito.

— Seu filhote idiota! — exclama DD, urrando. — Seus ancestrais nasceram no reino do meu pai. Nesta casa, você só obedece a mim!

Ela faz um gesto com a mão, e Cacau rola como uma bola de feno.

Tomar minha alma é uma coisa, mas ninguém, estou falando sério, *ninguém* machuca minha cadela. Pego a primeira coisa que vejo — uma vela apagada — e jogo na direção de DD.

Ela desvia, e o fogo em seus olhos arde, com raiva.

— É assim que quer brincar, Nichole? Tudo bem. Vamos nos divertir um pouquinho.

Ela abre bem a boca, e uma rajada de fogo é lançada em direção a mim, Alex e JP. Eu desvio para um lado, e Alex e JP, para outro.

Vou parar perto de Cacau. Ela se anima e lambe meu rosto.

Eu me sento no chão e a pego no colo. Uma fumaça preta e espessa preenche a sala. É impossível ver qualquer coisa. Não há sinal de Alex, JP e nem de DD.

— Pessoal! — grito.

— Nic! — responde Alex, e o som parece vir do segundo andar.

— Onde vocês estão? — grita JP.

A voz dele também parece estar vindo do segundo andar. Como subiram tão rápido?

Não tenho tempo para desvendar. Consigo colocar Cacau dentro da mochila. Em meio à escuridão, vejo a porta de aço, e isso me ajuda a chegar até a escada. Preciso encontrar JP e Alex.

A fumaça não alcançou o segundo andar, mas as paredes e o chão do corredor parecem lava, com um brilho pulsando por baixo.

O corredor parece ser infinito. Há chamas saindo de centenas de portas de aço.

É impossível que esta casa seja tão grande.

— É uma ilusão — murmuro para mim mesma.

Dou mais um passo, e o chão explode na minha frente. Cambaleio para trás.

DD cai na gargalhada.

— Você está na *minha* casa. Eu faço as regras. Não tem saída, garotinha. Você, seu irmão e seu amigo pertencem a mim. Mas talvez...

— Talvez o quê? — retruco, irritada.

Ela faz um barulho de *tsc tsc*.

— Você não está em posição de exigir nada, Nichole. Deveria ser legal com a pessoa que conhece seu destino.

Perco as forças e solto a alça da mochila.

— O... O quê?

DD aparece sorrindo.

— Agora sim, consegui sua atenção. Seus pais esconderam um segredo de você, Nichole. Eles não contaram quem você é de verdade.

— Isso é mentira!

DD tamborila os dedos uns nos outros em expectativa.

— É mesmo? Você não se pergunta por que seu pai fugiu com você? A resposta está na profecia, minha querida.

— Tem uma profecia sobre... sobre mim?

— Sim, e não é uma profecia comum, assim como você não é uma criança comum.

— Não é mesmo! — confirma uma voz.

— Ouça o que ela diz! — sugere outra.

Elas não estão na minha cabeça, são muito altas. Isso é algum truque demoníaco. Tapo os ouvidos.

— Não acredito em você.

Com delicadeza, DD tira minhas mãos dos ouvidos.

— Minha querida, você e Tyran Porter são muito parecidos. Alguns dizem que são dois lados da mesma moeda. O fracasso dele será seu sucesso.

Espera aí, o que ela está...

— O que está dizendo?

— Deixe-me ficar com as almas do seu irmão e do seu amigo, e vou responder a todas as perguntas que tiver.

— Diga que sim! — manda a voz mais alta.

— Faça isso! — acrescenta a outra.

Os olhos flamejantes de DD me encaram com pena.

— Você não quer a verdade? Já mentiram muito para você. Deixe-me dar as respostas que busca. É só dizer sim.

Nada mais importa além das chamas nos olhos dela. São tão acolhedoras e convidativas. Essa moça simpática quer me ajudar, eu devia aceitar.

— Sim, é isso — diz DD. — Diga sim, Nichole.

Não sei para que estou dizendo sim, mas deve ser para algo bom, se está vindo dela.

— Si... Ai!

Sinto presas afiadas de cachorro perfurarem meu pescoço. A bruma se desfaz, e a ilusão desaparece.

Veneno de cão do inferno. Os Notáveis o chamam de soro da verdade porque é uma das poucas coisas que destroem ilusões. Consigo ver agora que o corredor tem um tamanho normal e apenas quatro portas, e que DD é uma mulher enrugada, de cabelo grisalho, com asas finas e chifres apodrecidos. Ela era uma ilusão também. Se eu tivesse essa aparência, também me esconderia.

— Cachorro, eu avisei! — diz ela.

Ela avança em direção a Cacau, e faço algo que me deixaria de castigo para sempre se ela fosse uma velhinha qualquer: empurro DD tão forte que ela cai. Não é nada de mais, mas me dá a oportunidade de correr.

Entro num quarto. As paredes estão oscilando entre a ilusão de lava e o papel de parede preto. Como Cacau ainda é filhote, seu veneno provavelmente não é muito forte.

— Alex! JP!

— Nic! — grita JP lá do fundo do corredor.

— JP! Onde você está?

— Aaah! — grita Alex.

Ele vem correndo direto na minha direção, então segura meus ombros.

— Nic! Tinha fumaça, eu ouvi você e JP aqui em cima, então subi as escadas e agora não consigo sair! Não estamos saindo! Tem muitas portas! Nós...

Pego a mão dele e coloco perto da boca de Cacau. Ela enfia os dentes nele.

Ele grita, depois olha em volta.

— Ai, meu Du Bois! É uma ilusão!

— É, agora precisamos achar JP e sair daqui.

— Isso é quase impossível! Ela é a filha do Diabo. Já ouvi falar que é tão poderosa quanto os Manifestores. Nós teríamos que neutralizá-la para romper a maldição que está nos prendendo aqui dentro.

— Você quer *matá-la*?

— Não dá. A gente pode prendê-la com um juju de imobilização e tentar escapar.

Uma risada corta o ar.

— Que fofo esse plano — opina DD. — Pena que não vai funcionar.

A porta se abre, e ela voa para dentro do quarto, com chamas no lugar dos olhos.

— Chega dos seus joguinhos — declara ela com um grunhido. — Está na hora de um de vocês ser sacrificado pelo John!

Ela investe em nossa direção, mas Alex lança uma corda de luz ao redor de um dos tornozelos dela. DD puxa a perna para trás, o que acaba levando Alex junto, e ela o arrasta pelo quarto.

— Nic, me ajuda! — pede ele.

— Garotinho fofo e inocente — diz DD, ronronando. — Olhe nos meus olhos.

Ele a encara, e seus olhos ficam totalmente brancos, como se a luz nele tivesse sido apagada.

— Não quer ficar aqui comigo? — pergunta DD. — Por que sair para esse mundo Mediano perigoso? Você não quer ficar lá, quer?

— Não quero — responde Alex, de forma robótica.

— Alex! — grito. — Acorda!

DD faz um gesto com a mão, e uma força invisível me joga no chão. Cacau cai da mochila. Tento me levantar, mas mãos esqueléticas saem de baixo do piso de madeira e prendem Cacau e a mim ao piso.

— Esses são alguns dos meus amigos, Nichole — informa DD. — Querem levar você para conhecer o Papai. Ele adora convidados. Tanto que nunca deixa ninguém ir embora!

Cacau late para as mãos esqueléticas. Tento tirar uma do meu tornozelo, mas outras duas aparecem e seguram meus pés. Elas me puxam para longe de Alex e DD, na direção de um grande buraco em chamas. O Diabo gargalha lá de dentro.

— Alex! — grito. Um braço esquelético me segura pela cintura. Outro tapa o focinho de Cacau. — Alex, prende ela!

— Por que ele faria isso se vai se oferecer a mim em sacrifício?

— Sacrifício — repete Alex.

— Sim, querido. Você vai adorar. Nem vai ficar muito tempo no Além. Vai voltar como fonte de vida para meu John. Não é ótimo?

Seguro a mão que está na minha cintura e tento afastá-la de mim, mas outra atravessa o assoalho e pega meu pulso.

— Alex! Não dê ouvidos a ela!

— Não, Alex, não dê ouvidos a essa garota detestável — afirma DD. — Ela não se importa com a sua mãe. Ela só quer salvar o pai bandido dela.

— Isso não é verdade! — grito.

— Pobre garoto. Aquele homem horrível abandonou você, magoou sua mãe e sua irmã perdida ainda quer que você o ajude. Ela não dá a mínima para os seus sentimentos.

— Alex, eu me importo com você sim!

A cabeça dele se vira na minha direção, e tomo um susto. Há chamas onde os olhos dele deveriam estar.

— Mentirosa!

DD sorri antes de incentivar:

— Desabafe, querido.

— Não estou mentindo! — insisto.

— Então por que ela não está usando o Dom para salvar você, Alex? Hum? Ah, esqueci. — DD olha para mim. — Ela não sabe. Não é nem uma Manifestora de verdade.

Paro de lutar contra as mãos em volta de mim.

— Sou sim.

— Então use o Dom para me impedir, Nichole. Vá em frente, use!

— Cala a boca! — grito, a voz falhando.

— Você não é boa o suficiente! Nunca vai ser boa o suficiente! Nunca vai ser uma verdadeira...

De algum lugar no corredor, JP grita:

— Jeeeeee-suuuuus!

Ele entra como um raio pela porta segurando uma cruz feita de garfos, colheres e elásticos como se fosse um escudo. Aponta na direção de DD.

— Jeeeeee-suuuuus!

As mãos esqueléticas explodem e viram pó, libertando a mim e a Cacau. DD solta gritos esganiçados e se treme toda. Ela cai no chão, as mãos nos ouvidos, os olhos fechados.

— Pare com isso! — ordena ela.

Com o foco em JP, parece que DD perde o poder de controlar a mente de Alex, que desperta do transe. Ele olha ao redor, parece se lembrar rapidamente de quem é e produz uma nova corda de luz com as mãos. Enrola nas pernas de DD, prendendo-as.

JP chega mais perto com a cruz.

— Jesus!

— Pare! — grita ela.

Ela tenta atacar JP, mas Alex lança mais uma corda, e dessa vez amarra seus braços.

— Nic, faça alguma coisa! — pede ele. — Me ajude a amarrar! Pode ser nossa única chance de escapar.

Eu... Eu não sei fazer a corda. É um feitiço ou um juju? É só imaginar a luz, e ela aparece? Preciso pensar em alguma palavra específica ou alguma imagem ou...

— Nic! Me ajuda! — repete Alex.

Preciso fazer alguma coisa. Mexo o pulso como Alex fez. Nada. Não, não, não. Por favor, preciso conseguir ajudar.

Mexo de novo, de novo e de novo. Alex grita pedindo minha ajuda, e DD ri, satisfeita.

— Ela não é uma Manifestora de verdade. É uma inútil!

— Não! — grito.

Sinto as lágrimas quentes descendo pelas bochechas e continuo mexendo o pulso de novo e de novo. Não aparece nenhuma faísca de luz.

Alex solta um suspiro frustrado que deixa bem evidente como sou inútil. Ele produz mais uma corda para amarrar os braços e pernas de DD juntos enquanto JP continua gritando "Jesus!" com a cruz na mão. Só consigo ficar ali parada olhando.

DD se debate, mas agora há cordas demais para que ela consiga fazer alguma coisa. Walter e os outros espíritos entram no quarto, os rostos sem olhos observando o que está acontecendo com sua senhora. Ela não deve ser muito boa, pois nenhum deles tenta ajudá-la.

— Você selou seu destino e o do seu pai — alerta DD com um grunhido. — Meu pai vai fazer você pagar por tudo que fez a mim.

É a última coisa que diz antes de a corda se enrolar sobre sua boca e ela virar uma versão mumificada de si mesma, contorcendo-se no chão.

Alex tenta recuperar o fôlego. Ele levanta a mão com a palma estendida para cumprimentar JP.

— Bom trabalho.

JP bate com a mão na dele.

— Digo o mesmo.

É como se eu não existisse. Levando em conta que não consegui ajudar em nada, devo ser invisível mesmo.

Um grito tomado de raiva invade a casa, e meu coração para de bater por um segundo.

O pai de DD.

A casa treme furiosamente, e ele está pronto para destruí-la só para se livrar de nós. Meu cérebro diz: "Corra! O Diabo em pessoa está atrás de você!", mas meus pés estão paralisados.

Molduras caem das paredes e se quebram com violência, então finalmente meu instinto toma conta da situação. Pego Cacau, Alex e JP e arrasto todo mundo para fora do quarto. Walter e os espíritos nos rodeiam, animados. Estão comemorando.

— Amarrá-la quebrou o domínio que ela tinha sobre eles — explica Alex. — Estão livres.

O espírito adolescente e Eileen dançam de braços dados. A boca de Darcy se move como se dissesse "obrigado" repetidamente. Walter está concentrado em nos tirar de lá. Ele nos conduz até o primeiro andar.

Pulamos o último degrau bem a tempo. A porta de aço debaixo da escadaria sai voando, e as chamas invadem o cômodo assim que corremos para a porta de saída.

Está um breu do lado de fora. Walter e os outros espíritos desaparecem na noite. Alex, JP e eu corremos pelo French Quarter enquanto a casa da filha do Diabo é tomada pelas chamas.

DOZE
LUGAR SEGURO

É JP quem vê primeiro.

Estamos correndo na altura do Smoothie King Center quando meu amigo para de repente.

— O *que* é aquilo?

Ele aponta para o céu, mas só vejo estrelas e nuvens. Alex aperta o botão dos Óculos-D e pula de susto. É só quando ele me entrega os óculos em modo raio X que também vejo: uma aeronave em formato de V pairando no céu noturno. Dela saem raios laser que escaneiam as ruas.

Os Guardiões chegaram a Nova Orleans e estão atrás de nós.

Descemos pelo bueiro por onde DD nos conduziu e corremos de volta até Bertha. Peço à locomotiva para nos levar a um lugar seguro.

Alex se deita no sofá surrado da sala e come um pedaço de carne--seca. JP está jogado na poltrona reclinável com um punhado de frutas secas. Eu me sento no chão com Cacau no colo. Mordisco a carne-seca e dou alguns pedacinhos para ela.

Sei que não devia me abalar com nada do que DD me disse — ela é a filha do Diabo, pelo amor de Deus! —, mas tenho medo de que ela esteja certa e eu não seja uma Manifestora de verdade. Quando Alex e JP mais precisaram de mim, não consegui fazer nada. Fiquei lá parada igual a uma pedra. Não, nem isso. Uma pedra ainda conseguiria ter acertado a cabeça de DD. Nem para isso eu servi.

Quero ficar em posição fetal e desaparecer. Não deviam nem me chamar de Manifestora.

Alex se levanta depressa.

— Espera aí. — Ele se vira para JP. — Como você viu a aeronave dos Guardiões sem a visão de raio X? Ela fica invisível.

— Não estava invisível. Estava bem ali no céu.

Alex joga os pés sobre a lateral do sofá.

— E quando a gente estava na casa da DD? Como o corredor pareceu pra você?

— Como um corredor normal? — JP pergunta mais do que responde. — Como deveria ter parecido?

— Espera — digo. Agora *eu* estou confusa. — Você não viu a lava? Nem o fogo que saía de baixo das portas? Nem as centenas de portas?

— Não?

— E como era a aparência da DD? — pergunta Alex. — Era uma moça jovem ou uma idosa?

— Ela parecia uma uva-passa, pra dizer a verdade, mas não quis falar nada. Vocês não a viam assim?

— A bênção do Clarividente — murmura Alex. — É real.

— O quê? — pergunto.

— Uma vez estava lendo uma coisinha leve sobre a história antiga dos Notáveis.

É *isso* que ele chama de leitura leve?

— Na África, nossos ancestrais acreditavam que os Clarividentes eram abençoados — explica. — Não apenas porque viam o Notável, mas porque ilusões e invisibilidade não funcionavam neles. Parece que os ancestrais estavam certos. JP é mais poderoso do que imaginávamos.

JP aponta para si mesmo.

— Eu sou poderoso? Nic, eu sou poderoso!

— Isso é incrível.

Tento sorrir, mas é difícil.

Meu melhor amigo Mediano tem mais poderes do que eu.

— O que houve? — pergunta JP.

— Nada. Só queria que tivéssemos conseguido mais informações com Grande John sobre o verdadeiro ladrão.

— Bom, agora já sabemos que não foi o senhor Blake — argumenta meu amigo.

— Realmente parece menos provável — concorda Alex. Dado o ódio que ele tem do meu pai, estou surpresa que admita isso. — Mas então *quem* pegou?

— Tio Ty acha que foi alguém que quer manter a arma longe dele.

Alex ri de deboche.

— Nic, não vá cair nessa teoria da conspiração.

— Só pensa nisso por um segundo, tá? E, mesmo que não seja verdade, pode ter alguém por aí que acredita na teoria e tenha roubado a Msaidizi para mantê-la longe do tio Ty.

— Einan faria isso com Stevie — sugere JP. — Será que pode ter sido o Einan da vida real?

— Impossível — diz Alex. — A LAN apagou a memória e tirou o Dom do Roho anos antes do desaparecimento da Msaidizi. Ele hoje em dia vive no mundo Mediano e não se lembra de nada da vida passada.

JP fica horrorizado.

— Ele vive no mundo Mediano?

— Ele não é mais uma ameaça — garante Alex. — A LAN deu uma nova identidade a ele. Da última vez que soube, ele era algo chamado "atendente de telemarketing".

Ele ganha a vida ligando para encher a paciência das pessoas? É mesmo um castigo.

— Então quem poderia ser o ladrão? — pergunto.

Alex está prestes a dizer alguma coisa quando os óculos piscam uma luz vermelha.

— Ah, não...

— O que houve? — pergunta JP.

— Programei os óculos para receber alertas da imprensa sobre nós. Parece que viramos notícia de novo.

Ele aperta a lateral dos óculos, e vemos um mini-holograma de um Manifestor diante da bancada do telejornal. É o mesmo que vimos na casa de DD. Atrás dele, há imagens da casa de DD em chamas.

— A famosa mansão de Nova Orleans que pertence à filha do Diabo foi tomada pelas chamas mais cedo, num incidente que a polícia Mediana vem tratando como um vazamento de gás — relata ele. — No entanto, Guardiões disfarçados de bombeiros encontraram a Nefilim centenária amarrada num quarto no segundo andar. Depois de ser resgatada, ela afirmou que o incêndio foi culpa de Alexander e Nichole Blake, os netos da presidente Natalie DuForte que estão em fuga com a Msaidizi.

Pisco com força. Não, não estou sonhando.

— Foi ela que nos atacou! E o pai dela começou o incêndio! Como assim?

— A LWTV falou, com exclusividade, com a presidente DuForte a respeito dos acontecimentos — diz o apresentador.

Ele desaparece e é substituído por um holograma de uma mulher negra mais velha. Se Zoe é minha versão adulta, essa mulher é uma espécie de próximo passo para nós duas. O rosto dela é igual ao nosso, com uma ou duas rugas a mais e mechas brancas nos pequenos cachos naturais. É a minha avó, a presidente DuForte.

— Todos nós sabemos que a filha do Diabo tem costume de mentir — diz. — Além disso, ela está sob vigilância dos Guardiões desde 1921, quando se aliou a terroristas para destruir a Wall Street Negra original. Pessoalmente, eu gostaria de saber, antes de mais nada, como foi que aconteceu esse encontro com as crianças, considerando que ela deveria estar sendo vigiada. Aguardo a general Sharpe para discutir essa questão.

Minha avó desaparece, e Althea Sharpe surge em seu lugar.

— Estamos investigando essa falha na vigilância — informa a general Sharpe. — No entanto, isso não muda o que aconteceu em Nova Orleans. Essas crianças desvirtuadas estão obviamente agindo sob as ordens dos pais e do padrinho. Não me surpreende. Eu sempre soube que...

Um Guardião se aproxima da general Sharpe e sussurra em seu ouvido.

— Liberados? — brada ela.

O holograma do apresentador volta rapidamente.

— Notícia de última hora! Acabamos de ser informados que Zoe DuForte e Tyran Porter foram liberados e não estão mais sob a custódia Guardiã.

— Graças a Deus — suspira Alex, aliviado.

— As acusações contra a senhorita DuForte foram retiradas; no entanto, o senhor Porter segue sob investigação. Calvin Blake continua detido — explica o jornalista. — Conversamos agora há pouco com o Ancião Aloysius Evergreen a respeito do suposto ladrão e sequestrador.

Vemos o holograma de um homem negro careca e mais velho, que usa um cavanhaque sem bigode.

— Estamos monitorando de perto a situação em Nova Orleans — afirma. Ele tem uma voz rouca. — Com relação a Calvin Blake... — Ele para de falar. Sua expressão é confusa, a testa enrugada. — Blake com certeza roubou a Msaidizi! Isso agora é evidente! Vamos remover o Dom e apagar sua memória. As crianças também são culpadas. Devem ser detidas imediatamente!

— O quê? — gritamos eu e Alex.

— Gente, gente, espera aí — diz JP. — Vocês viram aquilo? Alex, rebobina esse negocinho aí.

Alex faz um movimento como se estivesse virando uma página, e o Ancião Evergreen aparece em reverso.

— Ali! — exclama JP, e Alex dá um toque no holograma.

— Estamos monitorando de perto a situação em Nova Orleans — diz Evergreen novamente. — Com relação a Calvin Blake...

— Ali! — afirma JP. — No ombro dele. Não estão vendo?

Aperto os olhos, mas não vejo nada.

— O que deveríamos estar vendo?

— Aquela criaturinha vermelha!

— Modo raio-x — diz Alex para os Óculos-D.

O corpo do Ancião Evergreen fica naquele modo transparente, e, em seu ombro, de repente fica visível uma pequena criatura de pele vermelha e olhos amarelos apertados. Ela sussurra no ouvido do ancião enquanto abre um sorriso debochado e sem dentes.

— Um demônio — murmuro. — Mas por que um demônio...

Ouço a voz de DD ressoando em meus ouvidos: "Você selou seu destino e o do seu pai. Meu pai vai fazer você pagar por tudo que fez a mim!"

Alex e eu nos entreolhamos.

— DD — dizemos ao mesmo tempo.

Não estamos lutando apenas contra os Guardiões. Estamos lutando contra o próprio Diabo.

Alex volta a se jogar no sofá.

— Estamos ferrados. Total e completamente ferrados. Nossa vida acabou. Nosso futuro está arruinado. Só vamos conseguir arrumar empregos de nível um em Uhuru.

Não sei nem o que isso significa.

— Nossa vida não acabou — protesto. — Só precisamos encontrar a Msaidizi e o verdadeiro ladrão.

Alex aponta para o holograma.

— Nic, *o próprio Diabo* está atrás da gente! Não temos nenhuma chance!

Olho para o demônio debochado no ombro do Ancião Evergreen e cerro os punhos. Olhar para aquela coisa deveria me causar medo, mas tudo que quero é dar um soco na cara feia dele e acabar com aquele sorrisinho idiota.

— Não vamos desistir assim — afirmo como uma promessa. — Não importa o que tivermos que fazer. Vamos salvar meu pai e a nós mesmos.

Os freios de Bertha começam a fazer barulho, e a locomotiva diminui a velocidade. Dou uma olhada pela janela. As paredes do túnel agora são de tijolos brancos, e velas vão se acendendo à medida que passamos. Há uma placa de madeira dando boas-vindas ao...

— Lugar Seguro? — leio em voz alta.

JP e Alex dão um gritinho de susto, e me viro para olhar.

Há um holograma meio tremulante de uma mulher negra ali. Ela tem dreads curtos e usa um vestido preto liso com uma pequena bandeira da LAN no peito. Não sei exatamente o porquê, mas esse holograma é diferente dos outros. Todos os que vi até agora eram tão similares a pessoas reais que ficava realmente difícil de acreditar que eram hologramas. Esse aqui parece mais o holograma de um manequim.

— Seja bem-vindo, viajante — diz ela. — Você chegou ao Lugar Seguro, um dos refúgios originais da Underground Railroad. Aqui você vai encontrar inúmeras histórias que celebram este lugar maravilhoso, por onde muitos Notáveis e Medianos passaram em busca de liberdade e segurança. Em meio a sua viagem até Uhuru ou alguma outra cidade Notável, convidamos você a parar um pouquinho para explorar este lugar tão Notável quanto os outros.

— Isso é tipo uma atração turística da ferrovia — concluo.

Alex dá uma olhada no holograma.

— A LAN usa o termo museu autossuficiente. Existem vários desses. Esta aqui é uma versão antiga das assistentes virtuais. Ela usa um processador de projeção em vez de um processador integrado.

— E isso significa...? — pergunto.

— Significa que ela aparece como um holograma. Temos um assistente virtual em casa que é simplesmente parte da casa. Você diz para a casa fazer coisas, e o assistente faz. A LAN não usa esse tipo de donologia nos museus há mais de dez anos. Imagino que tenham abandonado essa atração quando fecharam a ferrovia.

— Será que é seguro passarmos a noite aqui? — pergunta JP.

— Acho que sim. Vou escanear o lugar com os óculos para garantir que estamos sozinhos.

Meu estômago ronca alto, e o de Cacau faz o mesmo barulho logo em seguida. Acho que aquela carne-seca não foi suficiente. Alex vai escanear os arredores enquanto eu e JP preparamos o jantar. JP adora cozinhar, então se oferece para cuidar de tudo. Eu me sento à mesa, e Cacau se aninha ao meu lado. JP corta os restos de carne-seca em pequenos pedaços e tempera com os pacotinhos do lámen. Ele diz que é sua versão especial de lámen de carne.

— Estou feliz que esteja aqui — digo a ele. — Não conseguiria fazer nada disso sem você.

— Ah, conseguiria sim. E daí que está sendo perseguida pelo Diabo e virou uma criminosa procurada? Você vai dar um jeito.

Na linguagem do JP, isso é ajudar.

— Como você faz isso?

— Faço o quê?

— Se mantém otimista?

JP se abaixa para olhar a tigela de lámen rodando no micro-ondas.

— Minha irmã, Leah, teve leucemia. Tinha dias em que ela não conseguia levantar da cama, mas ela nunca deixou de acreditar que ficaria boa — conta meu amigo. Dá para ver seus olhos perdidos, olhando para o nada, pelo reflexo do micro-ondas. — Eu não acreditava, mas deveria ter acreditado, por ela.

— Não pode ficar se culpando por isso.

— Não me culpo. Mas pouco antes de Leah morrer, os médicos disseram pra gente que ela não tinha muito tempo, e eu fiquei furioso. Não era justo. Ela tinha acreditado, e não deu certo. Mas ela me disse: "As coisas nem sempre saem como a gente espera, irmãozinho, mas no final sempre dá certo." Acho que ela está melhor agora, como sempre acreditou que estaria. Sabendo disso, não tem muita coisa que me abale e me faça desistir.

Meus problemas parecem muito bobos comparados ao fato de JP ter visto a irmã morrer.

— Leah parece ter sido uma irmã incrível.

— Seu irmão não é tão ruim assim.

— Que bom que você acha — digo, e Cacau se deita de costas, meio sonolenta. Faço carinho em sua barriga. — Ele não gosta de mim, JP.

Pronto, falei. Mas, de verdade, não tem como ser mais óbvio. Alex age como se fosse minha culpa o fato de todo mundo falar de mim o tempo todo.

— Ele não te conhece, Nic — responde JP. — Como ele pode não gostar de você?

— Não sei, mas não gosta! Ele gosta muito mais de você.

— Está com ciúme? — pergunta JP, meio surpreso.

— Não! Claro que não. Mas é uma droga porque eu queria um irmão e acabei ganhando um que não me suporta.

— Bom... — diz JP com cuidado. — Talvez você não seja o que ele desejava também.

— O quê? Eu sou maravilhosa!

— Isso é uma opinião e não um fato... uma opinião com a qual eu concordo! — ele acrescenta depressa quando o encaro. — Mas é uma opinião. Talvez ele estivesse esperando uma irmã paciente, que pensa bastante antes de agir e gosta de chocolate como um ser humano normal...

— Qualquer pessoa de bom senso sabe que caramelo é muito melhor. E como é que essa sua alfinetada deveria fazer eu me sentir melhor?

— Eu nunca disse que esse era o objetivo. Sabe, vocês dois me lembram da minha relação com o Costelinha.

— O gato de olho torto da sua mãe?

— Tecnicamente ele é meu gato. Eu implorei para meus pais me darem um gato. Achei que iam pegar um filhotinho fofo que fosse se aconchegar no meu colo e assistir a filmes comigo. Mas nãããão. Eles foram ao abrigo e trouxeram meu arqui-inimigo pra casa.

A treta entre JP e Costelinha é bem séria.

— O gato não tem nada contra você, JP.

— Ele destruiu minha fantasia do Stevie James. Isso é ódio puro, Nic! — resmunga. — Enfim, minha mãe disse que o motivo pra eu não gostar do Costelinha é ele não ser o que eu queria que ele fosse. E que isso não é justo. Ela disse que ninguém tem que atender as minhas expectativas, mas eu tenho que decidir se vou amá-los do jeito que são ou não.

— E você ama o Costelinha agora?

— Nunca vou amar aquela besta demoníaca. Vocês me lembram de nós dois, só isso.

Observo JP tirar a tigela de dentro do micro-ondas e jogar a carne-seca picada lá dentro. Cada vez mais entendo meu pai quando ele disse que JP conseguiria encontrar a única estrela num céu completamente escuro.

— JP?

— O que é?

— Às vezes o que você diz faz muito sentido.

Ele sorri sem mostrar os dentes.

— Eu também te amo, Nic.

TREZE
O LEGADO DA LAN

Ontem à noite, sonhei que meu pai estava amarrado a uma cadeira numa sala escura, e com vários Manifestores encapuzados ao redor. De alguma forma, eu sabia que eles eram da LAN.

— Você roubou a Msaidizi, Calvin Blake — dizia um deles. — Agora vai ter que pagar.

Eles colocavam as mãos na cabeça do meu pai. Ao poucos, seu Brilho ia diminuindo. Estavam lhe tirando o Dom. Os olhos dele reviraram à medida que também lhe tiravam a memória.

Acordei com a testa suada e as bochechas molhadas de lágrimas.

Mesmo agora de manhã, esse pesadelo continua enevoando minha cabeça. Não há mais ninguém aqui no Lugar Seguro, de acordo com o escaneamento de Alex, então ele e JP querem ir dar uma olhada no espaço. Eles adoram museus, então é basicamente dois contra um. Não tenho escolha a não ser acompanhar.

E é supertranquilo que meu melhor amigo tenha várias coisas em comum com meu irmão. Claro. De boa.

Seguro Cacau pela coleira e saímos do trem. Uma pista nos leva até a plataforma há muito abandonada. Ervas daninhas, trepadeiras e uma camada espessa de poeira já tomaram conta do lugar. Cacau late para uns ratos que correm por ali. Há um teto de vidro sobre nossas cabeças com a representação de algumas pessoas negras. Algumas voam, outras têm orbes de luz ao redor da mão, outras fazem água irromper do chão. Manifestores.

Alex se sobressalta.

— São os Doze.

— Quem? — pergunto.

— Os doze Guardiões originais. Olha aquele ali — diz, apontando para um homem grande e sorridente. — É o general Wesley Blake, nosso tataravô. Do lado esquerdo dele é Sarah, nossa tataravó pelo lado da mamãe. Ela foi a primeira Manifestora a voar e conseguir a liberdade nos Estados Unidos.

Eu me lembro da história dela. Estava trabalhando no campo com o bebê nas costas, mas a criança não parava de chorar. O capataz era cruel e deu chibatadas nela e no bebê. Ela implorou que o velho Toby a libertasse. Ele então falou as palavras ancestrais que ativaram o Dom nela, e Sarah voou e se libertou.

— Não sabia que ela era uma Guardiã — digo.

— Não era qualquer Guardiã. Ela e os outros onze criaram Uhuru e libertaram centenas de Notáveis e Medianos da escravidão. Ela é uma lenda.

Mordo o lábio. Pais famosos, avós famosos e agora Sarah e o general Blake. Descendo de Manifestores brilhantes e poderosos. Comparada a eles... Não posso nem me comparar.

Tento deixar isso de lado enquanto continuamos andando. O Lugar Seguro parece um museu de arte. Do lado de fora da estação de trem há três salões de exposição de mármore. Entendo por que a LAN não chamaria o lugar de atração turística da ferrovia. Mesmo empoeirado, ainda é muito mais sofisticado do que todos os museus que meu pai e eu visitamos. Ele sempre encontrava os lugares mais esquisitos, tipo o museu do Pé Grande, na Geórgia.

Acho que essa é a parte mais difícil de tudo isso. Nunca senti que meu pai e eu estivéssemos fugindo, nem me senti sequestrada. Eu só estava vivendo com o bobo do meu pai, um cara desafinado que ama colecionar tênis. Agora preciso convencer todo mundo de que ele é realmente isso, incluindo Alex.

De nós três, ele é o mais interessado nas exposições. Vemos umas camas dobráveis em que, de acordo com a explicação, dormiam os Notáveis e Medianos que haviam escapado. A placa explica ainda que apagavam a memória dos Medianos quando saíam daqui. Vemos fotos de Guardiões guiando as pessoas pela mata.

Vamos para outra sala onde há diversas estátuas, inclusive a de uma mulher segurando uma espingarda e um lampião. O cabelo está amarrado com um lenço, e ela leva uma bolsa de couro pendurada no ombro. A placa informa que ela é "a famosa Clarividente Harriet Tubman".

— Harriet Tubman era Clarividente? — pergunta JP, animado.

— Era — responde Alex. — Existe uma escola Notável com o nome dela.

Logo ao lado, uma estátua representa o Manifestor Nat Turner, que usou o Dom para comandar uma revolta de escravizados, e depois há uma outra que retrata Booker Bailey, um Manifestor que interrompeu cem execuções em um ano usando jujus. Alex conta que também existe uma escola com o nome de Nat Turner e uma biblioteca chamada Booker Bailey.

Esse é o tipo de coisa para a qual deveríamos usar o Dom. Evidentemente a LAN concordava — construíram até estátuas e batizaram instituições com o nome dessas pessoas. Por que depois decidiram que era melhor não fazer nada?

— Gente, olha isso — chama JP.

Ele aponta para uma estátua de bronze de um homem musculoso segurando uma marreta: John Henry. Se aquela é uma representação precisa, então ele devia ser meio-Gigante. Não parece ser capaz de quebrar uma árvore no meio, como alguns de seus parentes, mas sem dúvida conseguiria arrancar um galho grande.

Vejo a versão em bronze daquilo que estamos buscando, a Msaidizi. Até mesmo na estátua ela parece especial. Na parte de baixo, há uma placa com uma inscrição.

Eu me abaixo para ler:

— "O meio-Gigante John Henry ficou famoso ao participar de diversos torneios de escavar pedras ao longo de ferrovias em várias cidades dos Estados Unidos, usando a Msaidizi contra furadeiras a vapor" — leio em voz alta. — Ele fez isso mais de uma vez?

— Pelo menos dez vezes — responde Alex. — Era a forma dele de dar esperança aos Medianos.

JP se abaixa e lê o resto:

— "John Henry desenvolveu uma conexão especial com a arma. Ela ficou com ele até seu último dia de vida."

Entrelaço as mãos no topo da cabeça. Grande John disse que tinha perdido a conexão com a Msaidizi, mas talvez ela não fosse assim tão forte.

— E se o espírito de John Henry souber...

Letras grandes e brilhantes aparecem diante de mim. Dou um grito.

— Nic! O que houve? — pergunta JP.

Recupero o fôlego e leio as palavras.

NIC! SOU EU, TYRAN.
NÃO TENHO MUITO TEMPO.
OS GUARDIÕES ESTÃO MONITORANDO
TODOS OS MEUS PASSOS.

As mensagens somem, e logo em seguida surgem quatro palavras enormes.

NÃO ESCREVA DE VOLTA.

— É o tio Ty — digo a Alex e JP. — Ele me mandou uma mensagem com a Caneta-D, mas disse para não escrever de volta.

— As Canetas-D são rastreáveis quando escrevemos com elas — explica Alex. — Se mandar uma mensagem pra ele, os Guardiões vão nos encontrar em segundos.

O resto da mensagem começa a aparecer na minha frente.

— "Espero que estejam bem" — leio em voz alta. — "A Zoe está muito preocupada."

Alex franze a testa.

— Coitada da mamãe.

Mais uma mensagem com a letra do tio Ty começa a aparecer.

— "O Calvin não tem muito tempo. Eles vão…" — Meu coração para ao ler essa parte. — "Eles vão condená-lo em dois dias." Quê?

— Mas já? — diz JP.

— Não faz sentido — digo. — Não vai ter um julgamento?

Mais palavras surgem.

— "Não sei o que está acontecendo" — leio. — "Mas os anciãos estão convencidos de que ele é culpado mesmo sem prova nenhuma. Nunca vi algo assim acontecer."

— É isso que acontece quando há demônios envolvidos, literalmente — diz Alex.

Sinto o estômago se revirar.

— O que faremos? — pergunto.

Como se tio Ty tivesse ouvido, a resposta aparece imediatamente.

— "Vocês precisam encontrar a Msaidizi nos próximos dois dias. É o único jeito de salvá-lo."

*

Dois dias.

Esperei que tio Ty mandasse mais mensagens, talvez uma pista de onde procurar a Msaidizi, mas não apareceu mais nada. Ele disse que os Guardiões estavam monitorando; talvez tenha ficado com medo de dizer mais. Talvez tenham confiscado sua Caneta-D.

Voltamos para Bertha e estamos sentados no sofá da sala, inertes, desde então. O aviso do tio Ty está quicando dentro da minha cabeça como se fosse uma bola de pingue-pongue.

Temos dois dias para encontrar a Msaidizi ou então meu pai e tio Ty estarão perdidos.

Sinto vontade de vomitar.

JP se senta ao meu lado e envolve meus ombros numa espécie de abraço. A metade de um abraço do JP normalmente faria eu me sentir melhor, mas estou entorpecida. Não sentiria nada nem se um meteoro caísse do céu em cima da minha cabeça.

— Sempre que eu ficava desanimado, a Leah repetia seu lema — diz ele. — "Nada é impossível. Até a palavra 'impossível' tem o 'possível' dentro dela." Temos que acreditar que vai dar certo.

Dou de ombros e me desvencilho dele.

— As palavras da sua irmã não vão salvar meu pai e meu padrinho, JP — digo. Eu me arrependo imediatamente ao ver sua expressão desapontada. — Desculpa.

— Tudo bem — diz ele com gentileza. — Você está lidando com muita coisa.

Isso é quase um eufemismo. Às vezes, meu pai trabalhava como faz-tudo num asilo em Jackson. Eu gostava de ir junto porque as enfermeiras sempre me davam pudim de chocolate de graça, mas não gostava de encontrar os pacientes. Vários não se lembravam dos próprios nomes nem da família. Uma vez, a filha de um senhor foi visitá-lo, e ele pensou que fosse uma desconhecida. Ela se manteve firme lá dentro, mas depois eu a ouvi chorar de soluçar no estacionamento.

Sinto as lágrimas se formarem. Talvez essa cena aconteça comigo e com meu pai depois de a LAN apagar sua memória. Eu seria uma desconhecida para a pessoa que mais amo.

— Onde vamos procurar esse negócio?

JP não responde. Alex examina os Óculos-D, calado.

Olho pela janela do trem e penso nas estátuas de Harriet, Nat e nos outros, além das fotos dos Guardiões ajudando escravizados a escapar. Penso no general Blake e em Sarah conduzindo centenas de pessoas para a liberdade. Houve uma época em que a LAN ajudava os que precisavam e celebrava as pessoas que faziam o mesmo. Não posso simplesmente ficar parada e deixá-los punir meu pai por um crime que ele não cometeu. A antiga LAN não ficaria de braços cruzados.

Deve ser como meu pai sempre diz: "Você não pode esperar que outras pessoas te digam o que é certo, Nic Nac. Você mesma precisa se dar conta disso."

Esse é o homem que preciso salvar. Não, melhor: esse é o homem que *vou* salvar.

Eu me levanto e começo a andar de um lado para o outro.

— Tudo bem. John Henry talvez seja nossa melhor opção. Precisamos falar com ele. Podemos procurar seu espírito ou então conjurar seu fantasma.

— Ei, ei, espera aí — diz Alex. — Não se deve perturbar os mortos.

— Não me importo.

— Você está se ouvindo? Olha, eu estava disposto a procurar a Msaidizi antes, mas agora acho que deveríamos ligar pra mamãe. Ela vai vir buscar a gente, e a vovó Natalie pode nos tirar dessa confusão.

— Não! E o meu pai?

— Ele deveria pagar pelo que fez.

— Perdendo o Dom e a memória?

Alex cruza os braços.

— Ontem você não ligava para o que ia acontecer com ele. O que mudou?

Balanço a cabeça.

— Você não entende.

— O que tem para entender?

— Ele é meu pai! Não posso simplesmente apagar o amor que sinto por ele!

Silêncio.

— Você está certa, eu não entendo — diz Alex, firme. — Ele nunca foi um pai pra mim.

É como se ele tivesse roubado o ar dos meus pulmões.

— Alex...

— Não preciso que um demônio me diga que aquele bandido canalha merece qualquer punição que lhe imponham.

Dou um passo na direção dele.

— Ei! Não fala assim dele!

JP se posiciona entre nós dois.

— Opa, opa, Nic. Calminha.

Alex se levanta e segura os Óculos-D no alto.

— Se der mais um passo, vou mandar nossa localização para os Guardiões agora!

— Se fizer isso, eu juro que...

— Vai fazer o quê? Lançar um juju em mim? — debocha Alex. — Ah, tá. Não vai fazer nada, exatamente como aconteceu na casa da DD!

Não.

Ele.

Não disse isso.

— Aaaaaaaah — grito e vou para cima dele.

Alex dá um gritinho.

JP me segura.

— Nic, não!

— Me deixa pegar esse moleque!

— Vou contar pra mamãe! — promete Alex.

— Pode contar, não ligo! Queria que ela nunca tivesse me encontrado!

As palavras escapam antes que eu tenha pensado direito, mas quer saber? Por que esconder isso? É a verdade. Minha vida estava ótima antes de Zoe e Alex aparecerem. Meu pai não era um criminoso, eu não estava na lista de procurados e não precisava encontrar nenhuma porcaria de arma. Alex e Zoe que transformaram tudo numa zona.

— Espera aí, Nic. Você não tá falando sério — diz JP.

— Estou sim! Eu preferia que ela e seu novo melhor amigo nunca tivessem aparecido!

— Meu o quê?

Eu me desvencilho de JP e ignoro sua expressão magoada.

— Nada. Deixa pra lá.

Ele começa a argumentar, mas Cacau entra na sala com o rosto cheio de migalhas. Ela lambe os beiços, depois sobe no sofá e começa a lamber as patinhas.

JP olha para a cozinha, de onde ela veio.

— Hum, temos um problema.

Alex e eu vamos lá olhar, mas nem precisamos vasculhar muito. Há vários pacotes e potes vazios no chão da cozinha. A comida acabou.

— Obrigada, Cacau — digo.

— Sei que quer pensar nos próximos passos, mas precisamos arranjar comida, Nic — sugere JP. — Já vi você com fome, e não é nada legal, sem querer ofender.

— Ela fica ainda pior? — pergunta Alex. Olho para ele de canto de olho. — Não tem por que arrumar comida. Vou ligar pra mamãe. Ela vai chegar aqui logo, logo.

— Beleza! — Saio pisando forte pela porta, que deixo aberta para ele. — Espero que os demônios tenham colocado ela contra a gente também. DD disse que ia nos fazer pagar. Tenho certeza de que ela tem planos incríveis para o garoto que a amarrou.

Alex nitidamente engole em seco.

— Mamãe nunca ia cair na armação de um demônio.

— Olha, eu acho que ter o próprio Diabo trabalhando contra nós vai um pouco além das armações banais de demônios, mas de repente estou enganada, né? Boa sorte!

Alex fica olhando para a porta, bate o pé de nervoso e morde o lábio. Já sei o que ele vai dizer antes mesmo de abrir a boca.

— Vamos arranjar comida — conclui ele.

*

De acordo com os Óculos-D de Alex, há uma loja a poucos minutos de distância. Colocamos a coleira na Cacau e nos dirigimos para a saída. A porta dá no pilar de uma ponte por onde passa uma estrada de duas pistas. Quando a fechamos, ela desaparece e o pilar volta a ser apenas um pilar.

Há nuvens cinzentas sobre nossas cabeças, e ouvimos um trovão a distância. Sinto pingos bem pequenos nos braços. É fim de tarde, e, pelo que entendi, estamos no meio do nada. Há apenas grama ao redor. Ah, e vacas. Muitas vacas.

Alex usa os óculos para indicar o caminho pelo acostamento da estrada. Um caminhão passa por nós e parece ser o único veículo por ali. Melhor assim. Não temos tempo para lidar com algum adulto preocupado em saber por que estamos sozinhos.

JP aperta o passo e fica a meu lado.

— Não vou esquecer, Nic — diz ele, baixo o suficiente para Alex, que está mais à frente, não ouvir. — O que quis dizer no trem?

Eu esperava que ele não falasse disso.

— Não é nada, JP. Deixa pra lá.

— Só porque me dei bem com o Alex não significa que você não é minha melhor amiga. Sabe disso, né?

Não, não sei como funciona esse negócio de amigo, mas sei que nunca consigo ter coisas boas por muito tempo. Seja uma casa que amo ou uma cidade que eu queira chamar de lar: toda vez que ganho algo incrível, acabo perdendo. Enquanto isso, Alex tem tudo o que eu gostaria de ter. Seria tolice pensar que não aconteceria o mesmo com JP.

— Não importa. Estou bem — respondo.

— Não está, não. Está com ciúme, o que por um lado mostra que gosta mesmo de mim, mas, por outro, não é nada legal, Nic. — Ele dá um tapinha no meu ombro. — Não é nada legal.

Queria que fosse só ciúme. Odeio sentir medo.

Lá na frente aparece um posto de gasolina, daquele tipo pelo qual as pessoas passam direto porque é muito pequeno, decadente e não parece estar aberto. Um letreiro em neon nos informa seu nome: Loja Mais Próxima.

Passamos pelo estacionamento. Alex coloca os óculos no modo invisível e vai em direção à porta, mas o interrompo.

— Tira as mãos do bolso — sugiro.

— Por quê?

— Pessoas como a gente não podem entrar em lojas com as mãos no bolso. Podem pensar que estamos roubando. Além disso, não pegue nada que não for comprar.

— E seja educado — acrescenta JP. — Isso ajuda.

— O que tem de tão diferente em nós pra precisarmos fazer isso?

— Só faz isso, tá? — insisto.

Ele ergue as mãos, cedendo.

— Beleza! Isso importa tanto assim?

Ele não faz ideia. Entramos, e o sininho na porta faz barulho para avisar à vendedora. A mulher levanta o olhar do celular.

— Sejam bem-vindos — diz, embora sua expressão diga outra coisa.

— Obrigada — respondo, e pego Cacau no colo.

Adoraria imaginar que é porque ela não gosta de cachorros, mas já vi aquele olhar antes. É um olhar que diz que não deveríamos estar aqui. Odeio que isso faça eu me sentir tão inferior.

Na prateleira, pegamos uns produtos sem marca que nunca vi antes: bala de gelatina azedinha, sanduíche de chocolate recheado de cookies e creme, balas cor de arco-íris e meu preferido: uma barra de chocolate com amendoim e caramelo. Pego uns pacotes de carne-seca pronta para Cacau. Sinto que tem alguém encarando e dou uma olhada lá para a frente. A vendedora está com o pescoço esticado, supervisionando nossa movimentação.

— Por que ela está de olho na gente desse jeito? — pergunta Alex em voz baixa.

Jogo um pacote de Doritos — quer dizer, triângulos de tortilla sabor queijo — para JP.

— Já falei, algumas pessoas acham que garotos e garotas como nós gostam de roubar.

— Como assim garotos como nós?

— Garotos negros — explica JP.

— Só porque somos negros, alguns Medianos agem desse jeito aí...? Alex faz um movimento em direção à vendedora.

— Isso — confirmo. — Alguns, não todos. Toda vez que acontece algo assim com eles, meu pai diz: "Santa Ignorância." Não me pergunte quem é essa santa, não sei, talvez seja uma santa deles. Mas tenho certeza de que não precisa lidar com isso em Uhuru, senhor Neto da Presidente.

— *Ninguém* precisa lidar com isso em Uhuru. Seria como pensar o pior da própria família.

Eu o encaro.

— Você pensa o pior do nosso pai!

— É diferente. Por que você iria querer viver no mundo Mediano e passar por isso?

— Não sei. Por que você acha tranquilo a LAN deixar isso acontecer sem fazer nada?

Como imaginei, ele não tem resposta.

— Enfim — concluo.

Ando em direção ao caixa. Estou cansada dele e da LAN.

Alex e JP trazem os produtos. A vendedora não tira os olhos da gente enquanto registra cada um.

— Loja Mais Próxima é um nome fascinante — comenta JP daquele jeito simpático dele. — Tem uma história por trás do nome?

— O pessoal pede a loja mais próxima ao GPS e vem parar aqui — diz a vendedora, quase num grunhido.

— Que esperto! Há quanto tempo você...

— Deu 35,73 — interrompe ela.

Alguém está de mau humor.

Alex arregala os olhos.

— Eu não tenho dinheiro Mediano.

Dou uma cotovelada nele e cochicho:

— Cala a boca, Sabichalex.

A vendedora levanta a sobrancelha.

— O quê?

— Nada — digo, e abro a mochila.

JP pega algumas notas na pochete e, juntando, conseguimos o suficiente para pagar.

A vendedora coloca tudo numa sacola. Só consigo respirar aliviada quando saímos de lá.

Ouço um trovão. As nuvens agora estão mais pesadas e escuras; parecem pedras molhadas. Caminho depressa pelo acostamento da estrada já abrindo um pacote de carne-seca. Culpo a srta. Lena por esse meu mais novo vício.

Alex pula na minha frente, bloqueando a passagem.

— Ei! Não gosto desse apelido.

— Achei engraçado. Sabichão, Sabichalex.

Ele chega mais perto.

— Já falei que não gosto.

— Gente, para com isso — pede JP. — Nic, pede desculpas.

— Você está do lado dele agora? — grito.

— Não estou do lado de ninguém, mas você está sendo malvada!

— Tudo bem, eu não devia chamar o garoto de Sabichalex — digo, olhando para Alex. — Falar de dinheiro Mediano pra uma Mediana foi a coisa menos inteligente que ele podia fazer!

Bip bip!

Luzes vermelhas e azuis piscam em cima de uma SUV preta. Congelo na hora.

Meu pai já me deu uma aula sobre o que fazer se um dia for parada pela polícia. Ele disse que nem todos os policiais são ruins, assim como nem todas as pessoas são ruins, e não preciso ficar com medo. Só preciso ser inteligente e respeitosa. Também disse para manter as mãos visíveis. Coloco a carne-seca no bolso e solto as sacolas.

A SUV do xerife de Giles County estaciona, e ele desce do carro. Vejo meu reflexo em seus óculos escuros. Ele é baixinho e barrigudo. O rosto e os braços estão bronzeados, mas o pescoço é pálido, com placas vermelhas. Parece que ele foi à praia usando camisa de gola alta.

Cacau late. Todos os pelos do seu corpo estão arrepiados.

— Posso ajudá-lo? — pergunta Alex.

— Recebi uma ligação da Lula, a vendedora da loja, dizendo que três crianças entraram lá sem a supervisão de um adulto — informa o xerife. O sotaque sulista é tão denso quanto xarope de bordo. — O que estão fazendo por aí sozinhos?

— A gente estava comprando comida — responde Alex, meio petulante.

— Senhor — acrescenta JP.

O xerife dá uma risada.

— Vocês não são daqui, não é?

— Não... senhor — diz Alex.

— É bem óbvio. — Ele cospe alguma coisa escura e gosmenta no chão, depois limpa a boca. — E por que Lula disse ter ouvido vocês falarem de dinheiro mediano?

Fecho os olhos. Alex e sua boca enorme.

— Não era nada, senhor.

— Ah, não, com certeza era alguma coisa.

Ele leva a mão ao coldre, e juro que paro de respirar, mas então ele pega uma varinha de madeira, uma arma típica de bruxos.

O xerife aponta a varinha para nós.

— Entrem no carro. Agora.

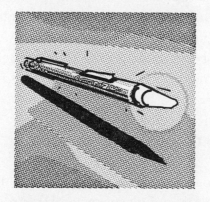

QUATORZE
OS GRÃO-BRUXOS DE GILES COUNTY

O bruxo nos leva por uma estrada de terra floresta adentro.

JP, Alex e eu nos amontoamos no banco de trás. Cacau rosna no meu colo. O xerife dirige com uma das mãos e mantém a varinha apontada para nós com a outra.

Não consigo parar de tremer. Basta ele fazer um movimento errado com aquela varinha e será o fim da linha para nós três. Varinhas produzem mágica que não apenas é uma adulteração do Dom, mas também é mais difícil de controlar, principalmente para os Medianos. Bruxos e bruxas são Medianos. Ao usar uma varinha, eles podem sem querer cortar as pernas de alguém ou causar um furacão.

— Para onde está nos levando? — pergunto.

— Até uns amigos meus — responde o xerife. — Eles vão adorar ver vocês.

— Porte de varinha é ilegal! — exclama Alex. — Que tipo de agente da lei você é?

O xerife dá uma risada.

— As leis da LAN não se aplicam aqui, garoto. Você está em território bruxo agora.

As árvores se abrem numa grande clareira cheia de cabanas de madeira, como uma espécie de acampamento. O xerife estaciona ao lado de uma fogueira que queima bem no centro. Ele abre a porta traseira com a varinha ainda apontada para nós.

— Saiam. Não tentem nenhuma gracinha ou serei obrigado a usar isto aqui.

Saímos, de olho na varinha. Um trovão ecoa a distância, e vários Medianos com roupas camufladas se aproximam. A maioria carrega varinhas na cintura. Fico bem perto de JP — e de Alex também, no caso — e seguro Cacau com força contra o peito.

— Passando! — grita alguém com sotaque sulista carregado, e a multidão abre caminho para um homem ruivo e sardento, também vestido com roupas camufladas.

Na lateral de sua bermuda cargo está presa uma longa varinha. Na caminhonete, lê-se "Grão-Bruxos, desde 1855".

JP toma um susto.

— Grão-Bruxos? Meu avô dizia que era assim que chamavam os caras da Ku Klu...

O homem bufa bem alto.

— Ah, caramba! Não somos esses grão-bruxos. É por isso que eu vivo dizendo que a gente precisa mudar essa porcaria de nome. Estou de saco cheio de ser associado àqueles caras.

— Ah, fica quieto, Ralphie — repreende o xerife. — É só um nome.

— É um marketing ruim, Bobby! Não acha que Grão-Varinheiros é melhor?

— Varinheiros? — pergunto.

— É! Imagina isso numa camiseta ou numa caneca. Não ficaria bom? Não consigo vender nenhum dos nossos produtos atuais.

— Ralphie! — grita o xerife Bobby. — Esquece isso! Temos assuntos mais importantes. Acho que essas são as crianças que os Guardiões estão procurando.

Agora Ralphie fica quieto para prestar atenção.

— E por que acha isso?

— Lula os ouviu falar de dinheiro Mediano. E os exilados falaram que eram três crianças. Dois Manifestores e um Mediano. Acho que são eles.

Um falatório se espalha pelo grupo.

Ralphie dá um passo à frente e tira a varinha da cintura.

— Revele a verdade — diz ele.

Uma luz brilha na ponta da varinha, e me lembro do que meu pai ensinou: varinhas permitem aos Medianos ver o Brilho. Ralphie aponta a varinha para JP, e nada acontece. Depois, aponta para mim e Alex, e a luz fica mais forte. Ouve-se o som da surpresa do grupo inteiro.

— Eles brilham! — diz alguém.

— É o Dom deles — explica Ralphie com um sorrisinho. — Temos então dois Manifestores nas mãos.

Parece até que disse que eles têm fugitivos nas mãos (ok, nós até somos fugitivos, tecnicamente, mas não é esse o ponto) porque de repente todas as varinhas do acampamento estão apontadas na nossa direção.

Seguro Cacau com mais força.

— Nós somos só crianças — digo.

— Só crianças uma ova — rebate Bobby, o xerife. — Vocês colocaram fogo na casa da filha do Diabo em Nova Orleans!

— Quem te disse isso? — pergunto.

— Uns exilados — conta Ralphie. — A notícia que corre por aí é que os Guardiões estão dispostos a pagar uma bolada por vocês. Tem um monte de exilados querendo entregar vocês pela recompensa.

— Eles deveriam é entregar *vocês* para a LAN! — diz Alex. — Magia com varinhas é ilegal!

Ralphie revira os olhos.

— Vocês Manifestores e suas regras... Por que acham que devem ter o poder de decidir quem pode ou não ter mágica? Se quer saber, eu acho que todo mundo devia ter alguma espécie de dom.

Ouvem-se alguns gritos de "mostra pra eles, Ralphie" e "é isso aí" vindos da multidão.

Ralphie então fica ainda mais empolgado.

— Eu sou descendente de uma longa linhagem de bruxos que estudam sobre magia e varinhas há mais de um século. Acreditamos ser uma bênção que as varinhas permitam a nós, Medianos, vermos coisas Notáveis. Não precisamos ficar na ignorância!

— Não mesmo! — grita uma mulher. — Revele a verdade!

— Revele a verdade! — acompanha a multidão, como se fosse um grito de guerra.

— É isso mesmo! — diz Ralphie. — Nós, Grão-Bruxos, acreditamos que todo mundo precisa ver o Notável. Nossa missão é espalhar a palavra sobre a magia e o Dom. A maioria das pessoas acha que perdemos o juízo até pegarem numa varinha e começarem a enxergar coisas que nunca tinham visto antes. Aí eles passam a acreditar, e nós os trazemos aqui para ensinar a controlar a magia. Nosso objetivo é distribuir varinhas para a maior quantidade possível de Medianos, porque, guarde estas palavras, vai chegar o dia em que vamos precisar de magia para nos proteger de vocês, Manifestores.

— É isso aí! — brada um homem com um sorriso que exibe a gengiva, enquanto os outros aplaudem e gritam.

— Não precisam se proteger de nós — digo. — Manifestores nunca fizeram nada contra vocês.

— Ah, é? E quanto ao Roho? — diz Ralphie. — Ele mexeu com os Medianos também. Seria tolice não imaginar que pode aparecer outro como ele. Na verdade, alguns Manifestores acreditam que ainda virá um pior, e eu tendo a concordar. É melhor usarmos magia para nos proteger! E daí que ainda estamos aprendendo a controlá-la?

— Você literalmente acabou de dizer que ainda estão aprendendo a controlar a magia — pondera Alex. — Isso é perigoso!

— E daí? Vamos fazer o que quisermos — defende Ralphie. — Essa é a verdadeira liberdade.

Ele faz um movimento com a varinha. Não sei o que esperava que acontecesse, mas não acho que fosse aquela centelha de faísca e fumaça saindo dela.

— Ah, droga! — grita ele, deixando cair o instrumento. — Acabou a magia da minha varinha.

— Mas liberdade... — murmuro.

Ralphie lança um olhar fulminante para mim.

— RJ! — grita. — Traga a minha outra varinha.

Um adolescente que se parece com Ralphie sai de uma das cabanas segurando uma varinha e a coleira de um cão do inferno gigantesco. Os chifres, embora estejam meio quebrados e cobertos de sujeira, indicam que é uma fêmea. Cacau cheira a perfume comparada ao odor que emana da criatura.

Cacau se agita no meu colo. O cão maior olha para cima. É praticamente ela que está arrastando o garoto. Cacau pula dos meus braços e faz festa ao redor dela, animada. O cão mais velho faz carinho nela com o nariz.

De repente me dou conta de quem ela é.

— Essa é a mãe da Cacau.

— Ah, olha isso. Uma reuniãozinha familiar — observa Ralphie. — Achei que sua cadela parecia mesmo com a minha Cleo.

— Por que os chifres dela estão assim? — pergunta JP.

— Tem algo de errado com eles? Droga, eu sempre esqueço que ela tem chifres — diz Ralphie. — Preciso escanear com a varinha para enxergar.

— Você tem uma besta do inferno como animal de estimação, mas não consegue enxergá-la em sua forma original sem usar uma varinha — aponto. — Não percebe como isso é errado?

Ralphie dá de ombros.

— Não importa. Cachorro é cachorro.

Bobby dá vários tapinhas no braço de Ralphie.

— Espera. A varinha não mostrou Brilho nesse aí. Como ele vê que a Cleo tem chifres?

Os outros bruxos cochicham entre si.

— Eu... não vejo — gagueja JP. — Eu não vejo nada.

Ralphie anda em direção a JP.

— Isso fede a mentira.

Pulo na frente de Ralphie.

— Deixa ele em paz.

— Ei, ei, ei — diz o bruxo, mexendo o dedo. — Dê mais um passo, garota, e todas as varinhas deste acampamento estarão em cima de você.

A multidão de bruxos levanta as varinhas.

— Não me importo. Falei pra deixá-lo... Ei!

Uma mulher musculosa segura meus braços para trás e me afasta dali. Tento me desvencilhar, mas ela é forte. Além disso, tem cheiro de sovaco de Gigante. Eca.

Ralphie chega mais perto de JP. Pega a varinha substituta com o garoto e aponta para a testa de JP, bem entre os olhos.

— Ele consegue ver? — pergunta.

A ponta da varinha fica verde. Alguns dos bruxos deixam suas próprias varinhas caírem, tamanho o choque.

Os olhos de Ralphie brilham, animados.

— Macacos me mordam! Finalmente encontramos um Clarividente, pessoal.

A multidão comemora. Todos jogam varinhas e chapéus para o alto.

O xerife Bobby levanta os óculos de sol e olha para JP.

— Nunca imaginei que esse dia chegaria.

— Eu sabia que chegaria! — diz Ralphie. — Garoto, estamos esperando por você faz mais de vinte anos.

— Eu? — JP aponta para si mesmo. — Eu não sou ninguém.

— Você é um Clarividente! Clarividentes conseguem encontrar madeira para varinha com muita facilidade — diz Ralphie. — Nós só conseguimos encontrar escaneando as árvores uma por uma para saber qual delas tem o Dom. Isso leva muito tempo numa floresta enorme como essa. Sem contar que, depois de um tempo, a magia da varinha acaba, e não conseguimos escanear mais nada. O último Clarividente que capturamos encontrou madeira suficiente para alguns anos.

— O último Clarividente que vocês *capturaram?* — pergunto.

Ralphie abre um sorrisinho malicioso.

— Prendam os três.

Tudo acontece muito rápido. Dois bruxos seguram Alex e JP do mesmo jeito que a mulher musculosa fez comigo.

— Vocês estão prendendo os netos da presidente DuForte! — brada Alex. — Ela vai punir todos vocês pessoalmente.

— A-ha! — O xerife Bobby aponta para Alex. — São eles *mesmo*, pessoal. Os exilados disseram que as crianças eram netas da presidente.

— Alex! — digo, fazendo sinal para ele calar a boca.

— Obrigado por resolver o mistério, garoto. — Ralphie pega Cacau no colo e finge que vai dar um beijo. Ela mostra os dentes para ele, que ri. — Coloque os Manifestores e as vira-latas no meu escritório. — Ele joga Cacau na mão de outro bruxo. — Já o Clarividente... — Seus olhos brilham ainda mais. — Temos madeira de varinha para encontrar por aí.

Os trovões se aproximam. O bruxo que segura JP o levanta do chão.

— Não! — grita JP. — Nic, Alex! Me ajudem!

— JP! — grito, mas Alex e eu somos carregados também.

Gritamos e nos debatemos e, enquanto isso, JP é arrastado para dentro da floresta.

*

Os bruxos jogam Alex, eu e os cães num escritório pequeno e sem janelas. Há um chifre de unicórnio e uma cauda de Sereia ou Tritão pendurados na parede, como se fosse uma cabeça de cervo na parede de um caçador. Há um freezer barulhento num canto da sala. Também há pilhas e pilhas de papéis em cima da mesa, além de caixas espalhadas pelo chão cheias de canecas, chapéus e camisetas com a marca GRÃO-BRUXO ™.

Um velho bruxo com roupa camuflada, barba suja e cabelo desgrenhado pega uma varinha. Ele parece um daqueles magos sábios dos filmes, mas numa versão do interior. Aponta a varinha para mim.

Uma luz vermelha atinge meu pescoço, e sinto arder como se estivessem queimando minha pele. Grito de dor e caio no chão. Alex berra quando a luz vermelha o atinge e percebo um X vermelho se formando em seu pescoço, marcado na pele.

— O que fez com a gente? — grito.

Outros dois bruxos nos colocam sentados e amarram nossas mãos com cordas pretas. Um deles diz que deveriam amarrar nossas pernas também, mas o outro responde que eles não têm corda suficiente.

O bruxo mais velho pega os Óculos-D de Alex.

— Devolve isso! — brada Alex.

— Não, acho que vamos ficar com este aqui caso vocês inventem de tentar pedir socorro — diz o velho bruxo. — Uhuuu! Aquele dinheiro da recompensa vai ser bom demais.

Ele e os amigos caem na gargalhada ao sair. Ouve-se um tilintar de chaves e o barulho de duas trancas na porta.

Cerro os dentes, e a dor no pescoço queimado piora ainda mais. Depois começa a melhorar.

— O que ele fez com a gente?

— É uma maldição anti-Dom, igual à que os traficantes de escravizados usavam — explica Alex. — Impede que a gente use o Dom para escapar.

Meu coração dispara. A mesma maldição que foi usada para machucar meus antepassados foi lançada em mim agora.

Desesperada, tento mexer as mãos, mas as cordas ficam ainda mais apertadas nos pulsos.

— Precisamos sair daqui!

— Pare de tentar se soltar — diz Alex. — Essas cordas são feitas com cabelo de Gigante. Ficam mais apertadas se você resistir.

Ah, não. Lembro de ter visto nas minhas aulas em casa que cabelo de Gigante é um dos materiais mais resistentes que existem.

— O que fazemos então?

Alex abre a boca e depois fecha.

— Eu... Eu não sei, Nic. Não parece haver muito que a gente possa fazer. Se eu pudesse usar o Dom, talvez conseguisse nos tirar daqui, mas sem ele... Acho que o jeito é esperar os Guardiões virem nos buscar.

— Não! Se eles nos capturarem, não vamos poder procurar a Msaidizi e meu pai não terá a menor chance. Droga!

Chuto a parede como eu gostaria de chutar os bruxos. Ai, foi uma péssima ideia.

Cacau se aproxima e lambe meu rosto, depois vai brincar com a mãe. Seria fofo se não estivéssemos presos.

O barulho da chuva no telhado faz parecer que o céu está desabando. JP está lá fora nessa tempestade com um bando de bruxos do mal que facilmente podem machucá-lo, e não posso fazer nada para ajudar.

— O JP vai ficar bem — diz Alex.

— Como sabia que eu estava pensando nele?

— Intuição de gêmeos, eu acho. Mas também estou preocupado com ele. Duvido que irão machucá-lo. Precisam dele pra achar a madeira.

Madeira para varinhas vem de árvores sagradas que carregam o Dom, e é proibido cortá-las. É assim que a magia é corrompida.

— Enquanto estiverem usando magia, eles são perigosos — digo, e observo Cleo e Cacau saltitando.

Cleo fareja meu bolso, e percebo que há um X vermelho em seu pelo. Eles puseram a maldição nela também. Por isso ela ainda não colocou esse acampamento abaixo. Ela não consegue.

— Esses terríveis portadores de varinha — murmuro, e Cleo encontra a carne-seca em meu bolso. Coloca a comida no chão e divide com Cacau. — Eu devia ter insistido que JP ficasse em Jackson. Na verdade, não devia ter embarcado nessa viagem, pra começo de conversa.

— É você que está dizendo, não eu — comenta Alex. — Nada disso vale a pena.

Em outras palavras, meu pai não vale a pena.

— Você odeia nosso pai. Já entendi, tá? Não precisa continuar falando isso o tempo inteiro. O que eu não entendo é por que você me odeia.

— Eu nunca disse que odiava você. É você quem me odeia. Está com raiva porque estou fazendo amizade com o JP.

— Porque você já tem todo o resto! Uma casa, uma família. Você... — Sinto um nó na garganta. — Você tem tudo que eu sempre quis. Uma vida perfeita.

— Ah, claro, minha vida é muito perfeita — retruca Alex com sarcasmo. — Guarda-costas me seguindo o tempo inteiro porque a mamãe tem medo de me perder. Não ter amigos é ótimo também. E ser abandonado pelo meu pai, maravilhoso. E ficar sempre na sua sombra? Perfeito.

— Cara, você age como se isso fosse minha culpa! Acha que eu queria ser sequestrada e viver fugindo? Não! Tudo bem, verdade, é bobeira da minha parte ficar com ciúme de você com o JP, mas eu não tenho muita coisa além dele. Não quero perdê-lo também.

— Tipo como eu vou perder a mamãe pra você? — pergunta ele em voz baixa.

— Quê?

Os olhos dele ficam marejados.

— Sempre morri de medo de você voltar. Vai ser como se eu não existisse. Acha que eu sempre tive tudo? Você tinha o nosso pai e está prestes a ter a nossa mãe também. Eu nunca tive um pai. Você é a sortuda aqui, na verdade.

Ah.

Nunca tinha pensado dessa maneira.

— Quer saber o que é pior? — prossegue ele. — Isso tudo seria muito mais fácil se ele fosse um péssimo pai, mas, pela maneira como você quer salvá-lo, ele deve ter sido ótimo. Por algum motivo, escolheu você em vez de a mim e nem te contou que eu existia. Tem ideia de como eu me sinto sobre isso?

Observo a camada de poeira que cobre o chão. Eu meio que posso imaginar. Durante muito tempo achei que Zoe tivesse me abandonado e sempre me perguntei por que eu não era boa o suficiente para ela. Se soubesse que tinha um irmão gêmeo e ela havia ficado com ele em vez de mim, eu ficaria muito furiosa. E aí eu provavelmente o trataria do mesmo jeito que Alex me trata.

— Eu entendo — digo. — Bom, mais ou menos. Durante muito tempo achei que nossa mãe tinha me abandonado.

Alex parece surpreso.

— Sério?

— Sério. Eu a odiava. Se soubesse que você existia, te odiaria do mesmo jeito que você me odeia.

— Só pra constar, eu não odeio você — diz Alex. — Eu odiava ver a mamãe tão triste por sua causa. Perder você a deixou muito mal. Ela não conseguia nem comemorar meu aniversário.

Fico olhando para Cacau aninhada com a mãe. Embora eu não me lembre de fazer isso com Zoe, ainda sentia falta. É como se os sentimentos já estivessem rascunhados no meu coração, esperando para serem preenchidos, ou como se estivessem faltando algumas peças do grande quebra-cabeça que faz de mim o que eu sou.

— Achei que ela nem ligasse pro meu aniversário — murmuro.

— Nunca foi o caso, mas nosso pai não ligava pro meu. Aposto que ele não comprava presentes pra mim como a mamãe fazia pra você todo ano.

— Não, mas... — De repente, me dou conta. — Os bolos! Alex, meu pai sempre comprava dois bolos no nosso aniversário. Um pra mim, um pra você. E a data do nosso aniversário! Ele a tem tatuada no braço duas vezes. Eu achava que era um efeito do desenho, mas não, uma delas é pra você.

— Isso deveria fazer eu me sentir melhor?

— Não, mas ele sempre ficava triste no nosso aniversário também. Eu perguntava qual era o problema, e ele dizia que estava nostálgico ou qualquer outra bobagem sentimental. Eu acho... Não, eu *sei* que ele estava com saudade de você.

Alex observa Cacau com a mãe. Durante um tempo, os únicos barulhos que se ouvem são da chuva contra o telhado da cabana e dos estrondos esporádicos de trovões.

Respiro fundo.

— Desculpa por ter chamado você de Sabichalex.

— Desculpa por ter me irritado quando você disse isso — diz ele. — É que... Algumas crianças em Uhuru me chamam assim, de um jeito nada legal. Netos da presidente também podem sofrer bullying.

— Ah. Sinto muito.

— Tudo bem. Desculpa por ter dito que você não sabia usar o Dom na casa da DD. Foi maldade.

— Mas não deixa de ser verdade. A essa altura, provavelmente nunca vou aprender.

— Duvido. Vai aprender quando chegar a Uhuru. Temos uma escola pra Manifestores e instrutores do Dom. Se você tiver muita dificuldade, a mamãe pode te levar no Centro de Pesquisa do Dom, e eles vão encontrar um jeito de facilitar as coisas pra você.

— Existe um Centro de Pesquisa do Dom?

— Existe! Não é à toa que Uhuru é considerada a capital mundial do Dom. Tudo que precisa aprender pra usá-lo existe lá.

A vida inteira ouvi falar de Uhuru, e sempre tentei imaginar como seria, mas nunca soube se minha imaginação se aproximava ou não da realidade.

— Como é Uhuru? — pergunto.

O rosto de Alex se ilumina daquele jeito que acontece quando alguém fala sobre algo que ama.

— É difícil descrever porque cada distrito é diferente do outro. São cinco no total. Eu e mamãe moramos no distrito tecnológico. Os prédios lá são basicamente arranha-céus envidraçados. A vovó mora no distrito governamental. Essas são as duas áreas mais movimentadas da cidade, junto com o distrito comercial, que é cheio de lojas. O distrito rural é bem mais tranquilo, o que é de imaginar. O vovô Blake mora na propriedade da família no distrito florestal. A mamãe quer comprar uma casa lá pra passar o verão, embora seja florido o ano inteiro.

Agora a imagem vai ficando mais nítida na minha cabeça.

— Todo mundo tem carros voadores?

— A maioria. Alguns Manifestores, Azizas e Vampiros voam por conta própria, mas a maioria prefere os carros porque voar é bem cansativo. Também tem a Nova Underground Railroad, a N-UR. É de graça e você chega a outras cidades Notáveis em minutos. Uma vez por mês, eu e mamãe pegamos a N-UR pra ir até Nova Éden na nossa padaria e confeitaria favorita. Ela chama de "encher a pança de açúcar". Aposto que nós três vamos fazer uma visitinha em breve.

Dou um sorrisinho.

— E tem caramelo lá?

— Olha, acredite, eu e a mamãe nem iríamos se não tivesse. A gente ama caramelo. A loja em Nova Éden tem chafarizes de caramelo e...

— Uau! Como você consegue falar disso como se não fosse nada de mais? Chafarizes de caramelo?

Alex assente com um sorrisão.

— Chafarizes de caramelo, chocolate, baunilha e pasta de amendoim. No meu aniversário de 7 anos, a mamãe alugou o espaço, e eles me deixaram colocar a cabeça debaixo do chafariz de caramelo. Acho que ali eu vi os ancestrais. Foi incrível.

Agora estou imaginando como seria colocar um bolo de caramelo debaixo do chafariz de caramelo, e minha cabeça está quase explodindo.

— O paraíso deve ser algo parecido com isso.

— Tudo bem, um jogo de pergunta e resposta — diz Alex, e levanto a sobrancelha. — Não temos mais nada pra fazer. Podemos nos conhecer melhor. Tacos ou pizza?

— Tacos de pizza. Mas não é recheio de taco na pizza, e sim recheio de pizza...

— Na massa de taco! Eu faço isso também! — diz ele.

— Não acredito. Suco de uva ou de laranja?

— Uva e laranja juntos — responde ele. — A mamãe chama de...

— Uranja! — digo, junto com ele. — É assim que eu gosto também! Tem que ser setenta por cento uva e...

— Só um toque de laranja pra deixar um azedinho — completa Alex.

— É. — Eu sorrio. Até que esse negócio de gêmeos é legal. — Qual é seu sabor de sorvete favorito?

— Essa é uma pegadinha. Sorvete é legal, mas eu prefiro...

— Raspadinhas — dizemos juntos. — Com cobertura de creme doce.

— A gente está completando...

— As frases um do outro, sim — respondo. — Acho que é o que chamam de...

— Intuição de gêmeos — completa Alex.

— Incrível — dizemos os dois, sorrindo.

— Precisamos levar você a Nova Orleans quando a DD não for mais um problema — sugiro. — Lá tem as melhores raspadinhas do mundo. Meu pai também ama. Ele coloca uma porção extra de creme na dele.

— Eu também coloco — conta Alex. Ele fica em silêncio por um momento. — Como ele é?

Fico meio surpresa que queira saber, mas acho que é como meu pai sempre diz: "Para odiar alguém, precisa-se sentir algo pela pessoa." Ele dizia isso por causa de Sean Cole, o garoto lá da rua que gosta de derrubar as latas de lixo, mas a única coisa que sinto por Sean é repulsa, então não sei muito bem o que meu pai estava tentando dizer.

— Ele adora compartilhar conhecimento — conto. — Ele me dá aula em casa e está sempre agindo como se tudo fosse uma boa oportunidade pra uma lição. É um bobão que se acha muito mais descolado do que é. Não me leve a mal, a coleção de tênis dele é irada, mas o lado descolado dele acaba aí. Ele canta e dança mal demais, mas até que se esforça, principalmente se achar que vai me fazer rir. — Pisco para afastar as lágrimas. — Ele adora me fazer rir.

Não vou chorar, não vou chorar...

— Como são as aulas em casa com ele?

A intuição de gêmeo deve ter dito a ele que eu precisava de uma distração.

— É legal. Aprendo coisas que não aprenderia numa escola Mediana. Tipo, a gente tinha acabado de terminar uma série de aulas sobre cães do inferno. Eu não percebi que ele estava me preparando pra ganhar a Cacau. Ele me ensinou o que eles comem, de que tipo de ambiente gostam, como capturá-los... — Paro e me lembro da aula. — Cabelo de Gigante. Caramba, era cabelo de Gigante! Meu pai me ensinou sobre isso na aula sobre cães do inferno. É uma das poucas coisas resistentes o bastante para capturá-los. Ele também disse que não se deve tentar fazer isso em climas frios porque cabelo de Gigante enfraquece no frio.

— Ai, meu Du Bois! Você tem razão!

Olho para o freezer zunindo no canto da sala e me lembro do mantra do meu pai. *O seu cérebro é o único dom de que precisa. Tudo de que precisa está dentro de você.*

— Tenho uma ideia — digo a Alex.

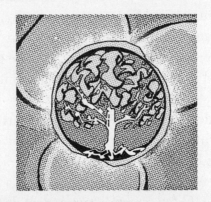

QUINZE

AS VARINHAS PERDEM A LINHA

Não recomendo tentar ficar em pé quando suas mãos estão amarradas atrás do corpo. Não recomendo mesmo.

Balanço de um lado para o outro e tento usar o cotovelo para pegar impulso. Devo estar parecendo um peixe fora da água, me debatendo em terra firme. O cabelo de Gigante aperta mais meus pulsos.

Alex se deita no chão, levanta as pernas e as joga para a frente na tentativa de usar o impulso para ficar de pé. Não dá certo.

— As cordas estão se apertando — diz ele.

Paro. Respiro fundo. Alguma vez já me levantei com as mãos amarradas para trás? Não. Já vi alguém fazer isso? Não... Espera aí, já vi sim. Em um daqueles desafios bobos que JP gosta de fazer na internet. Se me lembro bem, JP começou pela barriga, então me deito com a barriga para baixo. Depois, levo uma das pernas para a frente, como ele fez, e coloco todo o peso nela até ficar de joelhos. A partir dali, eu me levanto.

— Como conseguiu fazer isso tão facilmente? — pergunta Alex.

— Obrigada, JP — digo.

Vou até o freezer. Abrir a tampa sem usar as mãos não é muito fácil. Uso o queixo para levantá-la, mas ela cai de volta algumas vezes até que finalmente consigo abrir. Quase desisto e fecho quando vejo o que há lá dentro: sacolas com etiquetas em que se lê "carne de Unicórnio e orelhas de Dragão". Tem até uma cabeça de unicórnio congelada.

— Idiotas que odeiam as coisas naturais — murmuro.

Eu me viro de costas para que o ar frio chegue até minhas mãos e pulsos. Sinto o cabelo de Gigante afrouxar quase que de imediato. Em poucos minutos consigo me soltar.

Ajudo Alex a se levantar e ir até o freezer. O ar frio afrouxa as cordas, e consigo soltá-lo facilmente. Ele esfrega os pulsos.

— Bem pensado. Mas o que fazemos agora?

— Arrombamos a fechadura — digo, já abrindo uma das gavetas da mesa.

— Você sabe fazer isso?

— Sei. Na nossa casa em Atlanta... Espera, talvez tenha sido em Memphis? Ou Washington? Enfim, era uma casa antiga. Eu sempre me trancava por fora do banheiro. Meu pai se recusava a me ensinar o feitiço pra destrancar, mas me ensinou a arrombar a fechadura usando grampos de cabelo ou cli... Isso!

Encontro um pacote de clipes de papel.

Pego um punhado de clipes, depois amasso e retorço alguns deles como meu pai me ensinou. Insiro um no buraco da chave, mas logo deixo cair por causa das mãos trêmulas.

Murmuro de frustração e depois paro por um segundo para me concentrar novamente. Com cuidado, insiro outro clipe na fechadura. Meu pai chamaria esse primeiro de chave allen. Ela faz a função da chave e serve de alavanca.

— Você morou em muitos lugares? — pergunta Alex.

Pego o segundo clipe, aquele que vai de fato arrombar a fechadura, como meu pai diria, e insiro no buraco da chave acima daquele que estou usando como uma chave allen. Preciso usá-lo para levantar os pequenos cilindros que trancam a fechadura.

— Sete cidades, dez bairros.

— Parece difícil.

— Pelo menos eu estava com meu pai. Ele fazia as coisas ficarem melhores do que realmente eram.

Puxo de leve o clipe, depois empurro de novo. Para a frente e para trás, para a frente e para trás, até que...

Clique.

Alex fica de queixo caído.

— Você conseguiu.

— Uma já foi, agora falta a outra.

A segunda fechadura dá mais trabalho do que a primeira. A tremedeira das minhas mãos não ajuda em nada. Acabo quebrando dois clipes. No terceiro, a fechadura faz o clique. Viro a maçaneta, e a porta se abre.

Dou uma olhada no lado de fora primeiro. Graças a Deus a cabana está vazia.

— Vamos — digo a Alex.

Assobio para chamar Cleo e Cacau, e elas vêm atrás da gente até um cômodo maior que é cozinha, sala de estar e de jantar num lugar só. Há várias portas fechadas que dão em outros cômodos. A porta dos fundos fica na cozinha.

Vou me esgueirando para dar uma olhada pela janela. Nos fundos da cabana, as nuvens escuras de chuva aparecem refletidas em um lago.

— Não tem ninguém aqui atrás — digo. — Podemos ir até a floresta e...

Ouvimos um barulho de chave na parte da frente da casa. Alex e eu corremos para tentar nos esconder. A maçaneta da porta da frente vira, e ela se abre.

É o bruxo mais velho e barbudo que amaldiçoou a gente.

— Que droga é... — Ele vê Cleo e Cacau. — Cachorros! Aonde vocês dois pensam que vão?

Esqueço de como se faz para respirar.

O bruxo caminha pelo cômodo e aponta a varinha de mim para Alex.

— Eu perguntei aonde vocês pensam que vão.

Com os olhos grudados na varinha, engulo o medo e respondo:

— A lugar nenhum.

Ele se aproxima e encosta a ponta da varinha na minha testa.

— Tem certeza?

Fico vesga ao tentar olhar para a varinha. É só ele fazer um movimento errado e pode ser o meu fim.

O bruxo abre um sorriso mostrando as gengivas. Não há um dente dentro de sua boca.

— Está com medo, pequena Manifestora? Devia estar mes... Aaaaaiiii.

Cacau enfiou os dentes no tornozelo dele.

O bruxo pula num pé só tentando se livrar dela, mas meu cão do inferno parece estar jogando cabo de guerra e não solta de jeito nenhum. Com um chute mais forte, ele consegue enfim se desvencilhar.

— Sua pulguenta idiota — resmunga.

Ele aponta a varinha para ela.

Faço a primeira coisa que me vem à mente: agarro a varinha.

Sinto uma onda forte de calor começando nas palmas das mãos, subindo para os pulsos e se espalhando pelo corpo. Num flash, vejo o bruxo usar a varinha para amaldiçoar o cômodo. Depois, ele faz um movimento, e verrugas gigantes crescem no rosto de um senhor. Outro flash: ele mexe a varinha, e vários carros explodem no estacionamento de um supermercado. Flash após flash, assisto a tudo de ruim que já fizeram com esta varinha, e a sensação de calor no meu corpo só fica mais forte.

Ouço o barulho de algo quebrando, e os flashes param. Estou de volta à cabana.

O bruxo me observa, chocado. A varinha solta fumaça no chão, ao lado dele.

Alex também me observa de queixo caído.

— Nic! Seu Brilho!

Olho para minhas mãos e vejo por um segundo a aura verde antes de mudar de volta para o dourado de Manifestora. Então olho para Alex, e o X vermelho começa a sumir de seu pescoço. Ele observa meu pescoço e arregala os olhos.

— Você quebrou a maldição — diz ele, assombrado.

— O que você fez com a minha varinha? — pergunta o bruxo. — Responda, sua aberração.

Alex faz um movimento com a mão e emite um raio de luz pela palma, acertando o bruxo bem na cabeça. Ele voa para o outro lado do cômodo, bate na parede e cai, inconsciente.

Olho de novo para minhas mãos. Meu pai disse que quebrar uma varinha destrói qualquer maldição que ela tenha criado. Agora eu queria saber como foi que eu consegui fazer isso.

Cacau pula animada ao meu redor, como se dissesse: "Muito bem!" Mas sua animação logo vira um guincho. Um raio de luz vermelha invade a cabine e por poucos centímetros não a atinge.

A bruxa musculosa que me segurou antes está parada no batente da porta, rindo e segurando uma varinha.

— Na próxima, não vou errar a vira-lata.

Cleo pula na frente de Cacau e solta um rugido tão alto que o pessoal deve ter ouvido a uns três estados de distância. O corpo dela brilha como se estivesse em brasa, e o pelo emana fumaça preta. Ela agora parece uma nuvem escura em formato de cachorro com olhos vermelhos e incandescentes.

A bruxa fica branca igual a um papel.

— Você tirou a maldição dela.

É verdade; o X vermelho que havia sido marcado em Cleo desapareceu. Ela avança devagar na direção da bruxa. Uma baba escura e espessa escorre de sua boca.

— Boa menina — fala a bruxa, com cuidado. — Não vai me machucar, não é?

Cleo corre para o outro lado do cômodo e vai direto até a mulher, que cai no chão, gritando, desesperada. Ela se contorce com as mãos nos ouvidos.

— Pássaros! Está cheio de pássaro aqui!

Não tem pássaro nenhum aqui.

Então, uma curiosidade sobre os cães do inferno: depois que já estão crescidos, eles conseguem torturar almas. Ouvi dizer que é assim que o pai de DD os utiliza. Eles fazem as pessoas encararem seus piores medos.

Um grito agudo corta o ar do lado de fora: o Espectro Cleo fez mais uma vítima. Ouvem-se pés correndo pela lama e alguém grita:

— Os Manifestores libertaram a Cleo!

Procuro alguma coisa, qualquer coisa, que possa nos ajudar. A única que vejo é a varinha da moça musculosa.

A magia da varinha é corrompida e vil, eu sei. Meu pai ficaria uma fera se soubesse que estou considerando usá-la, mas estou meio sem opções no momento. Só espero que essa seja uma daquelas situações em que ele diria que "os fins justificam os meios".

Pego a varinha do chão. Sinto o calor subindo novamente pelos pulsos e, por um instante, acho que vou quebrar essa também. Só penso: por favor, por favor, não quebre.

Como se a varinha tivesse ouvido meus pensamentos, o calor para. Bem a tempo. Três bruxos aparecem na porta. Eles levantam suas varinhas.

Rapidamente faço um movimento com a minha.

Uma força invisível ergue os três do chão ao mesmo tempo. Eles gritam, e a mesma força os joga longe, lá do outro lado do acampamento.

Alex pisca, em choque.

— Dá pra fazer isso com mágica?

— Parece que sim.

Saímos correndo da cabana com Cacau.

Lá fora está um caos completo. A tempestade caiu, e lampejos de raios cruzam o céu, e Cleo dispara de um lado para o outro, sem rumo. Vários Grão-Bruxos gritam e correm, fugindo de coisas que não estão ali.

— Tirem esses palhaços de cima de mim! — berra um homem de cabelo grisalho.

Outro está em pé, paralisado, no primeiro degrau de uma cabana.

— Está alto demais! Eu vou cair!

— Cobras! — brada uma mulher corpulenta, patinando na lama ao passar por nós. — Elas vão me devorar!

Os que não foram atacados por Cleo tentam contê-la com suas varinhas. Uma árvore é transformada em pedra, e uma pedra vira um arbusto. Bolas de algodão caem do céu junto com a chuva. Buracos enormes se abrem no chão, engolem alguns bruxos, depois os cospem de volta.

É isso que acontece quando Medianos usam magia que não conseguem controlar.

Um dos bruxos olha para Alex e eu.

— Os Manifestores pegaram uma varinha!

Zzzzzip! O raio de luz vermelho de uma maldição passa bem ao lado da minha orelha. Alex e eu nos esquivamos pouco antes de outro raio vermelho passar por cima de nossas cabeças. Faço um movimento com a varinha, e o chão diante dos bruxos explode, fazendo-os voar pelos ares.

Aquela comoção chama a atenção de outros, e mais ou menos uma dúzia de bruxos sai correndo de suas cabanas e da floresta, todos brandindo varinhas. Pego Cacau, e Alex e eu buscamos abrigo atrás da caminhonete do xerife.

Um bruxo careca corre em nossa direção pela esquerda. Alex mexe o pulso, e uma corda de luz amarra o homem.

— Precisamos sair daqui — grita ele. Ouvimos mais um berro de uma nova vítima da Cleo. — Precisamos de uma distração.

Seguro a varinha com força. Esse negócio parece ouvir meus pensamentos, então faço mais um pedido: que nos ajude a escapar.

Aponto a varinha na direção dos bruxos e faço um gesto amplo.

Ouço um estalo bem alto como o crepitar de uma fogueira e o sibilar do vento. Os bruxos se esgoelam de tanto gritar.

— Corram! — brada um deles.

Dou uma olhada de trás da caminhonete e pisco algumas vezes para ter certeza de que estou vendo direito.

Uma coluna alta e espessa de fogo avança pelo acampamento como um tornado, absorvendo tudo para dentro de suas chamas por onde passa. Cabanas, carros, mesas de piquenique. Alguns bruxos fogem, aos berros, enquanto outros tentam usar suas varinhas. Chamas em formato de braços emergem das laterais do ciclone e empurram os bruxos para longe.

— Como você fez isso? — pergunta Alex, em choque.

— Não sei.

Cleo vem para o nosso lado e faz carinho em mim com o fucinho. Parece que estou diante de uma lareira.

— Pode nos ajudar a encontrar nosso amigo? — pergunto.

Ela se sacode um pouquinho e volta para sua forma normal de cão do inferno. Depois abaixa a cabeça, e entendo que é como se dissesse: "Subam aí!"

Ela segura Cacau com a boca, e Alex e eu montamos em suas costas. Cleo nos leva correndo pelo acampamento. Os bruxos estão muito ocupados tentando escapar de um tornado de fogo, então não prestam atenção em nós.

Cleo nos leva até a floresta. Parece uma zona de guerra. Em todas as direções, as árvores foram cortadas ou buracos enormes foram cavados. Toda essa destruição para tentar encontrar madeira de varinha.

— JP! — grito, ainda nas costas de Cleo.

Tum... Tum... Tum...

Cleo para e olha em volta. Parece o som de um coração batendo, grave e constante, mas está muito alto para ser o meu.

— Está ouvindo isso? — pergunta Alex.

— Impossível não ouvir.

É como se fosse o coração da floresta batendo.

Cleo corre na direção do barulho, que faz o chão sob nossos pés tremer. Consigo sentir, além de ouvir.

E então... vemos uma luz.

Um brilho forte pulsa no mesmo ritmo das batidas. Na clareira mais à frente, consigo enxergar uma árvore grossa, envolta num arco-íris de luz. O som das batidas vem dali.

Cleo para diante do tronco, e Alex e eu descemos. Não conseguimos desviar o olhar da árvore. Não é a maior da floresta, nem mesmo a mais alta, mas é perfeita. O tronco é perfeitamente redondo, os galhos são todos do mesmo tamanho e cada folha parece ter sido pintada por um artista.

— É linda — diz Alex.

Linda é um eufemismo.

— É uma árvore de madeira de varinha.

Não sei como alguém pode querer cortar uma árvore dessas para fazer varinhas, mas isso explica por que a magia é corrompida — para fazer as varinhas é preciso estragar algo raro e poderoso.

Cleo e Cacau farejam os arredores. Não há nenhum sinal de Ralphie nem dos bruxos que levaram JP, mas eles devem estar por perto, já que Cleo nos trouxe até aqui.

— JP? — chamo. — JP?

— Acho que eles não passaram por aqui, Nic — diz Alex. — A árvore está intacta.

Olho para Cleo.

— Por que nos trouxe aqui, garota?

Ela bufa, meio impaciente, depois empurra a parte de trás da minha perna com o focinho. Tropeço, e alguma coisa se esmigalha debaixo do meu pé.

Sinto meu estômago se revirar. É um celular com a capinha do Stevie James.

Eu me abaixo para pegar.

— JP.

Cleo e Cacau rosnam, os pelos eriçados, alertas.

Coloco o celular de JP no bolso.

— O que foi, meninas?

Sinto um movimento no ar a nossa volta e um brilho surge, trazendo Guardiões vestidos em branco e dourado. JP vem flutuando ao lado deles, amarrado com cordas de luz que vão até o pescoço. Ralphie e outros Grão-Bruxos vêm flutuando e amarrados também.

JP solta um grito abafado por trás dos lábios grudados.

Sem qualquer aviso, os Guardiões lançam cordas de luz na nossa direção. Consigo desviar, e a corda não me pega, mas meu irmão é amarrado nos tornozelos e pulsos. Ele cai no chão.

— Nic, me ajuda! — diz ele, pouco antes de o juju grudar seus lábios.

Os Guardiões levantam as mãos para lançar mais jujus na minha direção. Eu mexo a varinha.

Uma barreira de fogo emerge do chão com uma força que me empurra para trás. A barreira me mantém de um lado, e os Guardiões, Alex e JP, do outro. Em meio ao fogo, consigo ver os rostos apavorados do meu irmão e do meu melhor amigo. Não sei o que fazer a não ser balançar a varinha novamente, mas antes que eu possa...

Uma luz branca e quente atinge minha cabeça por trás e me joga de cara no chão. Deixo a varinha cair. Alex e JP soltam gritos abafados.

Sinto como se meu corpo estivesse tomado pelas chamas. Meus olhos começam a inchar, o direito um pouco mais do que o esquerdo. Não consigo gritar; minha garganta está em chamas também. E não consigo me mexer.

Ouço o barulho de passos sobre as folhas, e alguém me vira para o outro lado. Pelo olho esquerdo vejo Althea Sharpe parada diante de mim com uma varinha na mão e um sorriso cruel no rosto. A barreira de fogo nos separa dos outros. Ela me atacou por trás.

— Ouvi dizer que maldições de bruxos eram cruéis — diz ela. — Acho que vou ter que repensar minhas opiniões a respeito de magia com varinhas. — Ela se abaixa perto de mim, um brilho triunfante nos olhos. — Não pegaria muito bem se a LAN soubesse que a usei em você, então vou dizer que você mesma se machucou sozinha com a varinha que roubou.

— Mentirosa! — resmungo.

— É sua palavra contra a minha. E quem vai acreditar numa delinquente fora de controle em vez de...

Uma nuvem de fumaça escura avança sobre a general Sharpe e a derruba no chão.

O Espectro Cleo.

Consigo me sentar. A general Sharpe está de joelhos, choramingando como um bebê.

— Por favor — implora. — Por favor, me dê outra chance.

Vou engatinhando para trás, mas não é necessário. É como se a general Sharpe nem estivesse mais me vendo ali. Ela está falando com alguém invisível.

— Você é a única pessoa que acreditou em mim! Por favor, não desista de mim!

De volta ao seu formato normal de cão do inferno, Cleo vem até mim com Cacau em suas costas. Ela abaixa a cabeça.

Olho para Alex e JP e me sinto totalmente impotente. Estou muito fraca para ajudá-los e, se eu for capturada também, vai estar tudo acabado. Meu pai vai ser punido, e nós também.

Vou dar um jeito de salvá-los. Juro que vou. Mas agora preciso sair daqui. É a única chance que temos.

Uso as últimas forças para subir nas costas de Cleo e odeio o que estou prestes a dizer.

— Me leve para... o subterrâneo. Para o Lugar Seguro.

Espero que Cleo saiba onde é.

Ela sai correndo. Vejo a floresta passando como um borrão por um segundo e, logo depois, tudo fica escuro. Seguro o pelo de Cleo o mais forte que consigo, mas meus dedos mal conseguem se firmar.

Apago novamente. Da próxima vez que abro os olhos, já estamos no Lugar Seguro, e Bertha, a locomotiva, está a poucos metros.

Eu me arrasto para descer das costas de Cleo. Minha cabeça está muito pesada para ficar erguida. De alguma forma consigo me levantar e vou cambaleando até o trem.

É aí que percebo um rastro de pegadas na terra.

— Há quanto tempo não nos vemos — diz uma voz.

Eu me viro, e meu olho bom enxerga o brilho dos olhos vermelhos de Peludo Júnior.

Ele joga o saco de pano sobre a minha cabeça.

DEZESSEIS
O CHEFÃO

Sonho que estou correndo numa caverna bem grande.

Pelo menos acho que é uma caverna. Há estalactites enormes penduradas no teto, mas eu estou correndo numa estrada de tijolos. Passo pelo que parece ser um parquinho com brinquedos enferrujados e lojas fechadas com tábuas de madeira. Uma cidade abandonada... numa caverna?

A poeira começa a levantar a meu redor, e uma sombra enorme se agiganta por cima de mim.

— Me encontre, Nichole — diz uma voz. — Me encontre!

Acordo num sobressalto.

Levo um momento para recobrar o fôlego, mas rapidamente me dou conta de três coisas: primeira, não estou morta. Eba. Segunda, consigo enxergar com os dois olhos agora. Terceira, estou deitada no sofá da Bertha, a locomotiva. Há um cobertor felpudo sobre minhas pernas, e pela janela vejo a estação de trem abandonada do Lugar Seguro.

Afasto o cobertor. Minhas roupas estão grudadas no corpo de tanto suor. Um cheiro forte de batatas fritas e temperos preenche o cômodo, e meu estômago ronca. Parece que não como há dias.

Cleo e Cacau entram correndo na sala. Cacau sobe no meu colo, e Cleo se esfrega na minha perna. Faço carinho nas duas.

— Ei, meninas — digo, e minha voz sai completamente rouca. — Cadê todo mundo?

— Que bom. Você está viva — diz uma voz. — Preciso que esteja, para me recompensar.

Peludo Júnior entra carregando uma bandeja de comida quente. Está usando um chapéu de chef e um avental com a frase "Não beije o cozinheiro sem permissão".

Ele coloca a bandeja na mesa de centro.

— Você precisa estar forte para pagar o que me deve, então fiz minha especialidade: picadinho com batata e cebola. Sei o que deve estar pensando. Ele cozinha picadinho mesmo tendo isso? — Levanta um dos cascos e me mostra. — Eu não sou parte vaca. Só tenho pés feios mesmo. E meu picadinho é vegano. Faço com uma carne de jaca maravilhosa. Você nem vai perceber a diferença.

Por mais que o picadinho esteja cheirando bem, quem trouxe foi um monstro peludo de olhos vermelhos que come gente.

— O que está fazendo aqui?

— Eu lhe preparo uma refeição boa dessas, e a primeira coisa que diz é isso? Nem um obrigada? Que ingrata! Nunca mais faço nada para você.

Olho para a porta. Não está muito longe. Quero tentar correr até lá, mas, quando tento me sentar, estou tão fraca e trêmula que caio deitada de novo.

Júnior me levanta e coloca um travesseiro atrás das minhas costas para eu me apoiar.

— Não sei aonde está pensando que vai. Coma o picadinho. Está evidente que precisa.

Agora meu coração está realmente acelerado.

— Só vou perguntar mais uma vez. O que está ... Eca!

Ele simplesmente enfiou uma colher cheia de picadinho de "carne" dentro da minha boca. Acredite se quiser, está mesmo delicioso e não dá para perceber que não é carne bovina.

— Coma — repete ele.

Estou comendo não porque ele mandou, mas porque estou com fome e a comida é deliciosa. Paro por um momento para perguntar:

— O que está fazendo aqui?

— Estou aqui para pegar o que é meu! Estou no seu encalço desde que saiu do pântano. Eu ia confrontar você por destruir minha casa, mas os cães do inferno te trouxeram de volta toda estropiada ontem. Não vou conseguir nada de você se estiver morta.

Começo a me lembrar das coisas.

— Cleo... Ela que me trouxe.

— Isso. Minha terapia está realmente funcionando. Não fiquei com medo dela como ficaria um tempo atrás. Ela me deixou colocar você no saco sem me atacar. Você estava desmaiando toda hora. Acho que foi atingida por alguma mágica.

— Sim, pela general... — As lembranças começam a voltar de uma vez. O acampamento dos bruxos, a árvore de madeira de varinha, Alex, JP. Então me dou conta do que Júnior disse. — Você disse que isso tudo aconteceu ontem?

— Isso. Há mais de vinte e quatro horas.

Eu me levanto de repente e, opa, má ideia. Estou muito tonta, e minha visão embaça. Caio de volta no sofá.

— Preciso salvar Alex, JP e meu pai!

— Não sei se isso é possível.

— Por quê?

Júnior aperta um botão do relógio, e só então percebo que ele tem uma superfície holográfica — é de donologia! Um mini-holograma da apresentadora do noticiário flutua sobre o pulso dele.

— Os Guardiões ficaram chocados ao chegar ao acampamento dos bruxos, que foi parcialmente destruído — diz a mulher. — Várias estruturas foram tomadas pelas chamas graças a um ciclone de fogo que teria sido criado por Nichole Blake usando magia de varinha ilegal. A jovem de 12 anos permanece em fuga e de posse da Msaidizi; já seu irmão, Alexander, e um Mediano não identificado estão sob custódia dos Guardiões. Os menores foram detidos para interrogatório. A general Sharpe e o Ancião Aloysius Evergreen falaram conosco.

O holograma se transforma na general Sharpe, mas ela não está com a expressão arrogante de sempre. Está com olheiras e a cabeça mais baixa do que o normal. Ainda parece abalada com a visão que Cleo a fez ter.

— Tomamos o acampamento dos bruxos e confiscamos suas varinhas — relata. — Enquanto isso, seguimos vasculhando o perímetro em busca de Alexis Nichole Blake, e cada minuto é importante. Acreditamos que ela ainda esteja por perto. Afinal... — A general Sharpe parece olhar diretamente para mim. — Ela não deixaria o irmão e o melhor amigo para trás. Ou será que deixaria?

Sinto um nó do tamanho de uma bola de golfe na garganta.

— Eu... É claro que... Eu não quis...

O holograma se transforma em um homem careca com cavanhaque: o Ancião Evergreen.

— Se eu ainda acho que Calvin Blake é culpado? Ah! O céu é azul? É claro que ele é culpado! E agora mandou a filha sair por aí e cometer crimes também? Humpf! Não está ajudando em nada no caso dele. Vou garantir que pegue a pena máxima amanhã.

A repórter aparece novamente.

— A presidente DuForte estaria negociando com os Guardiões a libertação de seu neto e do garoto Mediano. Em relação a Nichole Blake, parece que a jovem realmente abandonou seus cúmplices, uma vez que não há sinal dela.

Júnior desliga o noticiário.

— Eu falei.

Meus olhos estão marejados. Penso em JP amarrado, flutuando no ar, em Alex sendo capturado, na expressão assustada em seus rostos, e a culpa me desestabiliza como um terremoto.

— Eu os abandonei. E por causa disso meu pai vai ser condenado amanhã.

— Na verdade — explica Júnior —, ele vai ser condenado mais tarde. Esse noticiário é de ontem à noite. Uma outra reportagem dizia que o julgamento começaria às nove da manhã. Agora são umas cinco.

— Então só tenho quatro... — Não posso nem dizer as palavras ou vou começar a chorar. — Vou dar uma volta.

Saio rapidamente do trem antes que Júnior me veja chorando.

*

A estação de trem abandonada do Lugar Seguro é o melhor lugar para se lamentar. Está vazia, e eu me sinto vazia. Fomos feitas uma para a outra.

Eu me sento à beira da plataforma, com as pernas penduradas sobre o trilho. Só tive dois amigos na vida, JP e Rebecca, a menina do meu grupo de aulas em casa em Atlanta. Não me leve a mal, Rebecca é gente boa — eu até devo ir ao bar mitzvah dela ano que vem —, mas JP é meu *melhor* amigo. Ainda assim, quando ele mais precisou, eu o abandonei. Alex não é exatamente o irmão que eu queria, mas é *meu* irmão, e o abandonei também.

Cacau e Cleo vêm trotando até a plataforma. As duas lambem minhas bochechas.

Os cascos de Júnior estalam contra o piso de pedra. Ele está com o saco de pano pendurado no ombro e se mantém a uma certa distância de mim e dos cães do inferno. Acho que ainda não superou o medo por completo.

— Já terminou de se lamuriar? Temos negócios a discutir.

Uso a manga da camisa para secar a baba dos cães da bochecha. Amo Cacau e Cleo, mas preferia lidar só com as lágrimas mesmo.

— Do que está falando?

— Você me deve uma casa — diz ele.

— Quê? Não devo, não.

— Deve, sim. Você destruiu a minha!

— Não destruí. Foram os jacarés.

— Você os atraiu quando me jogou no pântano.

— Porque você ia comer a gente! — respondo. — Você disse que ia!

— Foi só para assustar vocês. Eu sou vegano. Não como carne há mais de vinte anos.

— Um vegano com ossos em casa e que me jogou dentro de um saco ontem!

— Eu gosto de colecionar ossos! — explica. — Ficam lindos na decoração. E minha sacola tem um feitiço para conseguir carregar cargas pesadas. Não ia forçar minha coluna pegando você no colo. E pare de mudar de assunto! Eu não tenho mais nada disso agora, graças a você. Você me deve uma casa!

Falhei com meu pai e tio Ty, JP e Alex foram capturados por minha causa, e agora Júnior está me dizendo que arruinei a vida dele também.

O choro escapa de mim antes que eu me dê conta.

— Não venha com essa! — brada Júnior. — Pare de chorar e me arranje uma casa nova!

— Como? Eu só tenho 12 anos — balbucio.

— Eu sei quem você é! — diz ele. — Vi o noticiário da LAN. Você é neta da presidente. Vai dizer a ela para me dar uma casa senão vou fazer picadinho de você.

— Eu nem a conheço ainda.

— Não me importa! — reclama Júnior, enquanto vasculha a sacola. Ele tira algumas peças de roupa molhadas, panelas e potes, alguns livros enrugados, fotos molhadas dele com o pai e o mapa de Jackson, até que finalmente encontra uma Caneta-D. — Escreva para ela agora mesmo e diga para me dar uma casa!

Júnior estende a Caneta-D para mim, mas é sua mão que chama minha atenção. Eu não tinha reparado antes porque a camisa enorme do pai dele a cobria, mas agora vejo uma árvore preta tatuada nas costas da sua mão direita. O tronco está bem no meio e os galhos se estendem até os dedos, com os pequenos rubis vermelhos desenhados neles.

A Marca do Éden. A tatuagem que Grande John viu na mão do ladrão da Msaidizi.

Chego para trás, com o coração acelerado como se fosse sair pela boca.

— É você.

— Sou eu o quê? — zomba Júnior.

Sinto a pulsação forte nos ouvidos. A srta. Lena disse que o ladrão tinha sido visto em Nova Orleans. Júnior morava em Nova Orleans. Grande John disse que era uma pessoa baixa e meio gordinha. Júnior é baixo e meio gordinho. E agora a tatuagem...

Tropeço um pouco para me levantar.

— Onde ela está?

— Onde está o quê?

— Você roubou a Msaidizi. Onde está?

— O quê? — retruca Júnior em voz alta. — Não roubei, não!

— Grande John viu você com ela em Nova Orleans! Ele mesmo me contou. Disse que você estava com uma máscara, mas ele viu a Marca do Éden tatuada na sua mão. Foi você!

— Não fui eu! Não foi para mim que o Chefão deu a ordem de escondê-la!

Tudo para de repente.

Não foi para ele que...

— Você sabe o que aconteceu com a Msaidizi, não sabe?

— Eu não disse nada. Você não ouviu nada!

Uma sensação estranha se infiltra em meus ossos, talvez até além dos ossos. É mais animadora do que qualquer outra coisa, e é algo que não sinto há um tempinho: esperança.

— Quem é o Chefão, Júnior?

— É melhor não se meter! Vai arranjar problemas.

— Não me importo! A LAN acha que meu pai roubou a Msaidizi, e eles vão condená-lo por isso daqui a algumas horas se eu não fizer nada.

— Não tenho nada a ver com isso. Você não sabe com quem está se metendo. Não é um vilãozinho de livro, não. É melhor não se meter!

Um vilãozinho de livro? Só consigo pensar em uma pessoa a quem ele se referiria assim, porque tio Ty o colocou nos livros.

213

— O Chefão é Roho, não é? Ele mandou alguém roubar a Msaidizi?

— Não vou dizer nada. Para falar a verdade... — Ele começa a se aproximar. — De repente comecei a sentir vontade de comer carne. Ou você me dá uma casa, ou me paga com seus ossos!

A esperança deve andar de mãos dadas com a coragem. Essa é a única explicação para o que acontece em seguida. Pego as roupas do pai de Júnior.

— Se der mais um passo, vou destruir estas roupas.

Ele congela.

— Você não faria isso.

— Basta pedir para Cleo colocar fogo nelas — ameaço.

O cão do inferno está do meu lado rosnando e cuspindo fumaça como se para reforçar. Cacau se junta a ela de um jeito um pouco menos intimidador.

Júnior mostra os dentes, mas então olha para os cães. Ele pode fazer a cara de mau que quiser, mas ainda está com medo deles.

— Vou servir você num prato antes que consiga destruir qualquer coisa.

— Você está com muito medo dos cães para tentar fazer alguma coisa. Além disso, se fosse me machucar, já teria usado o Dom pra isso. Mas não vai fazer, porque você quer uma casa. Bom, e eu quero respostas. Pode começar a falar!

Júnior solta um rosnado.

É assim que ele quer agir? Então tudo bem. Puxo uma camisa laranja do meio das roupas. Júnior estava com ela no dia em que nos conhecemos. Seguro a camisa diante de Cleo.

— Solta isso! Era a camisa favorita do meu pai!

— Meu pai não vai lembrar qual é a camisa favorita dele se não começar a falar agora!

Júnior olha para a camisa mais do que para mim. Eu quase poderia dizer que vejo pânico em seus olhos.

— O que quer saber? — questiona ele.

— Por que você e o ladrão têm a mesma tatuagem?

— A maioria de nós tem a Marca do Éden.

— "Nós" quem?

— Você já entendeu uma parte. Pode entender isso também.

A Marca do Éden está na Msaidizi, a arma que tornou Roho invencível. Faria sentido que seus seguidores a tivessem tatuada.

— Vocês são seguidores de Roho — concluo.

— Éramos — resmunga Júnior. — Não dá para seguir alguém que não lembra quem é.

— E como ele mandou que alguém pegasse a Msaidizi então? Ele já não tinha perdido a memória quando ela foi roubada?

— Algumas ordens levam tempo para ser cumpridas — explica Júnior. — Ele deu a ordem antes da batalha com o doutor Blake. Já estava imaginando que seria derrotado.

— E por que ele mandou alguém roubá-la? Quem é essa pessoa? E onde a Msaidizi foi escondida?

— Já falei mais do que o suficiente. Devolva minhas roupas!

— Eu quero mais respostas.

Júnior faz um gesto, e bolas de fogo aparecem em suas mãos.

— Se colocar fogo nas minhas roupas, eu queimo seu trem. Você escolhe.

Seguro as roupas na frente de Cleo para ver se ele está blefando. Nós nos encaramos, e as bolas de fogo nas mãos dele ficam ainda maiores.

Júnior está falando sério. Não vou conseguir tirar mais nada dele.

Suspiro e estendo as roupas em sua direção. Ele pega da minha mão e resmunga alguma coisa sobre pirralhos destruidores de casas enquanto as guarda na sacola.

Minha esperança começa a desvanecer, mas me apego a ela com toda força. As peças do quebra-cabeça estão diante de mim. Só preciso montá-lo agora.

Entrelaço as mãos em cima da cabeça.

— Roho pediu a alguém para roubar a Msaidizi da LAN — murmuro. — Onde ele a teria escondido?

Júnior recolhe uma das panelas.

— É melhor que nunca descubra. Já falei, você vai arranjar problemas.

Observo enquanto ele guarda a frigideira de ferro fundido e depois olho para o restante das coisas espalhadas. Há mais utensílios de cozinha, um ursinho de pelúcia. E lá está o mapa de Jackson. De todas as coisas que ele poderia tentar salvar, por que um mapa?

Júnior segue meu olhar. O mapa está a uns 50 centímetros de mim. Infelizmente, essa é mais ou menos a distância entre ele e o mapa também.

Os olhos vermelhos dele encontram os meus.

Nós dois avançamos ao mesmo tempo na direção do mapa, mas, para minha sorte, cascos são mais lentos do que pés humanos. Consigo pegá-lo.

— Devolva meu mapa! — grita Júnior.

Corro na direção de Bertha, e os cascos de Júnior estalam atrás de mim. Cacau e Cleo latem e o mantêm a distância. Quando estou perto o suficiente do trem, me jogo lá dentro e tranco a porta.

— Tire esses cachorros de perto de mim! — grita Júnior.

Arrasto a poltrona até a porta para impedir que ele abra, e então coloco o mapa em cima da mesa. Cada célula do meu corpo me diz que esse mapa tem alguma coisa a ver com Roho. Tem que ter.

O mapa está úmido e parte da tinta está borrada, o que dificulta a leitura. Há um grande borrão vermelho perto do canto inferior direito, mas por baixo da tinta consigo distinguir o nome de uma rua perto da mancha vermelha: rua Alta.

— Isso fica no centro da cidade — murmuro. Sei disso porque meu pai pegava a rua Alta para ir à mansão do governador quando trabalhava como faz-tudo por lá. Ele sempre dizia que se chama rua Alta simplesmente porque é uma ladeira enorme e cheia de curvas.

"É o vulcão que fica embaixo da cidade", dizia. "É isso que faz a rua Alta ser tão alta."

Espere aí.

Olho com atenção para o mapa. Esse círculo... fica bem em volta de onde seria o vulcão subterrâneo.

Mas como seria um vulcão subterrâneo...

De repente lembro do meu sonho: seria como uma montanha dentro de uma caverna gigantesca.

— Santa Mãe — murmuro. — Santa Mãe, será que... será que foi lá que ele a escondeu?

Minha esperança agora arde tanto quanto o inferno, queimando bem forte dentro de mim. O problema é que não sei quase nada sobre Roho, só que ele queria destruir o mundo Notável.

Mas...

Sei bastante sobre o personagem inspirado nele. Na verdade, administro uma página na Wikipédia que tem muita informação sobre esse personagem.

Júnior esmurra a porta.

— Eu juro, é melhor você devolver meu mapa!

Enfio a mão no bolso. Ainda estou com o celular do JP que encontrei na floresta. Embora a tela esteja quebrada, por um milagre ele liga.

Tio Ty disse que a foice de almas nos livros do Stevie é como a Msaidizi para Einan: é o que o torna quase invencível. No livro novo, Stevie, Kevin e Chloe conseguem roubá-la. Mas, para roubar alguma coisa, você precisa saber onde ela está. Estou realmente arrependida de não ter lido o livro, mas JP leu tudo e tenho certeza de que já publicou o resumo.

Infelizmente, o celular tem senha. Tento dois, seis, zero, quatro; 26 de abril, o aniversário dele.

Nada feito. O telefone me dá uma dica: "uma data incrível" e me diz também que só tenho mais duas chances ou o celular será bloqueado por uma hora.

Ouço um barulho muito alto contra a porta, como se Júnior tivesse batido com o ombro. Cacau e Cleo latem com vontade.

— Eu juro, garota, você vai se arrepender disso — ameaça Júnior.

Minhas mãos tremem, mas consigo digitar dois, cinco, um, dois. Natal. O feriado favorito de JP. Não funciona também. Agora só tenho mais uma tentativa.

Não sei o aniversário dos pais dele nem da irmã. O outro feriado de que ele mais gosta é Ação de Graças, mas a data muda todo ano. Só consigo pensar numa outra data que ele talvez ache incrível.

Digito dois, sete, zero, cinco para 27 de maio. Meu aniversário.

O telefone é desbloqueado.

Sinto um quentinho no peito. Não poderia pedir por um amigo melhor.

Mas meu coração também sente uma pontada logo em seguida — não tem sinal ali, não vou conseguir entrar na Wikipédia.

Mas... JP disse que estava escrevendo o resumo do livro. Ele não disse que já tinha publicado.

Abro o aplicativo de notas e vou deslizando a tela até encontrar o rascunho do resumo de *Stevie James e a foice de almas*.

— Me larguem! — grita Júnior para os cães. — Garota, eu juro, esse trem vai ser minha nova casa e seus ossos vão ser a minha primeira decoração!

Abro o resumo e dou uma lida rápida. O livro começa com Einan usando a foice de almas para roubar a alma de uma professora. As pessoas entram em pânico, blá, blá, blá. Stevie, Kevin e Chloe decidem que a melhor maneira de conter Einan é roubar a foice de almas...

Dou um pulo ao ouvir o som dos cascos chutando a porta e os rosnados de Cacau e Cleo.

— Quando estivermos quites, você vai se arrepender disso — promete Júnior.

Tento me concentrar no resumo do livro. Depois de xeretar um pouco, Stevie, Kevin e Chloe descobrem que Einan mantém a foice de almas em seu covil, que eles descobrem ser em...

Em um vulcão subterrâneo extinto.

— É isso — murmuro. — É isso!

As portas do trem se abrem e Júnior afasta a poltrona. Cacau e Cleo estão penduradas em suas roupas pelos dentes, mas ele as ignora.

— Devolva meu mapa!

— A Msaidizi está em Jackson!

Júnior congela. É como se Cleo e Cacau tivessem ficado chocadas também, porque elas largam as roupas dele.

— Como você descobriu? — pergunta Júnior.

Se eu não tivesse certeza, a expressão aterrorizada dele teria confirmado tudo.

— Eu deduzi — digo. — O covil de Roho ficava no vulcão extinto sob a cidade, não é? Aposto que ele mandou o ladrão esconder a Msaidizi lá.

O silêncio de Júnior é mais do que suficiente.

Meus olhos se enchem de lágrimas. Depois de tudo que Alex, JP e eu passamos, finalmente sei onde está a Msaidizi.

— Vou salvar meu pai — murmuro, e quase consigo acreditar. — Só o que preciso fazer é ir até o covil e...

— *Só?* — zomba Júnior. Ele dá uma risada, como se fosse alguma piada que não entendi. — Não é fácil de encontrar, a não ser que saiba exatamente aonde ir. E também não é fácil de entrar. Até hoje a LAN não sabe como chegar lá.

— Você sabe?

— Se eu soubesse, por que diria a você? Principalmente depois do que fez com a minha casa.

— Mas meu pai...

— Não é problema meu! Eu já contei coisa demais a você.

— Está com medo de Roho? Júnior, ele nem se lembra mais de quem é.

— Você o está subestimando — responde ele, sério. — Roho usava o Dom como ninguém nunca fez antes. Se tem alguém que poderia recuperar as memórias e o Dom mesmo depois que a LAN os removeu, seria o Chefão. Além do mais, algumas pessoas ainda são leais a ele. Não posso arriscar que descubram que ajudei você a recuperar a Msaidizi que ele escondeu.

Só de pensar na ideia de Roho e seus seguidores descobrindo que eu peguei a Msaidizi já fico arrepiada. Espero nunca ter que encarar nenhum deles.

— Prometo que nunca vou dizer a ninguém que você me ajudou — garanto. — Mas estou desesperada, Júnior. Você amava muito seu pai, não é?

Os olhos dele se tornam vagos.

— Ele era o melhor. Todo mundo achava que era mau, mas ele era apenas incompreendido. Aquele homem me amava com todo o coração. Eu não poderia ter tido um pai melhor.

— Todo mundo está supondo coisas horríveis sobre meu pai também. Imagine se seu pai se esquecesse de quem você é. Essa talvez seja a minha vida em breve, mas você pode me ajudar a impedir isso. O que preciso fazer pra me levar ao covil?

— Você tem uma casa que possa me dar? Essa é a única coisa pela qual estou disposto a trocar minha ajuda.

— E como é que posso fazer isso? Só tenho a casa onde moro... — Espera aí. *Eu tenho a casa onde moro!* — Está disposto a se mudar pra Jackson?

Ele me olha desconfiado.

— Por quê?

— É lá que fica a minha casa. Você pode ficar com ela.

— Você vai me dar a sua casa?

Eu provavelmente deveria perguntar ao meu pai antes de oferecer, mas é um momento de desespero.

— Se me ajudar a recuperar a Msaidizi, eu dou.

— Ah, sei. Você está me enganando de novo! Primeiro me enganou quando eu me transformei em todos aqueles animais diferentes. Agora é mais uma de suas trapaças. Quando fizer a terceira, nunca mais vai querer me ver de novo.

— Hã?

— Você já ouviu a história do meu pai! Aquele garoto Wiley o enganou três vezes e, depois da terceira vez, meu pai teve que deixá-lo em paz. É isso que todo mundo faz comigo também. Nunca me querem por perto.

— Isso é horrível.

— Não importa! — diz Júnior, com raiva. — Eu estava ótimo no pântano. Não tinha que me preocupar em receber amigos nem com nenhuma bagunça em casa perturbando a minha paz. Era perfeito.

Quero dizer a ele que a casa já era uma bagunça, mas fico na minha.

Meu pensamento é meio maldoso, mas entendo por que as pessoas não querem Júnior por perto. Ele tem uma aparência bem assustadora. Mas também sei como é ser a garota esquisita de quem ninguém quer ser amigo.

— Eu era meio como você — digo para Júnior. — Ainda sou, na verdade. As crianças Medianas me acham esquisita. Nunca tive amigos até me mudar pra Jackson. Foi lá que conheci meu melhor amigo, JP. Ele mora na casa ao lado e aposto que ele seria seu amigo também. Tem a senhorita Lena, ela é uma Visionária. Você pode frequentar o bar dela. O senhor Zeke e outros que vão lá sempre são bem legais. Você ia se enturmar com eles.

— E qual é a pegadinha? — pergunta Júnior. — A casa fica num condomínio fechado, não é? Eu assisti a *Desperate Housewives*, não vou morar num lugar desses!

Não tenho a menor ideia do que seja *Desperate Housewives*, mas tudo bem.

— Não é um condomínio fechado. Meu pai odeia essas coisas. Não tem pegadinha nem trapaça nenhuma. Pra salvar meu pai eu daria mil casas a você.

Júnior me encara com atenção.

— Eu faria o mesmo pelo meu pai — diz. — Vou levar você até a entrada da antiga colônia do Chefão, só isso. Nada mais, nada menos. Combinado?

Ele estende a mão para mim.

Eu a aperto.

— Achei que era um esconderijo, não uma colônia.

— O Chefão tinha planos ambiciosos. Vou dar as instruções para o trem.

— Espera. Preciso resgatar meu irmão e meu melhor amigo antes.

Júnior me olha de cima a baixo.

— Como é que é, garota? Como vai fazer isso? Aquela bolsinha de juju que você tem até pode ajudar, mas...

Olho para ele.

— Quê?

— Você tem uma bolsa de juju em algum lugar. Tem cheiro de neve.

A princípio não faço ideia do que ele está falando. Depois, me lembro da bolsa que ganhei de aniversário. Pego a mochila e vasculho até encontrar a bolsinha de couro da srta. Peachy.

Júnior fareja a bolsa.

— Isso mesmo. É uma nevasca.

— Consegue saber o que é só pelo cheiro?

— Às vezes. A senhorita Peachy esconde o aroma em várias das bolsas porque nós Lobisomens conseguimos identificar facilmente o que são. Mas de vez em quando o juju é tão poderoso que não dá para esconder. Tenho quase certeza de que é uma nevasca. Vai congelar tudo e todos, exceto quem estiver segurando a bolsa.

— Por quê?

— A bolsa protege você contra qualquer juju ou feitiço sejam liberados quando você a abre. Está escrito nas linhas pequenas.

Viro a bolsa e, vejam só, tem mesmo um aviso na parte de trás em letras miúdas.

Aviso: esta bolsa contém um feitiço ou um juju poderoso que vai alterar o ambiente em que você está. A Senhorita Peachy LTDA não é responsável por qualquer dano ou ferimento causados por esta bolsa. Ao abri-la, você assume legalmente a responsabilidade por suas ações. Para evitar lesões, segure a bolsa com força enquanto o feitiço ou o juju é liberado, e isso vai ativar o feitiço de proteção. Para transferir o feitiço de proteção para outras pessoas, basta tocar nelas com a bolsa.

— Antigamente elas não tinham feitiço de proteção — conta Júnior. — Meu tio Larry foi atingido e ficou inconsciente por causa de um feitiço que fazia chover pedras de ouro. Quando acordou, um ano depois, a esposa já tinha gastado tudo que ele ganhou. Uma tristeza. Ele até ganhou bastante dinheiro depois do processo na justiça, mas ela acabou ficando com tudo no divórcio. Meu pai bem que disse a ele para não se casar com uma Banshee.

Isso aqui promete. A bolsa, quero dizer. Não a novela do tio do Júnior.

— Talvez isso funcione.

— Ha! Vai precisar de mais do que essa bolsinha para conter os Guardiões — avisa. — Eles vão te amarrar com corda assim que tentar abrir. Não vai conseguir enganá-los com um truque como fez comigo.

Truque, hein?

— Na verdade — digo para Júnior. — Acho que consigo enganá-los, sim.

DEZESSETE
O RETORNO DE ROHO

Cleo me deixa na floresta, e então escrevo uma mensagem para a general Sharpe com a Caneta-D:

RASTREIE MINHA LOCALIZAÇÃO E ME ENCONTRE AQUI. TRAGA ALEX E JP. TENHO ALGO QUE VOCÊ QUER.

Os tons de rosa e roxo do céu do início da manhã reluzem sobre mim. Meus nervos estão tão descontrolados que o frio na barriga já virou geleira. Enfio as mãos nos bolsos, depois as tiro. Pela centésima vez, confiro se a bolsa de juju ainda está lá.

Uma rajada de vento forte balança as árvores, levanta folhas e poeira. A princípio não vejo nada, mas então a aeronave Guardiã se torna visível para mim; dourada, em formato de V e do tamanho de um jatinho.

As luzes da aeronave iluminam a clareira onde ela pousa. A porta lateral se abre e uma escada se estende. A general Sharpe surge rodeada de seis Guardiões de cada lado. Dois deles carregam Alex e JP, amarrados.

Dois outros Guardiões apontam as mãos na minha direção, mas grito:

— Se querem a Msaidizi, não me amarrem.

— Recuem — diz a general Sharpe, e eles abaixam as mãos. — Onde ela está, garota?

— Olha, estou surpresa que tenha vindo me encontrar — digo, com uma expressão até bastante corajosa para alguém que está se borrando de medo. — Não tinha certeza de que seria esperta o suficiente pra me localizar. Meu pai dizia que você não encontrava chuva nem no meio de uma tempestade.

— Como é que é?

— Você me ouviu. Eu e meu pai sempre ríamos da sua ignorância. Precisou de anos pra capturá-lo e agora demorou dias pra encontrar umas crianças. Tem certeza de que você devia ser general?

— Sua fedelh... — Ela pigarreia. Não parece *nem um pouco* com a general Sharpe à qual estou acostumada. — Não vou cair nessa. Você disse que tem algo que eu quero. É a Msaidizi?

— Calma, Althea — digo. Só para deixar evidente, essa foi a primeira vez que chamei um adulto pelo primeiro nome. Meu pai nunca me deixaria fazer isso. — Antes de mostrar qualquer coisa a você, preciso ver que meu irmão e meu melhor amigo estão bem.

A general Sharpe estala os dedos, e os dois Guardiões que carregam Alex e JP se aproximam.

— Está vendo? Eles estão bem. Nós lhes demos comida e foram autorizados a tomar banho, ou seja, estão muito melhores do que você. Poderia ter rastreado sua localização só pelo seu fedor.

— Uau, é sério que você está tentando tirar uma com a minha cara? Sabe que eu só tenho 12 anos, né? Você tem o quê? 50? 65?

— Nem perto disso! Tenho a mesma idade dos seus pais!

— Eu não contaria isso pra ninguém, hein.

Um dos Guardiões deixa escapar um risinho.

— Continue rindo para ver o que acontece — ameaça a general Sharpe. Ela já abandonou o tom de voz "oficial". — Olha aqui, sua pirralha...

— Pirralha é a mãe.

A general Sharpe respira fundo.

— Você tem trinta segundos para responder a minha pergunta. O que tem para mim?

— Preciso ouvir de JP e Alex que eles estão bem.

— Desamarrem a boca dos dois — ordena ela.

Os dois Guardiões segurando JP e Alex fazem um gesto, e os dois abrem a boca.

— Estamos bem, Nic — diz Alex.

— Nic, a nave deles é muito legal! — conta JP. — O chuveiro tem vários sprays com sabonetes diferentes, e você pode pedir ao negocinho do micro-ondas qualquer comida e ele faz. E a TV é 4D, algo que eu nem sabia que...

— Amarrem de volta! — diz a general Sharpe, já irritada, e JP e Alex se calam de novo. — Agora. Mostre o que você tem ou vamos te amarrar.

Ouço um farfalhar leve de folhas por perto. É bem sutil, e acho que só eu escutei. Ótimo. É a minha deixa.

— Você tem certeza de que quer o que eu tenho?

— Pare de enrolar e me mostre.

Se ela insiste...

— Está bem — digo.

Uso os dedos para assobiar bem alto.

Há outro farfalhar de folhas, dessa vez mais alto, e a general Sharpe e seus agentes se viram para o outro lado. Uma criatura caminha pelas árvores.

— Quem está aí? — pergunta a general Sharpe. — Revele-se!

Um homem alto e musculoso com um forte Brilho dourado aparece. Uma armadura preta e reluzente cobre seu corpo inteiro, exceto pelos olhos, que são cinzentos como fumaça e parecem os de um gato. Eles olham diretamente para a general Sharpe.

Os Guardiões se sobressaltam. Alex e JP fazem sons similares por baixo dos lábios grudados.

— R-Roho! — gagueja a general Sharpe.

— Ahhh, esse é o Roho? — pergunto. — Acho que ouvi falar dele. Não estou tão familiarizada com as coisas Notáveis depois de morar tanto tempo no mundo Mediano e tal.

Os Guardiões levantam as mãos.

— Não. Esperem! — ordena a general Sharpe. — Como você o encontrou, garota?

— Ele me encontrou. Disse que tinha se esquecido de quem era durante muito tempo, mas que agora se lembrou.

— O-o-o quê? Como?

— Aí eu não sei. Ele é um cara poderoso. Ouviu dizer que eu estava com a Msaidizi. Ele parecia legal, então entreguei a ele, e ela se transformou nessa armadura. Irada, né?

— Tem alguma ideia do que fez? — grita ela.

— Você quer a Msaidizi, aí está ela. Vai lá, pega dele — sugiro.

Roho se aproxima, e a general Sharpe se treme toda. Os Guardiões levantam as mãos novamente, e Roho ergue a dele também. Pego a bolsa de juju...

— General, quando você ordenar! — diz um Guardião.

A general Sharpe está trêmula.

— Ata-ta-taq...

Abro a bolsa.

Há uma explosão de vento gelado e luz azul. Caio deitada no chão e cubro os olhos, esperando gritos e caos.

Mas tudo mergulha em um silêncio sinistro, e de repente está um frio congelante.

Eu me sento e abro os olhos. A floresta se transformou no Polo Norte. Há neve cobrindo o chão e tudo está tomado por uma grossa camada de gelo. As árvores, os Guardiões, a general Sharpe. JP. Alex. Roho.

Vou até ele primeiro. Está congelado com a mão cobrindo o rosto. É a mesma coisa com os outros; estão exatamente na posição em que estavam quando abri a bolsa. Alex e JP estão de olhos fechados, a general Sharpe parece estar no meio de um grito de "Não!". Há pontas de gelo penduradas em seus queixos e narizes. Parece que estou num jardim cheio de esculturas de gelo.

Toco Roho com a bolsa, e ele descongela de imediato. Faço o mesmo com Alex. O gelo derrete junto com as cordas de luz. Acho que o feitiço de proteção funciona nelas também.

Alex dá um pulo.

— Roho!

— Fica frio — digo. — Entendeu a piada? Fica frio? Enfim, esse não é o Roho. — Aceno para Roho. — Vá em frente.

Roho fecha os olhos, e a armadura desaparece. Os pelos dos braços e pernas começam a crescer, e ele vai encolhendo. Os pés se transformam em cascos de vaca.

— Eu falei que podia me transformar em qualquer um — afirma Júnior.

— O que ele está fazendo aqui? — grita Alex. — Por que ele se transformou no Roho?

Eu sabia que precisava distrair a general Sharpe e os Guardiões, e quem melhor do que Roho? Pedi a Júnior para se transformar nele. A princípio ele não quis me ajudar, mas então eu prometi pedir a minha avó para lhe presentear com uma tarde de compras em alguma loja chique em Uhuru. Então, aqui estamos.

— Explico depois — digo a Alex. Encosto a bolsa em JP. — Você está bem, cara?

Ele abraça o próprio corpo, com frio.

— Estou. Nunca mais vou tomar picolé.

— Você está bem? — pergunta Alex.

— Estou. Desculpem por ter deixado vocês pra trás.

— Tudo bem, os Guardiões teriam levado você também e não ia adiantar nada — diz ele. — Estou feliz que tenha voltado.

Dou uma risadinha.

— Eu também.

Ele sorri de volta.

Vou até o picolé previamente conhecido como general Sharpe.

— Cara. É muita frieza da minha parte fazer isso, né? — Caio na gargalhada. — Frieza, entendeu?

Ela estreita os olhos e faz um som abafado.

— Bom, você não parece estar dizendo nada simpático — digo. — Adoraria ficar aqui tirando uma com a sua cara, mas preciso ir. Você deve descongelar em algumas horas. Ou um dia. Quem sabe? Agora, se me dá licença, preciso ir salvar meu pai.

*

De volta à Underground Railroad, Alex, JP, Júnior e eu embarcamos no trem. Cacau e Cleo fazem festa para Alex e JP, pulando em suas pernas e lambendo seus rostos. Júnior vai até a parte da frente dar as instruções para Bertha chegar até a colônia. Enquanto isso, nos sentamos à mesa da cozinha e atualizo JP e Alex com as novidades. Descrevo meu sonho na caverna e como tenho a sensação de que ele tem a ver com o vulcão e a colônia de Roho.

— Não acredito que a colônia de Roho fica embaixo de Jackson e que existe um vulcão debaixo da cidade! — diz JP.

Também estou surpresa. Jackson não é o tipo de lugar que grita "esconderijo maléfico". Nova York e Los Angeles? Com certeza. Meu pai diz que os Knicks e os Clippers fariam qualquer um perder a cabeça. Mas Jackson?

— É um lugar onde ninguém imaginaria haver um esconderijo — comento.

— Provavelmente essa é a ideia — sugere Alex. — Agora, a pergunta é: o que nos espera lá embaixo? Duvido que vá ser fácil pegar a Msaidizi.

Ficamos todos em silêncio. Talvez estejamos indo bem de encontro a nossa morte.

Não, não posso colocar Alex e JP em risco desse jeito.

— Eu vou sozinha.

— O quê? Não! — protesta Alex.

— De jeito nenhum, Nic! — acrescenta JP.

— Eu já coloquei vocês em confusão demais.

— E daí? — diz Alex. — Estamos nisso juntos. Se um de nós vai entrar na colônia, todos nós vamos. E nada de se, mas nem nada disso.

— É isso aí — concorda JP. — Kevin e Chloe jamais deixariam Stevie sozinho. Somos iguais a eles agora: jovens em busca de uma arma poderosa. É preciso nós três para encontrá-la.

Este é um momento estranho para agradecer por tê-los comigo, mas é isso. Estou grata. Aff, lá vou eu chorar de novo. Odeio ter sentimentos.

— Está bem, então — digo. — Vamos pegar a Msaidizi.

DEZOITO
ARMADILHAS E RAPS

Chegamos a Jackson por volta de sete da manhã. Temos duas horas para salvar meu pai e tio Ty.

Bertha desacelera e se aproxima de uma parede de tijolos. Há uma placa amarela pendurada na parede com três palavras escritas: fim da linha.

— Não é realmente o fim da linha, é? — pergunto a Júnior.

— Não se você souber o que fazer.

Ele faz um movimento com a mão, e a parede de tijolos se abre como se fossem portas de correr. O trem entra num túnel, e a parede se fecha atrás de nós. O espaço está tomado de mofo, musgo e raízes. A única luz vem do farol da Bertha; o resto está totalmente escuro. É bem assustador, mas isso é o que se espera da colônia de um Manifestor do mal, não é?

Bertha diminui a velocidade até parar.

— Trouxe você até a entrada, como prometi — diz Júnior. — Daqui para a frente, é por sua conta.

Observo a escuridão adiante e limpo as palmas das mãos suadas na calça. "Vá até a colônia e encontre a Msaidizi. Colônia, Msaidizi. Vamos conseguir." Acho. Espero.

— Júnior, peça para Bertha levar você de volta até a senhorita Lena. O trem é dela. E ela pode mostrar a você onde é minha casa.

— Seremos vizinhos — observa JP. — Já vou avisando: meus pais vão convidar você pra ir a nossa igreja. Fazem isso com todo mundo. Também vão tentar fazer você virar frequentador.

— Se eu puder entrar no coral, pode contar comigo — afirma Júnior. — Dizem que eu tenho uma voz angelical.

Nunca imaginaria isso, mas tudo bem.

Alex, JP e eu arrumamos nossas coisas. Cacau entra animada na minha mochila, mas Cleo fica para trás ao lado de Júnior.

Aceno com a cabeça para ela.

— Venha, garota. Você pode vir com a gente.

Ela late. Não falo a língua dos cães do inferno, mas tenho quase certeza de que ela não quer ir; tem outras coisas para ver e lugares a visitar. Compreensível. Depois de ficar presa com aqueles Grão--Bruxos, ela deve estar querendo se aventurar e ver o mundo.

Ela se vira para ir embora, e Cacau pula da minha mochila. Quero chamá-la de volta, mas, como uma criança que sentia falta de ter mãe, eu entendo que queira estar com a mãe dela. Não posso obrigá-la a vir comigo.

Mas Cleo empurra Cacau de leve com a pata. Em resposta, Cacau choraminga de leve. A mãe bufa, meio irritada, como se dissesse "essa garota está me testando", pega Cacau com a boca e a coloca diante dos meus pés. Também não preciso falar a língua dela para entender essa mensagem. "Cuide bem dela."

— Vou cuidar — respondo.

Cleo esfrega focinho com focinho em Cacau, um beijo maternal típico dos cachorros, então vai embora. Observamos a mãe dela se transformar numa coluna de fumaça que desaparece numa curva para outro túnel.

— Não se preocupe — digo a Cacau. — Vamos encontrá-la de novo.

— Nic? — fala Alex. — Devíamos avisar à mamãe onde estamos, caso... você sabe.

Caso algo ruim aconteça. Pego a Caneta-D. Quando mandar a mensagem para Zoe, ela vai conseguir rastrear minha localização como fez da outra vez. Sei que os Guardiões também vão, mas espero que eles não consigam chegar à entrada do túnel. Penso na minha mãe enquanto escrevo:

ESTAMOS SEGUROS. SABEMOS ONDE ESTÁ A MSAIDIZI. ENCONTRE A GENTE EM JACKSON.

Queria falar muito mais coisas para ela, mas uma mensagem via Caneta-D não me parece a melhor maneira de fazer isso.

Coloco a caneta de volta no bolso. Vou sobreviver para falar com ela pessoalmente. Eu *não* vou morrer na colônia de Roho.

Repetir isso para mim mesma me ajuda a sair do trem e avançar pelo túnel. A parede de tijolos se abre, e Bertha volta pelo mesmo caminho.

Da porta, Júnior abre um sorriso debochado.

— Boa sorte.

A forma como ele fala e aquele sorrisinho me causam arrepios.

— O que você não contou pra gente? — pergunto a ele.

Júnior apenas acena enquanto o trem dá ré. A parede de tijolos se fecha e deixa Alex, JP, Cacau e eu dentro daquele túnel escuro.

JP liga a lanterna do celular. Pelo menos consigo enxergar Alex, JP e Cacau, mas não muito mais do que isso.

— É seguro andar aqui? — pergunta Alex.

Coloco Cacau na mochila.

— Provavelmente não, mas não podemos ficar aqui parados.

— Precisamos ficar de olho em armadilhas — sugere JP. — O tipo de armadilha da qual você precisa ser esperto para escapar. Não adianta usar o Dom.

— E por que acha isso?

— Por causa dos livros do Stevie, é claro! Quando Stevie, Kevin e Chloe tentam entrar no covil do Einan, eles encontram armadilhas que dependem de raciocínio lógico. Lógica de vilão, nesse caso.

Dessa vez espero que ele esteja errado.

Seguimos os trilhos, caminhando devagar. Ouvimos o ronco de carros acima de nossas cabeças, além do estrondo brusco que fazem ao cair nos buracos.

Os trilhos enferrujados terminam, mas o túnel continua. JP balança o braço na nossa frente.

— Ei! Tem um buraco enorme depois que acaba o trilho. Não estão vendo?

Aperto os olhos. Só vejo o chão mesmo.

— Não?

— Deve ser uma ilusão — aponta Alex. — Você consegue enxergar através delas, e nós não conseguimos sem os óculos, lembra?

— Sim, mas vocês deviam achar estranho que os trilhos simplesmente acabaram, né? Usem a cabeça, gente!

Encontro uma pedra ali do lado e jogo. Ela desaparece embaixo do chão e demora um bom tempo até a ouvirmos bater no fundo.

— E como atravessamos? — pergunto.

Um ronco baixo chama nossa atenção. A parede atrás de nós está se movendo devagar na nossa direção, assim como as laterais.

— Não entrem em pânico, não entrem em pânico — diz Alex, embora ele mesmo esteja entrando em pânico. — O que fazemos?

Olho ao redor. Não sei se devemos cruzar a cratera e não vejo nada que possa nos conduzir para dentro dela. Também não tem como dar a volta. Olho para baixo e é aí que vejo o topo de uma escadaria saindo do chão. Considerando que não é na verdade o chão, e sim uma ilusão, presumo que ela deve dar direto dentro da cratera. Aponto para Alex e JP.

— Vamos descer por ali.

— Não! — protesta JP. — A lógica diz que devíamos descer a escada, mas estamos lidando aqui com lógica de vilão. Temos que pular.

— Numa cratera sem fundo? — grita Alex.

— Isso! Pra entrar no esconderijo de Einan, Stevie, Kevin e Chloe tiveram que fazer aquilo que mais os assustava. Roho não ia esperar que alguém fosse corajoso o suficiente pra pular, então é exatamente isso que temos que fazer.

Alex balança a cabeça.

— Não! Não vou pular nesse negócio. Não sabemos o que tem lá embaixo!

— Essas paredes vão esmagar a gente — digo.

Ele dá um passo para trás.

— Eu não vou entrar nessa cratera.

Vou em direção a ele. Mesmo com tudo que passamos, nunca tinha visto Alex tão aterrorizado.

— Vamos fazer isso juntos, tá?

— Não consigo, Nic.

— Consegue, sim! Eu acredito em você.

As paredes se movem mais rápido. O tempo está acabando. Estendo a mão para Alex.

Ele olha para minha mão e respira fundo.

— Tudo bem. Eu confio em você.

Não é um "eu te amo", mas chega perto.

Ele segura a minha mão. JP segura minha outra mão e nos puxa para a frente.

— Vou contar até três — digo. — Um...

— Por que foi que eu concordei com isso? — resmunga Alex.

— Dois!

— Se eu morrer, vou matar vocês dois!

— Três!

Saltamos juntos.

Eu me preparo para o impacto imediato com o chão, mas é uma ilusão, como JP disse. Fecho os olhos pensando que estou prestes a cair em sabe-se lá o quê e me espatifar lá embaixo, mas não estou caindo. Estou flutuando. Abro os olhos e vejo JP e Alex flutuando ao meu lado, como plumas ao vento. Pousamos de pé com todo o cuidado.

Alex abre um dos olhos.

— Não estamos mortos?

— Ainda não — respondo.

JP aponta a lanterna para o espaço ao redor. Viemos parar em outro túnel.

Há uma trifurcação à frente, e o túnel se transforma em outros três.

Ouvimos um barulho alto e abafado sobre nossas cabeças. Nós nos abaixamos, mas me viro para olhar. Há muitas chamas saindo da parede onde está a escada, queimando o metal.

— Por isso a escada era má ideia — diz JP. — Teríamos virado churrasco.

— Bem pensado — respondo.

Nós três nos aproximamos devagar da trifurcação. Os três túneis parecem iguais: feitos de pedra e iluminados com velas, sem um fim à vista. Não consigo saber se um é mais perigoso que o outro.

— Qual é a lógica de vilão aqui?

— Não tenho certeza — admite JP.

Alex pega um punhado de pedras e arremessa uma em cada túnel. Elas batem no chão.

— Não tem nenhum juju ativado por movimento.

— Vocês olham esses dois — aponta JP. — Eu vou por esse aqui.

— Humm, acho que não — digo. — Já viu filmes de terror? A gente nunca deve se separar! É quando as coisas ruins acontecem.

— Nic, não vamos muito longe — diz Alex. — Podemos gritar se precisarmos de ajuda. Temos que ver qual é o melhor túnel, e vamos perder muito tempo indo juntos a cada um. Precisamos nos separar.

Odeio que ele esteja certo.

— Tudo bem, mas gritem assim que perceberem que algo está errado. Combinado?

— Combinado — respondem os dois.

Caminhamos com cuidado para nossos túneis. O meu tem um cheiro úmido e um som que parece brisa do mar, como se fosse o interior de uma concha. Prendo a respiração e entro.

Nada acontece.

Dou mais um passo.

As velas do túnel se apagam, e mergulho na total escuridão.

Eu me viro de costas. A área iluminada onde estávamos sumiu; está tudo escuro.

— Alex? JP?

Nenhuma resposta.

Meu corpo todo congela.

— Alex! JP!

Silêncio total.

Meu coração bate forte no peito. Não consigo enxergar nem minhas próprias mãos. Devia ser impossível, mas adiante o túnel parece ainda mais escuro.

Isso não é uma escuridão natural. É um juju.

Quero correr, mas não consigo enxergar para onde ir. Quase entro em desespero, mas preciso ficar calma.

Estendo os braços para tentar me localizar, mas minhas mãos não encontram as paredes do túnel. É como se elas tivessem desaparecido. Como se eu estivesse no completo vazio.

— Essa escuridão infinita não vai embora a não ser que seja esperta e use o Dom agora — diz uma voz fria.

— Quem está aí? — pergunto.

Não tem ninguém, apenas escuridão.

— Ela não sabe usar, não adianta a insistência — diz uma voz aguda. — Chamá-la de Manifestora chega a ser uma indecência.

Eles caem na gargalhada em uníssono.

Cubro os ouvidos. Eles não são reais. Isso é igual àquele ardil demoníaco que DD usou para cima de mim.

— Somos reais, sim, com louvor, e sentimos seu pavor. Mas não somos demônios, mortos e nem assombração — diz a primeira voz, fazendo um rap. — Nosso poder irradia da sua covardia, nós vivemos dentro do seu coração.

— Volte pelo mesmo caminho de onde veio neste momento — canta a voz aguda. — Ou então enfrente seus mais profundos sentimentos.

Não estou entendendo o que é isso, mas preciso sair daqui *agora*. JP disse para usar lógica de vilão. Neste caso, devo fazer o oposto do que as vozes estão dizendo. Corro para a frente, mas, do nada, duas pessoas aparecem diante de mim.

Levo um susto.

— P-pai? Zoe?

É difícil explicar o tamanho do alívio que sinto ao vê-los, mas dura pouco. Eles olham para mim com uma expressão de desdém. Vou em direção a eles, e os dois levantam as mãos, como se dizendo para eu me manter afastada. Como se a ideia de me tocar fosse repugnante para eles.

Meus pais não fariam isso.

— É uma ilusão.

— Bem que eu queria que fosse uma ilusão e você não fosse nossa filha — debocha Zoe. — Por que perdi meu tempo procurando *você*?

— Eu não devia ter levado *você* — diz meu pai. — Seu irmão é obviamente o melhor entre os dois.

Meus olhos começam a arder.

— Não dê ouvidos a eles — digo a mim mesma. — Isso não é real.

— É real, sim.

Eu me viro. Alex está encostado na parede com um sorriso convencido.

— Alex! — Vou correndo na direção dele, que se esquiva. — Precisamos sair daqui.

— Por quê? Eu gosto daqui — diz ele e vai até o lugar onde estão nossos pais.

Zoe o abraça com carinho, e meu pai olha para ele cheio de orgulho.

— Você é fraca e sem poderes, não vale de nada, no fundo. — As vozes falam através dos meus pais. — A gente se arrepende amargamente do dia em que você veio ao mundo!

As palavras parecem arrancar meu coração do peito e parti-lo em mil pedacinhos.

— Não. Não, isso não é verdade!

— Tudo que você queria, eu recebi de graça — diz Alex. — Em tudo que eu faço muito bem, você fracassa.

Ele e nossos pais gargalham, e mais pessoas vão aparecendo. Minha avó, a presidente... a general Blake... Sarah. Há outras pessoas que não reconheço, mas sei que são minha família. Eles cobrem Alex de amor e o tratam como se fosse a joia mais valiosa da coroa. E então olham para mim como se estivessem ofendidos por eu simplesmente existir. Já nem quero mais existir mesmo.

— Você é um vexame! — diz a general Blake.

— Tenho vergonha de que descenda de mim! — brada Sarah.

— Como foi que eu acabei com uma fracassada dessas como neta? — pergunta minha avó.

Recuo, com lágrimas nos olhos.

— Não! Eu não sou um fracasso.

Eles continuam gritando, dizendo o quanto sou horrível, o quanto os decepcionei, e apenas imploro que parem enquanto vou chegando cada vez mais para trás e...

Meu pé escorrega em algum desnível no chão.

Dou um grito e mergulho num completo breu, um vento forte soprando ao meu redor, deixando meus olhos ainda mais marejados. Minha família sumiu, mas as vozes ainda riem bem alto.

É isso. Vou morrer, e não há nada que eu possa fazer para me salvar. Talvez seja bom meu pai não se lembrar mais de mim. Pelo menos não vai ter que passar pelo luto.

Eu me preparo para o impacto e rezo para que seja tão rápido a ponto de eu não sentir nada.

Só que eu sinto alguma coisa, sim. Alguém me dando a mão.

— Nic!

Alex está parado diante de mim. O Alex de verdade, sem sorriso debochado nem gargalhada maligna. Há uma esfera de luz em sua outra mão, que torna seu rosto visível.

Tento recuperar o fôlego. Há um segundo eu estava em queda livre em pleno ar, e agora estou sentada no chão.

— Como... Eu caí...

— Você não caiu. É uma desilusão.

Alex me ajuda a levantar, mas estou tremendo, e ele precisa me segurar. Ainda está escuro, mas a luz em sua mão me ajuda a enxergá-lo da cintura para cima.

— Você está bem? — pergunta.

Confirmo com a cabeça, embora não seja verdade.

— O que é uma desilusão?

— As pessoas as chamam de ilusões internas. Em vez de fazer você enxergar algo que outra pessoa criou, como nas ilusões, a desilusão mexe com a sua cabeça e faz você ouvir, ver e sentir as piores coisas que já pensou na vida. Você achou que estava caindo, mas, na verdade, estava sentada no chão.

— Ah.

Eu devia saber que não era de verdade, mas a sensação foi bem real.

— Nic? Você está bem mesmo?

Não era o Alex de verdade dizendo aquelas coisas maldosas, mas está difícil olhar para ele.

— Aham. Como você saiu do seu túnel?

— "A escuridão, a certa altura, leva à luz." Essas armadilhas não demandam lógica de vilão. Elas demandam sabedoria. Um dos motivos para Roho não gostar da LAN foi por achar que eles abandonaram completamente as tradições. Ele era fã dos costumes e crenças ancestrais e sempre citava os Provérbios Anciãos. São ditados antigos que nossos ancestrais trouxeram da África.

— Não estou entendendo.

— Nós pulamos na cratera. Agora entendi que isso é uma referência ao Provérbio Ancião que diz: "Jogue-se ao desconhecido para encontrar seu caminho." Esses túneis? "A escuridão, a certa altura, leva à luz". É por isso que eles parecem ficar cada vez mais escuros à medida que você anda. A desilusão torna mais difícil seguir em frente, o que remete a outro provérbio: "Para encontrar a força, enfrente o medo." Ultrapassei minha desilusão e corri para a escuridão. Ela acabou me levando a uma área iluminada. Depois, vim procurar você no seu túnel.

Tudo isso faz muito sentido.

— Precisamos encontrar o JP.

Alex cria uma esfera de luz na palma da outra mão. Ele sabe usar o Dom tão bem. Diferente de mim.

Preciso deixar isso de lado. Vou atrás de Alex e da luz. Chegamos até a área iluminada onde os três túneis desembocam, mas precisamos entrar na escuridão novamente para encontrar JP no outro túnel.

Nós o encontramos seguindo o barulho de seu choro. Ele está deitado em posição fetal e soluçando como um bebê.

Eu me agacho diante dele.

— JP? Está tudo bem.

Ele envolve meu pescoço com os braços.

— Eu perdi todo mundo!

Abraço-o de volta.

— Não perdeu, não.

— Perdi, sim! Ficou escuro, e não tinha nenhuma saída. Umas vozes disseram que eu estava sozinho, depois vi você e todas as pessoas de quem eu gosto, e todo mundo desapareceu. Pensei que todos tinham partido, como... como a Leah.

Ele soluça no meu ombro, e fico com os olhos marejados. As desilusões devem funcionar nos Clarividentes também, então.

— Você não vai se livrar de mim, cara. Nunca — digo.

Deixo que ele chore pelo tempo que precisar. Depois de alguns minutos, nós o levantamos, e Alex nos conduz até a área iluminada. Agora, só tem um caminho a seguir. Para a frente.

Andamos em silêncio pelo que parecem ser alguns quilômetros. O túnel vai ficando cada vez mais largo. O chão se inclina para cima por alguns metros e depois se inclina para baixo, levando a uma cratera imensa.

Esquece, cratera não é o suficiente para descrever. Isso é do tamanho de um cânion. Há apenas duas maneiras de atravessar: uma ponte velha e bamba ou um tronco de madeira. A ponte desemboca num túnel bem estreito, por onde só poderíamos passar em fila indiana. O tronco de madeira dá num túnel bem mais amplo. Estou disposta a arriscar ir pelo tronco para evitar o caminho estreito. Odeio espaços apertados.

Ouço uma espécie de assobio estranho vindo do cânion. Olho para baixo e me arrependo na mesma hora. Há centenas — talvez milhares — de cobras lá embaixo.

Olho para Alex.

— Algum provérbio pra isso?

— Por que precisa de um provérbio? — pergunta JP.

Alex explica para ele o lance da sabedoria, depois se agacha para examinar o cânion.

— Com certeza não dá pra pular nesse. Precisamos escolher uma das maneiras de atravessar. — Ele olha para o tronco, depois para a ponte, e é muito bizarro como fica parecido com meu pai quando está pensando em alguma coisa. Ele estala os dedos. — Vamos pegar a ponte pro túnel menor.

— Cara, eu não vou ficar presa naquele túnel — digo.

— Nic, é mais um Provérbio Ancião. "Amplo é o caminho que leva à destruição."

— Não me importo. Devíamos checar se não deixamos passar algum outro caminho.

Tento subir de novo pela ladeira, mas meus pés não têm força, e acabo escorregando de volta, parando na beira do cânion.

— Não dá pra voltar — diz Alex. — Quer ajudar nosso pai ou não?

Aff. Ele tinha que me lembrar disso. Amo meu pai mais do que odeio espaços apertados.

— Tudo bem.

Alex dá o primeiro passo na ponte. Ela range com o peso de seu pé, e sinto meu coração parar só de pensar em vê-la caindo.

A ponte não cai. Alex solta um suspiro e dá mais um passo. JP e eu vamos atrás devagar. Diretamente da segurança da minha mochila, Cacau late e solta fumaça para as cobras, que sibilam de volta.

O fato de haver cobras ali embaixo nos faz ir mais rápido. Corremos para a entrada do túnel e, nem um segundo depois, a ponte cai sobre a cratera cheia de cobras.

JP se inclina para a frente, sem fôlego.

— Gente, isso é muito tenso.

Sem brincadeira. Só por essas armadilhas, esta colônia deveria ser um lugar de onde deveríamos estar tentando sair, e não entrar. Estou apavorada de pensar no que nos aguarda.

Mas não temos escolha a não ser continuar. Entramos no túnel estreito. Vamos nos esgueirando e nos arrastando em musgo e raízes de árvores. Quanto mais avançamos, mais o teto abaixa, e a certa altura precisamos agachar e depois engatinhar. É como se o ar estivesse sendo sugado do túnel.

— Não sou claustrofóbica, não sou claustrofóbica — repito.

Sou, sim.

— Pensa no seu pai, Nic — sugere JP. — Precisa fazer isso por ele.

Imagino meu pai, e isso me ajuda a continuar engatinhando. Depois de um tempo, as paredes vão voltando ao normal e o túnel começa a se expandir. A partir de certo ponto, conseguimos até caminhar de pé novamente.

Lá na frente, a porta enferrujada de um elevador nos aguarda. Está entreaberta.

Paro e de repente me dou conta de que posso estar caminhando em direção a minha morte. Não vi o suficiente naquele sonho para saber como tudo terminava. Mas, pelo meu pai, entro no elevador.

JP e Alex entram com cuidado. Só tem dois botões no painel. Em um deles, há uma seta para cima. No outro, para baixo. Aperto para baixo.

A porta se fecha e, sem qualquer aviso, o elevador dá uma guinada violenta e nos leva para ainda mais fundo.

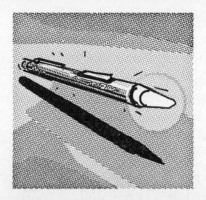

DEZENOVE
A LENDA DA MSAIDIZI

Meu cérebro e meu estômago ficaram para trás, lá em cima. Alex e JP gritam enquanto despencamos na velocidade de um foguete.

Alex cai de joelhos.

— Eu vou vomitar.

— Nós vamos pro inferno! — berra JP, em posição fetal no chão.

— Eu não quero ir pro inferno.

E o pessoal ainda tem coragem de dizer que meninos não fazem drama.

Fecho os olhos com tanta força que chego a ver estrelas. Cacau boceja perto do meu pescoço. Jamais vou entender como meu cão do inferno pode estar com sono numa hora dessas. Depois de vários minutos, o elevador desacelera até parar, e então...

Pim! A porta se abre, e nós ficamos assombrados.

De uma vez só, centenas de luzes se acendem ao longo de ruas de tijolos, revelando dezenas e dezenas de construções feitas de pedra; é um espaço tão grande e amplo quanto uma cidadezinha. Há casas menores de um andar só, além de arranha-céus com muitos andares. As ruas de tijolos circundam os prédios e levam até o vulcão gigantesco que se avoluma lá no fundo, depois de tudo.

Não foi à toa que Júnior chamou isso de colônia e não de esconderijo.

— O que Roho estava planejando?

— Destruir a LAN e começar seu próprio governo — explica Alex. — Aposto que aqui seria a capital de tudo.

Faz sentido. Por mais estranho que pareça, o vulcão extinto lembra um prédio governamental por causa da maneira que parece supervisionar e guardar a cidade inteira. Na lateral do vulcão, foi esculpida uma escada que dá num conjunto de portas de metal.

Aponto para as portas e chamo JP e Alex.

— Aposto que ali fica o covil de Roho. Devíamos procurar lá primeiro.

— Err... o Júnior falou se a colônia estava vazia ou não? — pergunta JP.

Agora que parei para pensar nisso, ele não disse nada, mas a colônia está muito silenciosa. Acredito que não haja ninguém aqui.

— Olha, parece bem vazia.

— As aparências enganam — pondera Alex. — Vamos ficar perto um do outro.

Antes de sairmos do elevador, toco o chão do lado de fora com a ponta do tênis. Estive muito próxima de cair dentro de um cânion e não vou passar por isso de novo. É chão firme mesmo, nada de ilusão.

Saímos, e um cheiro forte imediatamente me invade as narinas. É o mesmo odor de um cinto novo, de um par de sapatos ou do interior de um carro chique. Couro.

Alex funga.

— Que cheiro estranho.

Concordo. Estou pronta para encontrar essa Msaidizi e sair daqui *agora*.

Seguimos um caminho de tijolos até a colônia. Mais luzes vão se acendendo à medida que avançamos. Alex explica que são luzes de donologia com sensor de movimento. Pelos prédios, acredito que aqui seja uma área comercial. Há um banco, lojas e um restaurante. Alguns dos telhados desmoronaram, outros estão carbonizados, como se tivessem pegado fogo. Este lugar está começando a me lembrar das cidadezinhas por onde eu e meu pai passamos sempre que nos mudávamos; ele dizia que eram locais que tinham começado a crescer, mas depois foram esquecidos.

— Por que será que os seguidores de Roho abandonaram a colônia? — reflito.

— Bom, depois que o vovô Doc derrotou Roho, a LAN capturou a maioria de seus seguidores também. A LAN alterou as memórias ou removeu o Dom deles provisoriamente. Não deve ter sobrado muita gente pra manter isto aqui funcionando.

— Uma cidade embaixo de Jackson — murmura JP. — Como eles conseguiram construir isto sem ninguém perceber?

— Tenho certeza de que não foi tão difícil. Medianos são muito distraídos — opina Alex. — É impressionante como não percebem algumas coisas ou tentam explicar outras de maneiras esdrúxulas. Por exemplo, terremotos. Na maioria das vezes, são causados por Gigantes.

— Sério mesmo? — pergunta JP.

— Sim. Existe uma cidade de Gigantes no deserto da Califórnia. Por que acha que há tantos terremotos por lá? Basta alguns deles começarem uma briga e, pimba, terremoto.

— Caramba. — JP olha para mim. — Acha que foram Gigantes que causaram o terremoto naquele dia do museu?

Tinha esquecido daquilo.

— Não. Gigantes não vivem nessa parte do país, é muito úmida. Eles preferem climas mais quentes e secos.

— Teve um terremoto aqui? — pergunta Alex.

— Teve. Foi quando eu e Nic estávamos no museu com o senhor Blake e o senhor Porter. O mais estranho é que o terremoto só aconteceu na área do museu, em nenhum outro lugar da cidade. Uma Boo Hag tinha encurralado a gente...

— Ei, ei, calma aí — interrompe Alex, levantando a mão. — Uma Boo Hag?

— Sim. Ela tentou atacar a gente e daí começou um terremoto — explico. — Não durou muito. Acho que terminou logo que meu pai e tio Ty conseguiram conter a Boo Hag.

— Hum. Isso é bem estranho.

Um ronco intenso e grave faz o chão tremer. Ficamos paralisados. É irônico que estivéssemos falando de terremotos, porque pareceu a amostra grátis de um deles. Comecei a repensar a história de que "aqui é úmido demais para Gigantes".

— Espero muito, muito mesmo, que não tenha sido um Gigante — digo.

— Gigantes têm um odor muito distinto, e não se parece nada com esse cheiro que estamos sentindo — revela Alex.

— Então o que foi isso? — indaga JP.

— Provavelmente a terra se movendo — sugere Alex, engolindo em seco. — É, deve ser isso.

Espero que sim. Estou com medo de me mexer depois disso, mas viramos numa esquina e entramos na área residencial da colônia. São casas bem peculiares, com triciclos enferrujados nos jardins. Há um parquinho com escorregas e balanços também enferrujados. Num lugar onde quatro ruas se cruzam há um coreto, com cadeiras de balanço e mesas de xadrez.

— Não estou entendendo — admito. — Roho era do mal. Este lugar aqui não tem cara de "colônia do mal para Manifestor cruel e seus seguidores". Parece um bairro do subúrbio. Só estão faltando umas cafeterias.

— E alguém entende o que se passa na cabeça de um mestre do mal? — pergunta Alex.

— Estou tentando. Os caras maus normalmente querem que as pessoas sejam miseráveis. Não tem nada do tipo neste lugar — comento.

JP aponta para a frente.

— O que é aquilo?

Mais à frente na rua de tijolos há um outro parquinho. A grama sintética está polvilhada de purpurina azul. No meio do parque, há várias pedras empilhadas num círculo enorme, como se fosse um ninho de passarinhos feito de pedras.

Vamos até lá dar uma olhada. O odor de couro é mais forte ali, mas também há cheiro de algo morto, bem no ninho de pedras.

Quero e ao mesmo tempo não quero saber o que é. Subo em uma das pedras, empurro o corpo para cima e dou uma olhada lá dentro. Sinto o estômago embrulhar. Olho para Alex e JP.

— Esse negócio está cheio de ossos.

— Não são ossos humanos, né? — pergunta JP. — Hein?

— São muito pequenos. Acho que são de rato.

— Deve ser porque o que quer que os tenha comido não tinha opção — sugere Alex. — Gente, temos que sair daqui.

Desço do ninho, e um pouco da purpurina azul fica na palma da minha mão. Olho de perto. É mais brilhante e menos fina do que purpurina comum, como se fosse feita de joias trituradas.

— O que é isso? — indaga JP.

— Não sei — respondo, embora sinta que deveria saber.

Um rugido estrondoso ecoa por toda a colônia.

JP dá um pulo. Eu quase caio no chão. Alex berra.

— Por favor, diga que isso é o estômago de vocês roncando — implora JP.

Ajeito a postura e sinto a mente girando. Os telhados carbonizados. O cheiro forte de couro. A purpurina. O ninho de pedra.

— Ai, caramba — murmuro. — É um dragão!

— O quê? — grita Alex.

— Os telhados estão queimados porque dragões soltam fogo. O cheiro? Clássico cheiro de dragão. A pele deles é como couro e, quando trocam de pele, soltam uma poeira brilhante. Eles vivem em ninhos de pedra, e acho que temos uma boa ideia do que aconteceu com esses ossos. Tem um dragão aqui!

A criatura ruge novamente, o que lança uma chuva de terra sobre nós.

Corremos até uma das casas abandonadas e nos escondemos lá dentro. O chão estremece, e ouvimos um baque bem alto por toda a colônia.

Ficamos abaixados atrás de um sofá empoeirado.

Os passos da criatura se aproximam, fazendo o chão tremer e espalhando poeira por onde passa. Rezo para Cacau não latir e revelar nosso esconderijo, mas ela está mais interessada em cheirar meu cabelo. Alex começa a choramingar. JP coloca a mão em sua boca para abafar o som.

Talvez eu seja curiosa demais, porque decido colocar a cabeça um pouquinho para fora e espiar de trás do sofá.

Tenho que abafar um grito. Tudo que vejo pela janela são as pernas e as patas azuis e escamosas do dragão. Imagina o tamanho dele! Com uma garra apenas, conseguiria esmagar nós três ao mesmo tempo.

Ele passa por cima e ao redor das casas, como um monstro gigante de antigos filmes de terror. Sempre achei meio bobo como, nesses filmes, as pessoas pareciam assustadas demais até para se mexer. Agora eu entendo. O medo é como uma âncora para as minhas pernas.

O dragão ergue a pata, e sua asa se abre, levantando poeira novamente. O barulho logo fica mais distante.

JP respira rápido e com dificuldade.

— Júnior não falou nada sobre dragões.

— Não estou surpreso — diz Alex. — Precisamos voltar pro elevador e dar o fora daqui.

— Aquelas armadilhas não foram feitas pra voltar! — digo. — Precisamos achar outra saída e, enquanto isso, podemos procurar a Msaidizi.

— Estamos falando de um dragão, Nic! Aposto que ele está guardando a Msaidizi — opina Alex. — Como vamos passar por ele?

Se tem uma criatura que eu conheço bem são os dragões.

— Eles são ferozes, mas é possível enganá-los. — Estou pensando alto. — Ficam confusos com facilidade. Também têm tendência a tontura, desequilíbrio e náusea. Vertigem! Seus ouvidos são sensíveis, e barulhos muito altos causam vertigem.

— Como sabe tanto sobre eles? — pergunta JP.

— Sempre quis ter um dragão de estimação. Junto com um cão do inferno! — acrescento, porque Cacau começou a rosnar para mim. Essa cadela... — Meu pai dizia que eu precisava pesquisar sobre eles antes de pensar nisso.

— Está bem, então vamos fazer bastante barulho pra desestabilizar o dragão — conclui Alex. — Podemos usar o celular do JP e colocar uma música alta enquanto procuramos.

Balanço a cabeça.

— Não. Um de nós distrai o dragão. Os outros dois procuram. — Engulo em seco. — *Eu* distraio, vocês procuram.

— Não! — respondem os dois.

— Não vamos deixar você pra trás, Nic — protesta JP.

— Você pode se machucar! — argumenta Alex.

Não consigo explicar a eles — nem eu mesma entendo, na verdade —, mas sinto que é isso que preciso fazer. É como se o verdadeiro motivo de eu ter estudado tanto sobre dragões fosse para me preparar para este momento.

— Sou eu quem mais sabe sobre dragões, faz sentindo que eu o distraia. Vai ficar tudo bem.

— Não vou deixar você sozinha — diz Alex, e JP assente.

Ah, *agora* eles não querem se separar? Eu podia jurar que foi exatamente o que quiseram fazer lá atrás, naqueles túneis do horror.

— Obrigada pela preocupação, mas não temos tempo pra discutir. O julgamento do meu pai começa em — Olho para o relógio de pulso e logo me arrependo — uma hora, e não sei quanto tempo vamos levar pra chegar a Uhuru. Não podemos perder nem um minuto.

Um rugido ecoa a distância. Quem adivinhar o que é ganha uma bala. Empurro JP e Alex para fora da casa.

— Vão logo!

JP me entrega o celular, e eles correm pela rua de tijolos que leva até o vulcão. Agora somos só eu, Cacau e o dragão.

Ai, caramba, somos só eu, Cacau e o dragão. Olho por cima do ombro para Cacau, e ela está com a cabeça deitada no meu pescoço, tirando uma soneca. Bom, então basicamente somos só eu e o dragão. *Não dá* para confiar nessa cadela.

Saio correndo da casa e viro para o lado oposto deles, na direção da área comercial da colônia. Procuro uma playlist de música eletrônica no celular do JP. Garantia de tortura até para a criatura mais assustadora. Quando encontro uma, coloco o volume no máximo e aperto o play.

Corro pela colônia, sempre atenta, olhando para cima. Nenhum sinal do dragão ainda.

— Vossa Alteza! — chama uma voz.

Tropeço num tijolo, mas consigo me equilibrar antes de dar com a cara no chão.

— Quem está aí?

Nenhuma resposta.

— Quem está aí? — pergunto de novo.

Uma sombra passa por mim, e é rápida demais para que eu possa distinguir sua forma, mas nem preciso.

O dragão.

Corro mais rápido, mas a sombra vem atrás de mim. A força de suas asas levanta nuvens de poeira por toda a colônia. Não consigo mais ver o teto de pedras, apenas a barriga azul e brilhante da criatura. As asas são do tamanho de camas king size, e o pescoço é tão grosso quanto um tronco de árvore. Não consigo me virar o suficiente para ver a cabeça.

Olho de volta para o vulcão. JP e Alex começaram a subir a escadaria. Para sorte deles, o dragão não percebeu.

E quanto a mim? Não estou com tanta sorte assim. A música eletrônica não parece estar confundindo esse bicho nem um pouco — ele segue voando com pura determinação. É bem a minha cara mesmo topar com o único dragão que já foi numa rave.

Entro no restaurante abandonado.

— Vossa Alteza!

Tropeço numa cadeira, mas rapidamente fico de pé. Eu me encosto numa parede e desligo o telefone do JP.

O dragão pousa ali perto, e o chão treme. O prédio sacode a cada um de seus passos. Meus joelhos vacilam um pouco mais à medida que se aproxima.

Mas então é como se ele tivesse parado de andar. O dragão dá uma rosnada, e então ouço o barulho de suas asas batendo e espalhando poeira. Ele sai voando, como se outra coisa tivesse chamado sua atenção.

Alex e JP.

Saio correndo do restaurante e olho para o céu. Não há dragão nenhum, mas vejo JP e Alex no meio do caminho da escada na lateral da montanha. Eles olham para mim completamente aterrorizados.

— Nic, corre! — grita Alex. — Atrás de você!

Fico paralisada.

Eu já vi isso antes, na visão da srta. Lena.

Sinto um bafo quente no meu pescoço e, mesmo hesitante, eu me viro.

Vejo meu reflexo nos olhos alaranjados e enormes com pupilas verticais. Os chifres metálicos do dragão reluzem tanto quanto a pele azul brilhosa. Ele abre a boca, e espero que solte um rugido tão alto que me derrube, mas o dragão diz:

— Vossa Alteza!

Prendo a respiração.

O dragão falou?

— Eu sou a Ajudante — diz. — Sou o Dom em sua mais pura forma.

Eu me esforço para respirar quando o dragão estica a cabeça na minha direção. Entre os olhos, há uma tatuagem de uma árvore com pontos vermelhos brilhantes nos galhos. A Marca do Éden, o símbolo que encontraríamos na Msaidizi.

— Sim, eu sou ela — explica o dragão. — Sou aquela que seu povo chama de Msaidizi. Estava esperando por você, menina.

— E-eu?

— Sim, você, Alexis Nichole Blake. Este momento estava escrito desde antes de você nascer.

Ela abre a boca e solta uma rajada de chamas de todas as cores, que nos envolvem como uma parede. Vultos em tamanho real se formam em meio às chamas: um homem imenso empunhando uma marreta num trilho de trem, uma mulher Gigante segurando um mastro em cima de um barco, um homem empurrando um arado num campo. John Henry, Annie Christmas e Grande John. Há outros vultos que não reconheço, como um guerreiro lutando contra uma criatura usando uma lança, um soldado cobrindo um grupo de crianças com um escudo gigante, uma princesa enfrentando um exército com uma espada.

— Durante séculos, eu ajudei os Notáveis a realizarem grandes feitos — diz a Msaidizi. — É a razão pela qual fui criada. Mas alguns me usaram para ações maiores do que os outros.

Uma nova figura se forma nas chamas: alto, musculoso e careca, o homem está cercado por dezenas de outras pessoas. Veste uma armadura preta e faz um movimento com a mão. Os outros caem, sem vida, a seu redor.

— Roho — digo.

— Nosso tempo juntos foi curto, comparado ao de outras pessoas — conta Msaidizi. — Roho descobriu a quem eu estava destinada a servir em seguida. Por este motivo, me escondeu aqui neste covil. Fiquei, porque era aqui que estávamos destinadas a nos encontrar, mas protegi você o melhor que pude.

O vulto de JP e o meu aparecem no meio das chamas, na cafeteria do museu. A Boo Hag vem andando em nossa direção, e o chão estremece bruscamente.

— Você causou o terremoto — digo.

— Sim, Vossa Alteza. Eu sempre sinto quando está em perigo, embora o fato de estar aqui embaixo limite um pouco a minha habilidade em ajudar.

Ouço cada palavra que ela diz, mas meu cérebro ainda está empacado.

— Mas por que você me ajuda?

Os olhos grandes e alaranjados piscam, com um ar divertido.

— Acho que você sabe por que, Nichole.

As paredes de chamas se dissolvem, e ela abaixa a cabeça, fazendo uma reverência.

— Eu sou a Msaidizi — diz ela. — E sirvo a você.

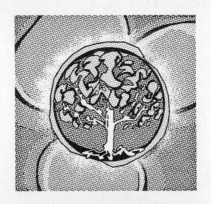

VINTE
VOLTA PARA CASA

Eu me apaixonei por dragões quando tinha 5 anos.

Meu pai e eu morávamos no Harlem naquela época. No nosso quarteirão, havia um parque, uma vendinha e uma pizzaria. Não dá para ser melhor do que isso num bairro de Nova York. Meu pai adorava porque todo mundo no prédio era exilado que nem a gente. A srta. Clayton era Manifestora e morava no apartamento em frente com seus minúsculos cães do inferno. Era uma bibliotecária autoexilada que tinha vários cômodos cheios de livros de história Notável. Ao lado dela ficavam o sr. Sam, Lobisomem, e a srta. Shante, Vampira, e seus três filhos adolescentes, Jordy, Jamal e Jasmine, que bebiam vitamina de sangue e se transformavam em lobos na lua cheia. Meu pai disse que eles eram exilados porque alguns Notáveis não gostavam "dessa mistura de diferentes tipos de Notáveis".

E então havia o sr. Prince, um Manifestor que morava no apartamento ao lado. Ele era autoexilado. Trabalhava disfarçado de faz-tudo e capturava criaturas para proteger os Medianos ali pelo Harlem. Foi assim que meu pai começou a fazer o mesmo serviço. Uma vez, um carniçal tocou o terror no Teatro Apollo no meio de uma apresentação, e o sr. Prince o capturou. Depois, treinou o carniçal para limpar seu apartamento.

Todo mundo no prédio passava o Natal junto, como uma grande família. Em um ano, o sr. Prince mostrou com orgulho seu bebê dragão, Simeon, que tinha capturado numa viagem ao Egito. Simeon tinha apenas algumas semanas de vida, mas já era maior do que os cachorrinhos da srta. Clayton. Ele tentava morder todo mundo, menos eu. Ficava aninhado no meu colo como se ali fosse seu novo lar.

O sr. Prince me deixava brincar com Simeon todo dia. Eu corria com ele para cima e para baixo pelas escadas, e brincávamos de pique-pega nos corredores. Eu roubava frango cru na geladeira para dar a ele. Para os Medianos que nos viam juntos, parecia que eu estava brincando com um gatinho.

Numa noite, eu e meu pai voltamos do parque e havia um pedaço de papel colado na nossa porta. Meu pai arrancou antes que eu pudesse ver direito, mas me lembro de conseguir enxergar as fotos dos nossos rostos. Eu era uma criança pequena, então imaginei que alguém tinha tirado fotos nossas e meu pai não gostasse disso. Agora entendo que eram os cartazes de desaparecida e procurado.

Meu pai e eu corremos para dentro do apartamento, e ele disse que tínhamos que ir embora o mais rápido possível.

Ele não contou a ninguém que íamos embora, a não ser ao sr. Prince e a um homem mais velho que foi ajudar a fazer as malas. Sentei-me no chão da sala com Simeon no colo e chorei até ficar com vontade de vomitar.

Quando chegou a hora de partir, o sr. Prince pegou o dragão das minhas mãos com delicadeza. Eu me lembro de que já era tarde da noite, mas, ao sair do prédio, vi o sr. Prince e meu amigo escamoso sob uma lâmpada na rua, observando enquanto íamos embora. Eu jurei que um dia teria meu próprio dragão.

John Henry queria a marreta mais poderosa do mundo, e foi assim que a Msaidizi se apresentou para ele. Annie Christmas desejou um mastro imponente para seu barco e recebeu dessa forma a Msaidizi. Sempre quis um dragão, então a Msaidizi se transformou em um, só para mim.

Estendo o braço até a bochecha dela, que esfrega o focinho na palma da minha mão. Sua pele é fria e bem mais macia do que eu imaginava.

— Você serve a mim. — Ouço a mim mesma dizendo aquelas palavras, mas não parece real. — Mas...

— Nic, estamos indo! — grita Alex.

Ele e JP correm na minha direção. Alex está com uma corda de luz nas mãos, e JP segura um pedaço de pau que deve ter encontrado no caminho.

Ele balança aquilo diante dela como se fosse um nunchaku. Um ano fazendo artes marciais, e ele já acha que é o Bruce Lee.

— Sai de perto dela, sua besta! — exclama ele.

Alex lança a corda na direção do dragão.

— Nic, corre!

— Gente, gente! Relaxa! Ela não é um dragão qualquer. É a Msaidizi.

Alex abaixa a corda, mas JP continua com o pedaço de pau levantado. Alex o segura.

— Você disse que ela é a Msaidizi? — pergunta Alex.

A Msaidizi chega mais perto deles. JP solta um berro. Alex dá um passo para trás com um gritinho assustado e acaba caindo deitado no chão.

— Fiquem calmos, está tudo bem — tranquilizo. — Ela não vai machucar vocês a menos que eu mande.

Não sei como sei disso, apenas sei. É como se eu automaticamente compreendesse o funcionamento dela.

Alex se apoia nos cotovelos para se levantar.

— Como assim a não ser que você mande?

Não sei muito bem como contar a eles que ela serve a mim. Não sei bem o que pensar nem *como* pensar. Meus pensamentos estão tão emaranhados quanto uma bola de pelos.

— Nic? — pergunta Alex. — O que está havendo... Ah!

— O que foi... Ahh!

Dou um pulo quando as mensagens da Caneta-D aparecem na minha frente.

NICHOLE!
É A MAMÃE!
ONDE VOCÊ ESTÁ?!?!?
RASTREEI SUA LOCALIZAÇÃO, MAS NÃO
ESTOU TE ENCONTRANDO!
VOCÊ ESTÁ DEBAIXO DA TERRA?!?
POR QUE VOCÊ ESTÁ DEBAIXO DA TERRA?!?!

Alex tenta recuperar o fôlego.

— Ela deve estar bem chateada para usar tantos pontos de interrogação e de exclamação juntos. A mamãe é muito atenta à gramática. É melhor a gente subir.

— E como exatamente vamos fazer isso? — pergunta JP.

Olho para a Msaidizi.

— Sabe como sair daqui?

*

A Msaidizi nos leva até outro elevador, do outro lado da colônia. Achei que não caberia, mas ela diminui o próprio tamanho até ficar parecida com um lagarto, e a coloco na mochila junto com Cacau. A cachorra a fareja primeiro, depois dá uma lambida. Na língua dos cachorros, significa aprovação.

A subida do elevador não é nem um pouco similar à descida, e faço uma anotação mental para dar um chute na canela do Júnior. Não devia me surpreender que ele não tenha levado a gente para a entrada mais fácil. Aquele mané.

A porta do elevador se abre num pequeno túnel, com uma escada que sobe pela parede. Subimos e saímos num bueiro dentro do estacionamento do Mississipi Fairgrounds.

Cubro os olhos. Fiquei debaixo da terra por tanto tempo que levo uns segundos para me acostumar à luz do dia.

— Está vendo a Zoe? — pergunto a Alex.

Mas ela nos vê primeiro.

— Nichole! Alex!

Ela e tio Ty vêm correndo pelo estacionamento.

— Mamãe! — diz Alex.

— Meus bebês! — Zoe nos abraça pelo pescoço, depois beija minha testa, depois a de Alex, de um para o outro, um para o outro. — Vocês estão bem?

— Estamos.

Isso não é o suficiente.

Ela nos puxa para mais perto.

— Eu pensei... — Ela fica emocionada. Enfia o rosto no meu cabelo. — Não posso perder você de novo.

Sinto um nó na garganta, embora o resto do corpo esteja totalmente relaxado nos braços dela. Não imaginei que a ver fosse ser um alívio tão grande depois de tudo que passamos.

— Você está bem, querido? — pergunta a JP.

— Estou ótimo! A gente viajou pela Underground Railroad a mais de trezentos quilômetros por hora. Foi um pouco difícil pro meu sistema digestivo a princípio, se é que me entende, mas acabei me acostumando. Ser atacado por um Vampiro, por Peludo Júnior e a filha do Diabo não foi muito legal. E foi assustador ver os demônios colocando as pessoas contra nós e depois ser sequestrado pelos Grão-Bruxos. Mas a minha prisão nem foi tão ruim. No fim das contas, foi mais legal do que a viagem para o acampamento da escola bíblica.

Zoe fica sem reação.

— Foram atacados por quem?

Vai ser interessante contar essa história.

— Estamos bem. Não é isso que importa?

— Não! — Ela segura minhas bochechas e me olha com cuidado. —Estão machucados? Quando foi a última vez que comeram? Ou tomaram banho? Ahh, nem precisa responder essa. O cheiro denuncia.

— Mais importante — diz tio Ty. — Onde estavam agora?

— Na colônia de Roho — respondo. — Encontramos a Msaidizi.

Eu a pego na mochila, e eles pulam de susto. Embora seja um dragãozinho bem pequeno, ainda é fácil enxergar a Marca do Éden na testa da Msaidizi. Conto a eles que Roho mandou alguém roubar a Msaidizi da LAN. Enquanto falo, o lagarto sobe no meu ombro e lambe minha bochecha. Eu rio e ignoro o rosnado da Cacau. Alguém está com ciúmes.

— Ai, meu Deus — diz tio Ty, com um pequeno sorriso nos lábios. — Você a encontrou. Mas por que é um dragão? Eu não preciso de um dragão. Acho que não. Mas quem se importa! Você encontrou! Zoe, sabe o que isso significa? Ela vai servir a mim, e posso usá-la para impedir o verdadeiro...

— Precisamos ir para Uhuru — diz ela, interrompendo.

— Mas, Zoe...

— Falaremos sobre isso depois, Ty. O julgamento de Calvin começou há alguns minutos...

Sinto como se ela tivesse me dado um soco.

— O quê?

— ...e, nem acredito que vou dizer isso, mas o Conselho merece saber a verdade, mesmo se tratando de um sequestrador de bebês bandido, safado...

— Zoe — interrompe tio Ty, e aponta para nós com a cabeça.

É o sinal que os adultos usam para dizer: "Lembre-se de que há crianças no recinto."

— Está bem — diz ela. — Vamos lá.

Todos os pensamentos sobre o Escolhido e a Msaidizi são empurrados para fora da minha cabeça, e vamos correndo até o carro voador da minha mãe. Ela se senta no banco do motorista, e tio Ty vai no do carona. Alex, JP e eu entramos atrás. Coloco a mochila debaixo do banco da frente para que Cacau e a Msaidizi possam descansar em segurança. Os cintos nos envolvem automaticamente, e as telas do painel se acendem.

— Vamos para casa — diz Zoe.

O carro sai do chão. Da janela, observo enquanto subimos cada vez mais alto acima de Jackson; por cima do coliseu, dos arranha-céus, da mansão do governador, das igrejas no centro da cidade, a estrada cheia de trânsito, o subúrbio silencioso. Logo, tudo parece transformado numa versão de brinquedo, uma miniatura de si mesma. Voamos em meio às nuvens com o sol da manhã brilhando ao nosso lado.

As janelas escurecem e depois se acendem, como se fossem telas de TV. O vidro da frente mostra o céu azul e límpido a partir de uma câmera do lado de fora do carro. Nas outras janelas, há vários programas de TV em exibição.

— Mostre o julgamento — comanda Zoe.

As janelas piscam e minha avó, a presidente, aparece em todas elas. Uma janela atrás dela mostra a linha do horizonte de uma cidade com vários carros voando.

— ...E é por isso que nunca se deve desafiar uma Sereia ou Tritão numa competição de natação — diz ela.

— Pedi para a mamãe tentar atrasar o julgamento enquanto eu vinha buscar vocês — explica Zoe. — Ela já está ficando sem histórias se começou a falar da vez que competiu com uma Sereia.

A câmera se volta para o Ancião Aloysius Evergreen, o homem que vimos anteriormente no noticiário. De terno e gravata, meu pai diria que ele está arrumadinho como nas manhãs de domingo. Está de braços cruzados e parece prestes a explodir de raiva.

A câmera se move outra vez e agora mostra várias fileiras cheias de pessoas negras mais velhas com Brilho dourado, todas vestidas com suas melhores roupas dominicais: vestidos coloridos, chapéus decorativos, ternos e gravatas de seda. A cabeça de alguns deles cai de sono de vez em quando, e outros ficam mexendo nas mãos na tentativa de se manterem acordados.

— Os anciãos são realmente anciãos! — observa JP. — Temos uma chance, então. Os mais velhos me adoram.

— Não tenha tanta certeza, garoto — diz tio Ty. — Esta é a única coisa que o Conselho de Anciãos faz: supervisionar julgamentos. E eles levam bastante a sério. São um pessoal bem antiquado e rápidos em punir os outros.

— Continue enrolando, mamãe — implora Zoe. — Estamos quase chegando.

Não sei para que lado vamos. Não sei por quanto tempo ficamos voando. Pareceu levar uma eternidade e, ao mesmo tempo, super--rápido, até que finalmente aterrissamos numa floresta.

Não há nada além de árvores por quilômetros e mais quilômetros. Nenhuma cidade à vista. Para falar a verdade, é meio decepcionante, mas lembro do que meu pai contou uma vez: o Dom mantém Uhuru oculta.

O carro desvia das árvores e desliza sobre um riacho. Tio Ty respira fundo. Ele passa as mãos nas pernas. Respira fundo de novo. Afrouxa de leve o cinto de segurança.

— Ei. — Zoe toca o ombro dele. — Tudo bem em estar de volta?

— Sim. — Ele assente, um pouco mais confiante. — É. Estou bem. Muitas lembranças, embora talvez isso não seja muito bom. — Ele dá um sorriso fraco para mim pelo retrovisor. — Mas dessa vez vale a pena voltar.

Tento retribuir o sorriso, mas não consigo. A verdade vai deixá--lo devastado. Por que a Msaidizi tem que servir a mim, e não a ele?

Uma série de batidas ritmadas faz o chão tremer sob meus pés. O tremor sobe pelas pernas e passa pelo peito até chegar aos ouvidos. Consigo sentir tanto quanto ouvir. Tambores. Eles me lembram de danças tribais ao redor de uma fogueira, de cantos em uma língua que não conheço; são coisas que nunca vi com meus próprios olhos e, no entanto, só de pensar nelas já me sinto em casa.

— De onde está vindo esse som de tambor? — pergunto.

— Que som? — indaga Alex.

— Apenas a Nic consegue ouvir — diz nossa mãe, com um sorriso. — São os ancestrais lhe dando as boas-vindas, meu amor.

A luz do sol reflete em algo logo à frente: colunas altas de ônix com um portão dourado entre elas. O metal do portão é todo trabalhado em desenhos magníficos e, no topo, fica a Marca do Éden. Só que não tem cerca, apenas um portão.

Dois Guardiões protegem a entrada. Seus rostos estão cobertos por máscaras africanas douradas em formato de leão. O mais alto deles tem dreads bem longos, e o mais baixo usa tranças nagô coloridas.

O de dreads levanta a mão e nos instrui a parar.

— A gente devia se esconder? — pergunta JP. — Afinal, nós *somos* fugitivos. Ou você pode nos dar uma poção de invisibilidade igual à que Chloe tomou depois daquele episódio meio vergonhoso com o carniçal no baile da escola. Aquilo aconteceu mesmo, senhorita DuForte?

Zoe olha de rabo de olho para tio Ty.

— Vamos ter uma conversinha sobre esses seus livros.

— Valeu, JP — murmura ele e observa o Guardião se aproximando. — A gente *devia* esconder as crianças, Z?

— Não, vamos falar a verdade. Mentir não vai ajudar em nada.

Um Guardião vem até o lado do motorista. A janela de Zoe se abre automaticamente.

— Boa tarde, senhorita DuForte.

— Oi, Dante. Colocaram você na guarda do portão?

— Sim, senhora. Fui promovido semana passada. Acho que eles se enganaram, é única explicação para deixarem eu e Marlon juntos nos divertindo por aqui. — Ele aponta para o outro Guardião, o das tranças coloridas, que está mirando um arco e flecha holográfico na tentativa de acertar um pássaro também holográfico.

— Tenho certeza de que estão fazendo um ótimo trabalho — diz Zoe. — Pode nos deixar entrar?

— Claro, é só ver quem está aí com... Uoou! — o guarda exclama, com o punho fechado encostado na boca, e aponta para tio Ty. — Esse é o Não Tão Escolhido! Tyran alguma coisa!

Tio Ty suspira.

— Imaginei que isso aconteceria.

— O nome dele é Tyran Porter, e é meu amigo — defende Zoe. — Eu preferiria que não o chamasse de "não tão" qualquer coisa.

— Foi mal, foi mal. Prazer em conhecê-lo, senhor Porter. Quem mais está aí? — Dante estica o pescoço para olhar dentro do carro. — Não é possível — diz ele, e tira a máscara do rosto. Parece jovem demais para ser um Guardião. O rosto com a pele marrom e cheia de espinhas está mais para a de um aluno do ensino médio.

— Bem-vinda de volta, senhorita Blake.

Levo um momento para entender que ele está falando comigo. Ninguém nunca me chamou de senhorita antes.

— Obrigada.

— E, só para constar, não acredito nas coisas que estão falando no noticiário — diz ele. — Eu disse a Marlon que era tudo muito suspeito. Mas, puxa, vocês vão ter muita coisa para explicar aos Anci... Ei! — Ele dá um pulo e olha para JP. — Senhorita DuForte, aquele garoto ali não tem Brilho!

Ops. Esqueci que Medianos não são permitidos nas cidades Notáveis. Será que vão prender a gente por tentar entrar com JP?

Zoe não parece preocupada.

— Sei que não. Apenas nos deixe entrar.

— Isso é contra a...

— Vou falar com a minha mãe e garantir que você e Marlon não sejam punidos por isso. Na verdade, de repente até consigo um aumento para vocês.

Dante coça a barba rala com a mão.

— Será que consegue uma promoção aí junto com esse aumento?

E é assim que conseguimos entrar em Uhuru com JP.

Cruzamos o portão e entramos numa floresta com mais árvores. Os tambores batem mais forte. A fila de árvores termina num lugar que parece um despenhadeiro, mas a velocidade do carro aumenta e é exatamente para lá que estamos indo. Seguro o cinto de segurança e me preparo.

Passamos pela borda do despenhadeiro e viramos para cima. A única coisa que vejo é o céu azul até voltarmos para a posição normal. O rio lá embaixo desemboca num lago enorme. O que vejo em seguida tira meu fôlego.

— Bem-vinda ao lar — diz Alex.

No meio do lago há uma enorme cidade circular, com uma série de raios de luz se movendo sobre ela. Pequenos rios cortam a cidade como se fossem fatias de bolo, separando as quatro áreas distintas uma da outra. Uma é cheia de campos com flores coloridas, e, à esquerda, fica uma área de montanhas cobertas de grama: os distritos florestal e rural. O distrito tecnológico é ainda mais futurista do que eu imaginava, com arranha-céus envidraçados e prédios que flutuam em pleno ar. O distrito comercial fica à direita. Daqui, consigo ver os outdoors flutuantes anunciando produtos.

Os quatro distritos se unem numa ilha bem no centro: o distrito governamental. É uma mistura perfeita de prédios e área verde. Um domo de vidro fica bem no meio do lugar; é a sede da LAN, que vi no noticiário. E é exatamente para lá que estamos indo.

VINTE E UM
A PROFECIA DO MANIFESTOR

O trânsito uhuruano é diferente de qualquer coisa que eu já tenha visto na vida, e olha que já morei em Atlanta. Estou acostumada com trânsito.

Os raios de luz que vi se movendo acima da cidade na verdade são a estrada aérea. Centenas de carros voadores trafegam no meio de luzes neon em formato de túnel. Alguns dos túneis se sobrepõem, então, num dado momento, há carros acima, do lado e abaixo de nós. Placas holográficas piscam para avisar que os motoristas estão indo rápido demais ou que uma saída se aproxima.

JP cola o rosto na janela.

— Por que os carros não podem voar por onde quiserem? Por que precisam usar esses negocinhos de túnel?

— Porque senão o céu ficaria um caos — explica Zoe. — Gente voando em todas as direções, batendo uns nos outros. As luzes também são equipadas com um feitiço que impede os carros de caírem caso aconteça alguma falha técnica. Assim é mais seguro para os voadores.

— Quem? — pergunto.

— Olhe um pouquinho mais para baixo — diz ela.

Colo o rosto na janela, como JP. Estamos passando por cima de um distrito cheio de lojas, barracas e outdoors flutuantes: o distrito comercial. Logo acima dos prédios, mas ainda abaixo da estrada aérea, há pessoas voando. Pessoas voando.

— Eu já vi muita coisa nessa vida — comenta JP —, mas essa é a mais legal de todas.

Estou com ele nessa.

O carro vira num outro túnel de luz que nos coloca acima do distrito governamental. O lugar me lembra Washington, com seus edifícios de pedra, monumentos e árvores perfeitamente podadas.

Paramos num estacionamento ao lado da sede da LAN e corremos para dentro do domo de vidro. É impossível não olhar para o alto. Há centenas de andares circulares acima de nós e elevadores se movendo em estruturas redondas. Manifestores andam e voam por todo o hall de entrada, junto com Lobisomens, Vampiros, Azizas e outros Notáveis cujas auras não reconheço. Todo mundo tem Brilho. JP destoa bastante.

— Ei! É um Mediano! — grita um Vampiro.

Zoe segura JP pela mão.

— Venha, querido.

Tio Ty vai na frente até um par de portas de ferro bem altas. Acima delas, há uma placa eletrônica em que se lê "Sala do Conselho — Audiência em andamento".

Um Lobisomem peludo com uniforme de segurança impede a nossa entrada.

— Ei! Senhorita DuForte, você sabe muito bem que não pode sair entrando aqui. Tem uma audiência em andamento.

— Acho que temos um bom motivo para interromper, Roy — diz ela. — Estamos com a Msaidizi.

Os olhos dele quase saltam do rosto.

— Estão?

— Sim. Podemos entrar agora? — pergunta minha mãe.

Roy abre as portas da sala do Conselho.

De imediato todos os olhos se voltam para nós, e há muitos deles — dezenas! O pessoal mais velho com trajes de domingo está sentado nas fileiras que circundam a sala, como arquibancadas num coliseu. Nós estamos na área em que seria a arena. Atrás deles, há janelas enormes por onde dá para ver o horizonte dos outros quatro distritos.

— Mas que diabos é isso? — dispara o Ancião Evergreen. — Estamos no meio de uma audiência!

Esqueço completamente do julgamento e dos anciãos. Parada ali a poucos metros de mim, usando calça e camiseta preta, está a pessoa por quem fiz isso tudo.

— Pai!

Ele se vira. Está com os olhos escuros e inchados, como se não tivesse dormido muito, mas seu rosto se ilumina.

— Alex! Nichole!

Corro até ele, que me dá um abraço apertado. De todas as cidades em que nós moramos, nenhuma foi meu lar tanto quanto o abraço do meu pai.

Ele segura meu rosto com ambas as mãos, e nelas há um par de luvas prateadas que parecem ter sido feitas com aço.

— Você está bem? — pergunta ele. — Onde vocês estavam?

Começo a chorar que nem uma criancinha.

— Nós encontramos, pai. Encontramos a Msaidizi.

— Nichole? — chama alguém, com cuidado.

A presidente, minha avó, se levanta de um assento mais luxuoso do que os demais. Ao descer as escadas, ela me olha como se estivesse com medo de eu desaparecer.

— Vó?

O sorriso ilumina seu rosto.

— Sim, minha querida. Bem-vinda de volta.

Ela me abraça forte e, de alguma forma, aquele abraço também me passa a sensação de lar. Ela se empertiga antes de se voltar aos anciãos:

— Caros membros do Conselho, peço desculpas pela interrupção. Como podem ver, é por um motivo fantástico. Depois de dez longos anos, minha neta, Nichole, finalmente voltou para casa.

— Sua neta, a delinquente em formação! — grita Evergreen. — Agora temos que colocá-la em julgamento também pela confusão que causou.

— Ancião Evergreen, tenho certeza de que meus netos podem explicar. — Ela vê JP. — Zoe, por que há um Mediano aqui?

Há uma profusão de cochichos ao redor das arquibancadas.

— Ele não tem Brilho! — diz um dos anciãos.

— Quem o deixou entrar? — protesta outro.

JP dá alguns passos para trás, mas seguro a mão dele. Alex também se aproxima e fica ao seu lado. Não ligamos que todos estejam irritados, nós o queremos ali.

Ancião Evergreen dá um soco na mesa.

— É um desaforo! Que audácia! Um Mediano na nossa cidade? Na nossa sede?

— Acalme-se, Aloysius — diz um cara mais velho, que não é ancião, sentado na arquibancada.

Sua pele escura tem algumas rugas, e ele está vestido de um jeito bem informal: jeans, camiseta e boné de beisebol.

— Esse é o vovô Doc — sussurra Alex. — O pai do nosso pai.

Esse é o poderoso Manifestor que derrotou Roho? Estava esperando alguém mais majestoso. Sabe, uma barba grande, cabelos ao vento, óculos, um roupão comprido. Um velho sábio como se vê nos filmes e livros. Ele olha de Alex para mim e faz um breve aceno em nossa direção. Alex acena de volta. Fico pensando por que ele não veio me abraçar, como a vovó. Talvez não seja o estilo dele.

— Esta não é a primeira vez que um Mediano entra neste prédio — diz ele. — Não precisa desse alvoroço todo.

— Esse garoto estar aqui é uma violação da segurança — argumenta Evergreen. — Ele não devia nem saber que Uhuru existe!

— Mas ele é Clarividente — retruca meu pai.

Há um murmúrio baixo nas arquibancadas.

Ancião Evergreen dá uma risada de deboche.

— Isso não é desculpa. Há leis para... Mas o que é isso agora?

As portas de ferro se abrem, e o guarda grita tentando impedir alguém, mas a mulher entra mesmo assim.

A general Sharpe vem olhando diretamente para mim, os dentes batendo.

— V-v-você!

— Althea, que bom ver você — cumprimenta Zoe.

— N-n-não! Aquela p-p-pirralha congelou a mim e meus agentes com uma bolsa de j-j-j-uju! L-l-levamos horas para descongelar!

— Eita, essa durava pouco então — digo.

Minha mãe e a vovó me lançam olhares fulminantes. Meu pai deixa escapar uma risada. Vovô Doc tosse para disfarçar uma gargalhada.

A general Sharpe aponta o dedo trêmulo para mim:

— Sua fede...

Vovó coloca as mãos em meus ombros.

— Vamos adiar o julgamento até que saibamos a história completa.

— A-ha! — Evergreen finge dar risada. — Eu já sei a história completa. — Ele aperta um botão na lapela, e uma lista holográfica aparece na sua frente. — Eles fugiram com a Msaidizi...

— Não estávamos com ela! — rebato. — Os abutres editaram o vídeo para fazer parecer isso.

— Provocaram um incêndio em Nova Orleans...

— Foi o Diabo que tacou fogo na casa da filha, não nós.

— Usaram uma varinha ilegalmente contra Medianos...

— Eu estava tentando nos defender!

— Usaram a Underground Railroad sem permissão...

— Não sabíamos que precisava de permissão!

— Atacaram Guardiões...

— Atacar? Eu só abri uma bolsa!

— E se atrapalhar um julgamento fosse ilegal, eu acrescentaria isso à lista — conclui o Ancião Evergreen. — A história completa é que eles são culpados!

Não gosto nem um pouco dele.

Os lábios apertados da vovó indicam que ela concorda comigo.

— Um ótimo jeito de começar é com uma explicação, Ancião. A justiça é um dos nossos princípios, não é?

— Sim — resmunga Evergreen. — É, sim.

— Então vou permitir que meus netos e seu amigo se expliquem. A palavra é de vocês, crianças.

Ha! Toma essa, Evergrosso.

Os anciãos nos observam com um misto de fascínio e reprovação. Intimidante? Sim. Mas dou um passo à frente.

— Nós não estávamos fugindo com a Msaidizi. Estávamos procurando por ela.

— Jura que essa vai ser a sua versão? — pergunta a general Sharpe. — Por favor! Você está obviamente encobrindo seu pai.

— Não está, não! — defende Alex. — Eu também achava que ele tinha roubado, mas foi outra pessoa. Descobrimos que ela tinha sido vista em Nova Orleans.

— É verdade — continuo. — Então fomos até lá. Um Vampiro nos encurralou no subterrâneo, mas a filha do Diabo apareceu e...

Conto tudo a eles, e Alex e JP vão acrescentando os detalhes que esqueço. Não falo o nome de Júnior: digo apenas que "uma fonte anônima" nos contou que Roho mandou alguém roubar a Msaidizi. Um murmúrio explode quando digo aos anciãos que a encontramos.

Evergreen chega para a frente na cadeira.

— Vocês estão com ela?

— Vocês *encontraram*? — acrescenta a general Sharpe.

— Encontramos — respondo. — E ela mesma pode contar a vocês que meu pai não a roubou.

Tiro a mochila e a coloco no chão. Cacau está toda encolhida lá no fundo, dormindo. A Msaidizi em forma de lagarto escala a lateral da mochila e sobe na minha mão.

— Por favor, conte a eles como você desapareceu — sussurro.

Os anciãos esticam o pescoço e cerram os olhos para tentar enxergar o pequeno lagarto no meu braço, mas não precisam fazer isso por muito tempo: Msaidizi logo volta ao seu tamanho normal e parrudo. Eles se encolhem.

— Meu deus do céu! — diz Evergreen. — É um dragão!

— Eu sou aquela que vocês chamam de Msaidizi — começa, com uma voz retumbante que faz a sala tremer. — Fui roubada por um Manifestor que era discípulo de Roho. Foi ele quem mandou o Manifestor me esconder em sua colônia.

Os olhos da general Sharpe estão tão arregalados que poderiam saltar do rosto. Espero que seja por ter percebido que esteve atrás da pessoa errada esse tempo todo.

— Então está dizendo que não foi Calvin Blake que roubou você? — indaga o Ancião Evergreen.

— Não. Ele não teve nada a ver com meu desaparecimento.

— Entendo — diz Evergreen com uma expressão contrariada. Tenho a sensação de que ele estava ansioso para punir meu pai. — Diga o nome do Manifestor que roubou você.

— Não sei o nome nem vi o rosto da pessoa que me roubou. Só conheço suas ações.

Ancião Evergreen continua trincando o maxilar.

— Muito bem. Então nos diga o nome da próxima pessoa a quem está destinada a servir.

Hã? E por que ele quer saber isso?

— Só posso revelar o que a pessoa me permitir — responde a Msaidizi.

Zoe se aproxima e segura minha mão. Com força.

— Bolachinha, temos que ir embora — sussurra ela.

— Por quê?

— Diga o nome da pessoa, Msaidizi — insiste Evergreen.

— Não posso revelar a menos que...

Evergreen dá um soco na mesa.

— Diga o nome do Manowari!

— De quem? — pergunto.

— Você quis dizer do Escolhido, não é? — argumenta tio Ty. — A lenda diz que é a quem ela servirá em seguida.

— Não! Nós espalhamos esse boato porque as pessoas entrariam em pânico se soubessem a verdade — explica Evergreen. — Segundo a profecia, ela servirá ao Manowari agora! O verdadeiro!

271

— Mas... mas... Eu pensei que Roho era o Manowari — diz Alex.

— Pensou errado — corta Evergreen. — O verdadeiro ainda vai surgir. E, por algum motivo, a Msaidizi vai servir a essa pessoa em seguida. Diga quem é, Msaidizi!

Meu corpo gela.

— Chega, Ancião Evergreen — diz a vovó, levemente trêmula. — As crianças não têm que ouvir essas coisas.

Não consigo respirar. Não consigo me mexer.

O Manowari.

A profecia diz que a Msaidizi vai servir ao Manowari.

Mas a Msaidizi serve a...

Ela serve a...

O tempo parece ter parado para mim, embora continue passando para todos ao redor.

Alguém sugere fazer um recesso para debater a questão do meu pai e do sequestro. Vovô Doc diz alguma coisa sobre falar ele mesmo com a Msaidizi enquanto os anciãos deliberam. Ela se encolhe novamente para o tamanho de lagarto e deixa que ele a pegue no colo. O Ancião Evergreen nos agradece por tê-la recuperado, embora ainda pareça estar bravo. Então as cadeiras dos anciãos giram e vão deslizando para outra sala. A general Sharpe vai embora. Meus avós ficam, e então somos só eu, minha família, tio Ty e JP.

Alguém toca meu braço. Dou um pulo de susto.

— Bolachinha — diz Zoe, com a voz intensa. — Vai ficar tudo bem.

Pisco algumas vezes. É tudo que consigo fazer.

— Mas... mas a Msaidizi. Ela serve a mim.

— Eu sei, meu amor.

— O quê? — Olho para meu pai, e seus olhos marejados me deixam em frangalhos. — Você sabia?

Ele se ajoelha na minha frente.

— Ei, ei, ei. Olhe para mim. Vai ficar tudo bem.

Balanço a cabeça de um lado para o outro.

— Não, não, não, não, não. Pai. Eu não posso. Isso... Eu não posso ser...

— Isso não define você, Nic Nac...

— Você é nossa garotinha linda e maravilhosa...

— Não importa o que a profecia diga...

— PAREM! — Grito tão alto que minha garganta dói. — Eu não sou o Manowari! — Olho, desesperada, para Alex. — Não é verdade. Não pode ser.

Mas meu irmão dá um passo para trás e me encara, horrorizado.

— Alex — chamo, com a voz rouca.

Viro para JP, mas ele não abre aquele sorriso com o qual estou acostumada e nem me diz que vai ficar tudo bem. Só fica lá em pé, parado, sem reação.

— Gente, sou eu! A mesma Nic! Não tem nada de diferente! — Corro na direção dos meus pais. — Digam a eles que nada disso é verdade!

Vovó chega mais perto e coloca a mão no ombro da minha mãe.

— Zoe. Está na hora de ela saber a verdade.

Meu pai fecha os olhos, com pesar, e abaixa a cabeça. Zoe leva a mão à boca, como se fosse a única coisa que pudesse impedi-la de chorar. Eles começam a falar, mas só absorvo alguns trechos:

— Um profeta veio nos procurar quando você era bebê...

— ...disse que você era o Manowari e ia destruir...

— ...não sabíamos o que fazer...

— ...eu queria manter segredo. Achei que a LAN fosse matar...

— ...eu queria contar para minha mãe. Ela tinha acabado de se tornar presidente...

— ...mas eu não confiava nela nem em ninguém. Então peguei você...

— ...mas, meu amor, escute. Isso não muda na...

— Isso muda tudo! — grito.

Cubro a boca para não vomitar.

Eu sou o Manowari.

Eu vou destruir o mundo Notável.

Quero sair da minha pele, não ser mais eu, ou então voltar para o tempo em que nada disso estava acontecendo. Bastaria voltar para cinco minutos antes de os meus pais estarem com essa cara de que o mundo acabou.

— Foi por isso que não me ensinou a usar o Dom? — pergunto ao meu pai. — Estava com medo do que eu faria?

— Não tenho medo de você, Nic Nac, mas não queria arris...

Ele para, mas é tarde demais. É como se tivesse enfiado uma faca no meu peito.

Minha cara está inchada de tanto chorar.

— Eu sou um monstro. E você me sequestrou para me proteger de... — Olho para Zoe, mas não consigo vê-la por causa das lágrimas. — De você. Você queria me entregar para a LAN?

— Não! Não, não, não, meu amor. Eu nunca deixaria *ninguém* machucar você. Eu só queria contar para a minha mãe.

Do nada, tio Ty pergunta:

— Por que nenhum de vocês me contou?

Eu e meus pais olhamos para ele. A frieza em sua voz faz os pelos do meu braço se arrepiarem.

— Ty, não foi nada pessoal — responde minha mãe. — Estávamos com medo.

— Com tanto medo até para contar ao seu melhor amigo? Quem estou querendo enganar? Eu sempre fui mesmo o excluído do trio.

— Ty, espera aí, não foi assim — argumenta meu pai.

Tio Ty ergue a cabeça e caminha pela sala.

— "Você foi escolhido para derrotar uma força maligna que causará destruição." Foi isso que o profeta me disse. "Um dia, você vai derrotar uma força do mal." Evidentemente não derrotei Roho. Ele não era o verdadeiro Manowari. — Tio Ty para de andar. Ele olha para mim. — O verdadeiro ainda estava por vir.

Meus pais se colocam na minha frente, e isso me deixa apavorada.

— Ty, relaxa, está bem? — pede meu pai.

Tio Ty anda devagar em nossa direção. Meus pais recuam, o que me obriga a fazer o mesmo.

— Por anos, minha vida inteira girou em torno dessas palavras — diz ele. — Fui chamado de fracassado porque as pessoas pensavam que eu não tinha atendido às expectativas. Elas se enganaram.

— Ty, pare com isso. Por favor — implora minha mãe. — Ela é uma criança.

— Ela é o Manowari!

— Ela é sua afilhada! — retruca meu pai. — Nós somos uma família.

— E ainda assim, nenhum de vocês me contou a verdade sobre ela. Gostam que eu seja conhecido como um fracassado, não é?

— Não!

— Pare de mentir para si mesma, Zoe! Quando éramos adolescentes, você principalmente odiava que eu fosse o Escolhido. Toda a atenção que eu recebia. E você, mesmo sendo tão brilhante, só ficava conhecida como minha melhor amiga. Ninguém se importava com suas conquistas e, se eu cumprisse a profecia e ficasse famoso, você estaria para sempre à minha sombra — continua. — E você. Calvin Blake. Teve inveja de mim desde que fui trazido para Uhuru. De repente você deixou de ser conhecido como o filho do doutor Blake para ser o amigo de Tyran Porter. Nunca foi considerado ótimo ou bom em nada… até que eu virei o fracassado. Aí você de repente pareceu melhor em comparação!

— Tyran! — grita vovô Doc, e coloca a Msaidizi no bolso. Sua voz é calma, embora com um leve tom de ameaça, como o trovão de uma tempestade que ainda não caiu. — Não é assim que deve agir.

Tio Ty faz uma careta.

— Não ouse dizer qualquer coisa a mim depois do que fez! Você me treinou durante anos e acompanhou todas as vezes que fui alvo de Roho. Então, no momento em que eu deveria provar ao mundo quem eu era, o grande doutor Blake aparece para me resgatar, roubando meu momento e meu destino!

— Eu estava tentando salvar você. Você estava apavorado.

— Não, você só queria os holofotes! É tão bom, não é, doutor? Receber toda a glória por derrotar Roho sem ter passado pelo trauma de ser o alvo daquele fanático durante anos e anos. Enquanto isso, o que eu ganhei? Um novo nome... o *Não Tão* Escolhido. Eu sou uma piada para essa gente!

— Ty, a forma como você foi tratado por todos é horrível, está bem? — negocia meu pai. — Concordo totalmente com você nessa, mas, cara, você não está pensando direito. Nichole é só uma criança.

Tio Ty balança a cabeça.

— Não, Calvin. Não. Tudo faz completo sentido agora. Eu nunca estive destinado a derrotar Roho. — Ele olha para mim. — Estava destinado a derrotar a Nichole.

Meu cérebro não processa muito bem o que ele acabou de dizer até ver o raio de luz zunindo na minha direção.

Zoe me desvia da trajetória do raio, e ouço um estrondo quando o juju bate na parede. Minha mãe lança um raio de luz branca na direção do tio Ty, mas ele consegue desviar também.

— Zoe, eu não quero brigar com você! — avisa ele.

— Vai ter que brigar com todos nós também — declara minha avó, que se posiciona ao lado do vovô Doc, formando uma barreira entre Tyran Porter e eu.

Alex e JP dão um passo à frente também.

Uma sombra cobre o rosto de Tyran.

— Então, que assim seja.

Ele pega uma rocha preta no bolso e joga no ar.

A sala do Conselho vira um breu.

VINTE E DOIS
O LAMENTÁVEL ESCOLHIDO

Os raios dos jujus passam zunindo de um lado para o outro, e ouvem-se muitos gritos. Um alarme dispara, e ouço os passos de dezenas de pessoas entrando na sala do Conselho.

— Mãe! Pai! — grito. — Alex! JP!

— Nichole! — diz minha mãe, do meu lado esquerdo. Não, do direito. — Fique atrás de mim!

— Onde você está?

— Nic Nac! — chama meu pai à direita.

Acho.

— Cadê todo mundo? — grita Alex... de debaixo de mim?

Isso não pode estar certo.

— Eu estou bem aqui — responde JP, atrás de mim, mas, quando ele solta um grito, parece vir de cima.

— Precisamos tirar a Nichole daqui! — exclama vovô Doc, a voz ecoando como se estivesse muito longe.

Há poucos segundos ele estava do meu lado. Aquela rocha fez algo mais do que lançar a sala na escuridão: ela dificultou saber onde qualquer pessoa ou coisa está.

Um juju vem em minha direção no meio do breu. Consigo desviar por pouco.

— Alguém me ajuda!

Alguma coisa segura o capuz do meu casaco. Sou erguida do chão e transportada pelos ares, bem acima de todo o caos...

Pouso nas costas escamosas de alguém.

— Segure firme! — diz a Msaidizi.

Ela tem espinhos ao longo das costas, como se fosse uma juba, e me agarro a um deles.

Msaidizi se empina, solta um rugido estrondoso e decola na direção da luz do sol que entra pelo teto de vidro. Fecho os olhos e aguardo o impacto.

Mas ele não acontece. Em um segundo estamos na sala do Conselho e no próximo já voamos sobre o distrito governamental. A Msaidizi fez o teto de vidro desaparecer.

As pessoas correm e gritam pelas ruas. Os que voam por conta própria pousam apressadamente para dar no pé rapidinho enquanto damos rasantes em meio aos edifícios de pedra.

Uma bola de fogo passa rente a minha cabeça. Tyran está na nossa cola. Outra vem por cima de mim. Consigo desviar segundos antes da explosão de ar quente. A bola de fogo não me atinge por poucos centímetros, mas acaba acertando uma estátua num parque, que explode em mil pedacinhos de pedra. As crianças no parquinho choram.

Tyran é um perigo não apenas para mim.

— Tira a gente da cidade — digo para a Msaidizi.

Ela sobe até as nuvens, e meus olhos lacrimejam com o vento. Tyran nos alcança. Pedaços de gelo afiados passam bem ao lado da minha orelha. Eles atingem a cabeça da Msaidizi, mas ela nem reage e continua voando acima da estrada aérea.

Estamos acima do lago e numa altura suficiente para ver toda a extensão de Uhuru. Vejo flashes de raios dourados e brancos vindos de cada um dos distritos. Os Guardiões.

A nossa frente, vemos a floresta, e o portão ônix e dourado que dá acesso a Uhuru reluz em meio às arvores. Precisamos nos afastar da cidade. Além disso, Tyran vai se cansar de voar em algum momento e, quanto mais longe formos...

Faíscas vermelhas e alaranjadas explodem na minha frente e sinto dor nas mãos. A bola de fogo atingiu as costas da Msaidizi. Ela ruge de dor, e foi tão perto que senti o impacto. Mexo as mãos e um pouco tarde demais percebo que soltei o espinho.

— Vossa Alteza! — grita a Msaidizi.

Grito e deslizo pelas costas dela. Tento agarrar outro espinho, as escamas, qualquer coisa, mas estou escorregando rápido demais para conseguir me segurar. Caio de sua cauda e começo a ver o lago se aproximar cada vez mais; Uhuru é um borrão ao longe, e a Msaidizi desaparece nas nuvens.

Me ajuda, penso. *Por favor.*

— *Kum yali, kum buba tambe!* — Eu a ouço dizer. — *Kum yali, kum buba tambe!*

De alguma forma sei que aquelas são as palavras ancestrais que o velho Toby disse a Sarah, minha antepassada. Sinto a felicidade dela conforme a fazenda encolhia a seus pés, conforme o ar circulava debaixo dela; sinto a esperança de ver um céu azul brilhante que levava à liberdade. Estico os braços para a frente e deixo a brisa que carregou minha antepassada me carregar também.

Estou voando. Estou voando, caramba! E a sensação é... Incrível não é uma palavra boa o suficiente para descrever. É estonteante. É felicidade. É liberdade. Uma onda de calor percorre meu corpo, dos pés às pontas dos dedos das mãos. De repente sinto como se fosse o próprio poder.

Flutuo por cima do lago e ouço o assobio suave do vento, mas então uma força invisível me golpeia. Perco o controle e despenco sem jeito, em meio a cambalhotas, por cima do lago, até chegar à floresta.

Caio de cara numa clareira. Levanto cuspindo terra e grama.

A Msaidizi aparece e pousa perto de mim, mas tem algo errado com ela. Suas pernas estão bambas, e ela cai deitada de lado, rugindo tão alto que a terra treme.

Corro até ela e sinto um nó no estômago. Suas costas estão muito feridas por causa da bola de fogo. Um líquido prateado escorre de seu corpo. Sangue de dragão.

Minha cabeça começa a girar. Como faço para estancar o sangramento? E se eu não conseguir? E se ela tiver uma hemorragia ou uma infecção? E se ela morrer?

— Vou ficar bem, Vossa Alteza — diz ela, como se tivesse ouvido meus pensamentos. — Devo conseguir me regenerar em alguns minutos.

Mas acho que não temos alguns minutos.

As árvores tremem, e a escuridão nos cerca. Pedaços pontiagudos de gelo emergem do chão. Grito e tento escapar, mas eles seguram a mim e à Msaidizi como se fossem dedos longos e gelados que nos mantêm presas.

Olho para o céu à procura dos Guardiões.

— Socorro! Por favor, alguém nos ajude!

— Eles não vão encontrar você — diz a voz de Tyran, que vem de todos os lugares a meu redor. — Meu feitiço de ocultação nos esconde. Qualquer um que passar lá em cima vai ver apenas a floresta.

Tento lutar contra os pedaços de gelo, mas eles me apertam ainda mais forte.

— Tio Ty, por favor! Me solte! Preciso buscar ajuda para meu dragão.

— E por que eu faria isso? — pergunta ele. — Ainda não contei minha história a você.

As árvores tremem, e um garotinho magro aparece na mata. Não é muito mais velho do que eu, tem tranças twist no cabelo e um Brilho dourado de Manifestor que emana da pele marrom. Pisa no chão com os tênis surrados, e a camisa puída está encharcada de suor.

Ele passa por mim, mas não me vê. Está muito focado no que está atrás dele.

Zzzzip! Um raio de luz passa pela minha orelha e o atinge, fazendo um estrépito. Ele cai.

— Não! — grito.

A sombra de um homem se forma nas árvores. Alto. Musculoso. Está escondido pela escuridão, mas consigo distinguir seus olhos — são cinzentos como fumaça, parecidos com os de um gato. Os mesmos olhos que Júnior imitou ao se transformar em Roho.

— Já ouviu falar de ilusões de memória? — pergunta Tyran. — Você mergulha fundo na sua mente e escolhe uma experiência do passado. Essa cena talvez seja familiar para você. No primeiro livro de Stevie, Einan o atraiu para o Reino das Sombras. Aquilo foi baseado em algo real que Roho fez comigo.

A versão mais nova de Tyran geme de dor e consegue ficar de joelhos com dificuldade. Ele tenta se arrastar para longe, mas Roho o atinge novamente. Ele grita de dor e cai com o rosto no chão.

— Pare! — grito.

— É horrível, não é? — diz o Tyran adulto. — Roho ainda nem tinha a Msaidizi e já era muito poderoso. Esse foi nosso primeiro encontro, mas estava longe de ser o último.

A ilusão pisca, e agora estou num celeiro cheio de palha e sacos de pano. A porta abre, e o mesmo garoto entra correndo. Ele parece um pouco mais velho do que antes, e seus twists estão mais longos.

Outro garoto e uma garota entram correndo atrás dele. O menino é mais alto do que o jovem Tyran, e eu até teria achado que era Alex, não fossem as tranças nagô no cabelo. A menina é praticamente uma réplica de mim.

É lógico que meus pais já foram crianças um dia, mas vê-los assim, mais novos, tão de perto, é surreal. Eles fecham a porta do celeiro e colocam uma placa de madeira sobre a tranca para tentar fortalecê-la. Depois recuam e ficam encarando. As versões jovens de Tyran e do meu pai estão com as palmas das mãos viradas para a porta. A jovem Zoe segura uma estaca.

— Eu fico com o Vampiro e vocês, com os Lobisomens — diz ela.

— Eles são muitos! — rebate o jovem Tyran.

— Ty, a gente vai dar conta deles! — garante meu pai.

A porta treme com violência, e os Lobisomens rosnam do outro lado. Meus pais e Ty recuam um pouco mais.

— Não coloquei essa cena nos livros ainda — diz a voz do Tyran adulto. — Roho mandou um pequeno exército de Lobisomens e mais um Vampiro atrás de mim. É um milagre que tenhamos sobrevivido naquele dia. Que tipo de pessoa faz isso com crianças?

A porta do celeiro se abre. Zoe dá um gritinho. Mesmo sendo uma ilusão, grito também, mas o cenário logo muda, e estou de volta à floresta. Tyran adulto aparece na clareira.

— Imagine o que é ser torturado e atacado ano após ano, Nichole — argumenta ele. — E aí então todo mundo espera que você tenha a capacidade mental e emocional de ir atrás da pessoa que fez tudo isso com você. *É o que você está destinado a fazer*, eles dizem. Você se esforça, treina, se prepara... Mas, no fim das contas, a pessoa que deveria confiar em você não te dá chance de atender às expectativas.

Tento segurar as lágrimas. Ninguém deveria passar por isso.

— E o que isso tem a ver comigo?

— Não entende? Você é o Manowari! Todas essas coisas que Roho fez comigo, você também vai fazer um dia. E ainda mais. Vocês são a mesma coisa.

— Eu não sou como ele!

— Ainda não. Roho nem sempre foi um monstro. Aposto que ele um dia foi um garotinho mordaz e imprudente. A única diferença é que ninguém o impediu a tempo.

Os pedaços de gelo sobem pelas minhas pernas, agora até na cintura, no peito e no pescoço, me apertando com força. A Msaidizi geme de dor, muito fraca para conseguir se soltar.

Tyran levanta as mãos.

— Vai ser rápido. Você não vai sentir nada.

Ele está errado. Isso dói. O gelo dói até menos do que ver alguém que você considerou um herói se transformar nisso.

— Mas você é meu padrinho! Disse que estava lá quando eu nasci. Como tem coragem de me machucar?

— Isso não tem nada a ver com você! E sim com o que está destinada a se tornar. Estou salvando o mundo de você!

— A profecia pode estar errada! Ou o profeta pode ter me confundido com outro bebê. Você pode estar ferindo uma criança inocente. Do que vão chamar você depois que fizer isso?

Ele inclina a cabeça

— Não é como Roho, né? Está tentando manipular minhas emoções. Esse é exatamente o tipo de coisa que ele faria.

Eu me encolho.

— Eu não estava... Não foi isso...

— Estou com raiva de mim mesmo por não ter percebido antes quem você era — diz ele. — Depois do tanto que estudei sobre a Profecia do Manifestor, devia ter me dado conta de que você se encaixava em vários dos doze sinais, incluindo o mais importante. — Ele olha para minhas mãos. — *Vai canalizar um tipo de poder jamais visto.* Naquele dia no jardim, você me tocou e quase tirou meu Dom. Calvin disse que você tocou uma Visionária e conseguiu enxergar suas visões.

— Você disse que podia ser uma coisa da puberdade!

— Eu estava mentindo. Não tem nada de normal naquilo. Você *é* o Manowari. Estou prestes a fazer um favor a todos. — Ele aponta as mãos para mim. — Adeus, Nichole.

Olho para os céus novamente. Ninguém vai vir. Preciso salvar a mim mesma. Mas como? Não sei usar o Dom e não consigo voar. Os pedaços de gelo estão me imobilizando.

Olho para minhas mãos.

Um poder jamais visto.

Não sei o que seria, mas neste momento estou precisando dele.

Fecho os olhos com força tentando controlar o que quer que haja nas minhas mãos.

Você é o único dom de que precisa, ouço meu pai dizer. *Tudo de que precisa está dentro de você.*

Agora eu entendo.

O poder para me salvar está dentro de mim.

Literalmente.

Sinto alguma coisa se aquecendo e se espalhando por dentro de mim. Abro os olhos e vejo que minhas mãos estão brilhando mais forte do que o resto do corpo.

Os pedaços de gelo se quebram todos de uma vez só. A ilusão ao nosso redor pisca e vai da escuridão à luz, da escuridão à luz, como se alguém estivesse apertando um botão.

— O que é... — diz Tyran.

Ele lança um juju na minha direção.

O juju chega a centímetros de distância de mim, depois ricocheteia com a ação de alguma força invisível e atinge uma árvore.

Corro na direção de Tyran e seguro suas mãos.

Uma descarga de energia muito forte atinge nós dois. A aura dele pisca do mesmo jeito que a ilusão. E vai ficando cada vez mais fraca.

Seus joelhos começam a ceder.

— Pare — murmura ele. — Pare!

— Eu não sou como Roho! — digo. — Você que é!

— Nichole!

Dou um pulo, solto Tyran, e ele cai no chão. A ilusão se desfaz, e a luz do dia volta a invadir a floresta.

Vovô Doc voa sobre as árvores. A Msaidizi se levanta, ainda com dificuldade, mas os ferimentos em suas costas começam a desaparecer.

— Os Guardiões estão a caminho, Tyran — anuncia meu avô. — Eles só sabem que você atacou a neta da presidente DuForte, e duvido que vão pegar leve com você diante disso. Nós dois sabemos que você não é assim. Acho que devia ir embora enquanto pode.

Tyran cambaleia para se levantar.

— Não preciso da sua ajuda! Vou enfrentar todos eles, não me importo.

— Seria tolice tentar — diz meu avô. — Não deixe uma decisão ruim estragar a sua vida.

Tyran estreita os olhos para mim, a respiração ofegante.

— Não sei o que fez, mas você só venceu por hoje — resmunga ele. — Eu *vou* cumprir minha profecia.

Ele sai tropeçando na direção da floresta. Os pés saem do chão, e ele vai embora voando. Alguns segundos depois, Guardiões com roupas brancas e douradas vão atrás dele pelos céus.

Encaro minhas mãos. Que tipo de poder é esse que eu tenho?

Olho para cima, e vovô Doc está pairando sobre a clareira. A versão dele nos livros de Stevie certamente teria algo sábio e reconfortante para dizer num momento como este. Aquele tipo de ditado ou conselho do qual eu me lembraria para o resto da vida.

Mas tudo que ele diz é:

— Legal esse dragão.

VINTE E TRÊS
O DESTINO DE UM PAI

De volta à sala do Conselho da LAN, minha mãe me abraça tão forte que quase fico sem ar.

— Você está bem? — pergunta ela. — Não está machucada, está?

— Estou bem — respondo, mas ela me abraça ainda mais forte e me dá vários beijos.

Ela para o suficiente para que meu pai possa me abraçar também.

— Está tudo bem, Nic Nac? — indaga ele.

— Sim, tudo bem.

Ele beija meu cabelo, depois se vira para o pai dele. Vovô Doc ficou por perto e acompanhou a mim e à Msaidizi na volta para a sede. Quando o dragão se encolheu para o tamanho de lagarto e o coloquei no bolso, ele murmurou "humm". Foi basicamente tudo que me disse até agora.

— Obrigado — diz meu pai a ele.

— Não há de quê.

No meio da sala do Conselho, minha mochila se mexe. Sou uma péssima tutora de cachorro — me esqueci totalmente da Cacau. Corro até a mochila pronta para o pior, mas ela põe a cabeça para fora e boceja. Minha cadela dormiu no meio de toda essa confusão? Sério mesmo?

Faço carinho atrás das orelhas dela.

— Sua bobona.

Alex e JP correm na minha direção. Alex estende os braços como se fosse me abraçar, mas então os abaixa, meio sem jeito.

— Que bom que está bem, Nic.

— Nossa senhora, não tem nada de errado em demonstrar afeto — afirma JP, e me dá um abraço bem apertado. — Um abraço nunca machucou ninguém.

— Diga isso aos meus órgãos — observo. Ele me solta e, ufa, consigo respirar de novo. — Vocês estão bem?

— Sim. Estávamos preocupados com você. Achamos que Tyran tinha machucado... — A voz de Alex falha. — A profecia não importava mais depois disso.

— E importa agora?

— Não — responde Alex. — Você ainda é minha irmã.

— E minha melhor amiga.

Jogo os braços ao redor dos dois. Hoje recebi a pior notícia da minha vida, mas também acabei percebendo a melhor coisa de todas: tenho mais do que apenas um irmão e um melhor amigo. Com Alex e JP, tenho uma família.

Evergreen pigarreia bem alto. Ele e os outros anciãos estão de volta às arquibancadas, junto com meus avós. A general Sharpe também está no recinto.

— Temos assuntos importantes para discutir — anuncia. — A começar por Tyran Porter. Ele foi capturado?

— Não, senhor — responde a general Sharpe. — Meus agentes disseram que ele escapou da cidade. Achamos que tomou um tônico de invisibilidade.

— Minha nossa. Mas o que foi que aconteceu? — indaga Evergreen. — Por que ele foi atrás da menina?

Sinto um frio na barriga. Meu pai tinha medo do que a LAN faria se soubesse que eu sou o Manowari. Os anciãos e a general Sharpe não podem saber. Com certeza não acabaria bem.

— Foi por minha causa — responde vovô Doc.

Viro a cabeça num susto. Quê?

— Como assim, doutor Blake? — questiona Evergreen.

— Não é segredo para ninguém que Tyran guarda ressentimento de mim. Acho que ficou irritado quando soube que a Nic encontrou a Msaidizi e ele não. Pelo que sei, Tyran queria procurar por ela, não é?

— Queria — responde a general Sharpe. — Tyran implorou que eu o deixasse ir atrás dela.

— Bom, então é isso — conclui meu avô. — Tenho certeza de que é difícil para ele saber que outra pessoa da família Blake "roubou seu destino". Tyran cometeu um deslize.

Por mais estranho que pareça, a história faz tanto sentido que até eu acreditaria.

Ancião Evergreen balança a cabeça com pesar.

— Que os Céus tenham misericórdia desse rapaz. General Sharpe, por favor, garanta que ele seja encontrado. Atacar uma criança é um crime muito grave e não deve ser minimizado.

— Espere aí — diz a general Sharpe. — Por que a Msaidizi ajudou a *ela*?

Engulo em seco. Estava bom demais para ser verdade.

— Ela estava cumprindo um contrato sagrado — explica vovô Doc. — Retribuir ajuda com ajuda. Nichole ajudou a Msaidizi libertando-a de sua prisão. Ela pagou a dívida ao salvá-la do Tyran. Simples assim.

— Faz sentido — opina Evergreen. — Althea, pode, por favor, levar a Msaidizi para um lugar seguro?

— Sim, senhor — responde a general Sharpe.

Ela se aproxima de mim, e coloco o lagarto em suas mãos com cuidado, mas então ela me encara.

— Não sei exatamente o que está acontecendo aqui — murmura. — Mas vou descobrir.

Meus joelhos tremem, porém consigo me manter em pé do jeito que dá. A general Sharpe jamais pode descobrir quem estou destinada a ser.

Ela sai com a Msaidizi, e o lagarto olha ao redor e sorri para mim. Tento sorrir de volta. Sei que ainda vou vê-la de novo — embora não queira nem pensar quando e como —, mas esperava poder ficar com ela como animal de estimação. A gente se divertiu... Tudo bem, a gente passou por umas coisas traumáticas também. Mas ainda assim vou sentir falta dela.

— Agora, com relação a Calvin Blake — diz o Ancião Evergreen. — Sequestro é um crime sério. O Conselho levou diversos aspectos em consideração para tomar a decisão sobre seu destino. Antes de anunciarmos, você tem algo a dizer em sua defesa?

— Achei que estivesse fazendo o melhor para minha filha — diz ele. — Zoe e eu recebemos uma profecia dizendo que Nichole estava em perigo. Mantenho minha decisão de a ter levado embora, mas a forma como fiz foi inaceitável.

Zoe abraça o próprio corpo.

— É. Foi mesmo.

— Eu sei e devia ter conversado com você antes de tomar decisões impulsivas — admite meu pai. — Devia ter confiado em você e não podia ter roubado dez anos de convivência com a sua filha. Meu coração estava certo, mas foi uma escolha cruel — acrescenta ele. — Alex, meu garotinho, sinto muito por não ter estado presente. Vou me arrepender disso pelo resto da vida. Você merecia muito mais do que lhe dei. Se não quiser mais olhar na minha cara, vou entender, mas adoraria conhecer você melhor e conquistar o direito de ser seu pai.

Alex morde o lábio e olha para o outro lado.

Meu pai olha para mim.

— Sinto muito, Nic Nac. Não importam as minhas razões, eu afastei você de uma mãe e um irmão incríveis. Você também merecia muito mais do que o que lhe dei.

Começo a chorar. Essa é a questão. Ele me deu algo incrível: proteção. Ele também ficou sem um lar e uma família, tudo porque queria me manter em segurança.

Como posso ficar com raiva disso?

Dou um abraço nele.

— Eu também amo você.

Ele faz carinho nas minhas costas e beija minha cabeça.

— Conselho, qual é o veredito? — pergunta minha avó.

— Calvin Blake — anuncia Evergreen num tom formal. — O Conselho de Anciãos condena você a cinco anos de prisão domiciliar. Ficará confinado na casa de seu pai, o doutor Blake. Também precisa cumprir cinco anos de trabalho voluntário. Se precisar deixar a propriedade para alguma emergência, deverá obter permissão dos Guardiões.

— Só isso? — pergunta meu pai.

— *Só?* Podemos mandar você para outro universo, se quiser! — debocha Evergreen. — No entanto, a senhorita Zoe DuForte pediu que o Conselho fosse brando na condenação.

— Ela pediu?

— Pedi — responde Zoe. — Mandar você para outro universo era muito, muito, muito tentador, mas independentemente do que tenha feito... — Ela olha para Alex e eu. — Nossos filhos merecem ter os *dois* pais por perto.

Fico muito emocionada. Eu a abraço pela cintura e enfio o rosto em sua saia.

— Obrigada.

— Tudo por você, bolachinha.

Vovó seca o rosto com um lenço.

— Acho que isso é tudo por...

— Demônios, não, ainda não! — protesta Evergreen. — Precisamos discutir sobre esse garoto Mediano.

JP aponta para si mesmo.

— Eu?

Evergreen continua falando:

— Ele viu muita coisa. Precisamos apagar os últimos dias de sua memória antes de levá-lo de volta para o mundo Mediano.

— Não, por favor! — implora JP.

— Ele é Clarividente — digo. — Já viu muitas coisas esquisitas durante a vida. Diga a eles, JP.

— Pois é! Quando tinha 3 anos vi uma fada, depois, aos 4...

— Não estou dizendo para contar toda a sua história de vida, cara.

— O problema não é o que ele viu, mas o que ele sabe — argumenta Evergreen.

— Segura as pontas aí, Aloysius. Vamos falar sobre isso um minutinho — declara vovô Doc. — Harriet Tubman era Clarividente, e temos uma escola com o nome dela. O velho Toby era Clarividente. Sempre consideramos que eles e seu dom eram especiais. Esse garoto pode ser útil.

— É um bom argumento — defende minha avó. — Clarividentes têm habilidades que ainda estamos descobrindo. Esse jovem pode nos fornecer informações valiosas.

— Sim! Eu sou muito valioso — diz JP. — Pode me chamar de valioso mais jogador.

— Quer dizer jogador mais valioso? — pergunto.

— Dá no mesmo.

Reviro os olhos. Esse garoto!

A boca da vovó se mexe num risinho, mas ela consegue evitar a gargalhada.

— Eu concordo que talvez seja um risco para a segurança — aponta ela. — No entanto, proponho que ele assine um acordo de confidencialidade.

— Desde que seja selado com um juju — opina Evergreen.

JP engole em seco.

— Selado como?

— Se você quebrar o acordo e contar a alguém sobre Uhuru ou o mundo Notável, pode acabar coberto de verrugas ou algo do tipo pelo resto da vida — explica minha avó.

— Esse é um juju leve — debocha Evergreen. — Podemos fazer bem pior, garoto.

JP balança a cabeça depressa.

— Não, não preciso do pior! Verrugas já são assustadoras o suficiente. Vou ficar de boca fechada.

— Não estou convencido — diz Evergreen.

— Então vamos votar — sugere vovó. — Todos a favor de apagar a memória do jovem Clarividente, levantem as mãos.

Evergreen e menos da metade dos anciãos levantam as mãos. A general Sharpe ergue a dela. Caaaara, *menos da metade*. Isso significa...

— Todos a favor de permitir que o Clarividente mantenha a memória, sob a supervisão atenta da LAN, levantem as mãos.

A maioria dos anciãos levanta as mãos. Alex e eu também.

— Então está decidido — diz vovó com um sorriso.

— Esse monte de regras sendo quebradas... — resmunga Evergreen. — Está bem! Mas, garoto, se você contar a alguém...

— Não vou! Ninguém ia acreditar em mim mesmo. Carros e pessoas voando? Meus pais iam dobrar minhas sessões de terapia.

Verdade.

Minha avó dá uma risada.

— É um argumento válido. Vamos elaborar o contrato e depois avisá-lo das medidas de segurança antes de irem embora. Anciãos, vamos fornecer atualizações constantes sobre a situação de Tyran Porter. Vou garantir pessoalmente que os Guardiões procurem por ele dia e noite.

— E se não o encontrarem? — pergunto.

Minha avó abre um sorriso que tenta esconder sua preocupação.

— Vamos torcer para encontrarem. Reunião encerrada.

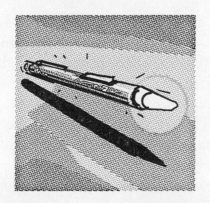

VINTE E QUATRO
NÃO É UMA DESPEDIDA

Já é noite quando chegamos a Jackson.

Minha mãe pousa o carro a alguma distância da casa de JP, e cai no mais novo buraco do asfalto. Eu me pergunto se era a Msaidizi que os criava para tentar me alcançar. Agora estou me sentindo mal pelo que fiz aos motoristas de Jackson.

Seguimos com o carro pelo asfalto e estacionamos na entrada da casa dos Williams. Há luz na janela da frente, e vemos as sombras dos pais de JP se movendo atrás das cortinas.

— Ah, cara. Por que eles não estão na igreja? — reclama JP. — Eles estão sempre na igreja. Eu não consigo mentir pra eles. Tipo, literalmente não consigo! Minha mãe uma vez rezou e pediu pra que eu não fosse capaz de mentir. Toda vez que tento, minha garganta fecha e tenho uma reação alérgica. Deus opera de maneiras misteriosas.

— Não podemos contar a verdade a eles, JP — digo.

— Nic, eu preciso. Esconder a verdade é a mesma coisa que mentir.

—Você pode contar a verdade a eles, querido — diz minha mãe.

Ela abre o porta-luvas. Há duas prateleiras com pequenos vidros cheios de líquidos coloridos. Zoe pega um vidrinho cor de lavanda com um brilho prateado.

Alex se ajeita no banco de trás.

— Ai, meu Du Bois, é um tônico de memória!

— Vai apagar as memórias deles? — pergunta JP, e não sei dizer se está assustado ou animado.

—Você vai contar a verdade e depois eu vou *alterar* as memórias deles. Seus pais são do tipo que gosta de café ou chá?

— Meu pai não pode mais beber café. Cafeína aumenta a pressão dele, e a congregação já faz isso o suficiente. O tanto de drama que esse pessoal leva pro escritório dele... — JP balança a cabeça. — Minha mãe bebe chá verde de manhã e chá de camomila à noite. Ela também gosta de chá doce de vez em quando. Meu pai não gosta. É o único sulista que odeia. Acredita nisso?

— Vai ser água então — diz Zoe.

Saímos do carro. Ao lado da casa dos Williams, minha antiga casa está às escuras. Uma transportadora de Uhuru vai pegar nossas coisas mais tarde e... sei lá. Devia estar acostumada a me mudar depois de uma vida inteira como "fugitiva", mas é sempre difícil dizer adeus a um lar. A única coisa mais difícil é se acostumar com um novo.

Olho ao redor e tento memorizar todos os detalhes da casa. O pinheiro bem alto que eu via a um quarteirão de distância e me indicava o caminho de casa, o canteiro de flores que meu pai matava todo ano, a Visionária sentada na varanda...

A Visionária sentada na varanda?

— Senhorita Lena? — chamo.

Ela tira os olhos de um livro e se vira para mim.

— Já estava na hora de aparecerem!

294

Vamos até meu antigo jardim. O Brilho cor de bronze da srta. Lena ilumina a varanda. Ela tira do rosto o par de óculos cravejado de joias e deixa de lado o livro O *guia infalível para se tornar uma estrela do rap*.

— O que está fazendo aqui? — pergunto.

— Eu trouxe o cara peludo, como você pediu.

Ela aponta com o polegar para uma das janelas. Júnior acena, animado, de dentro da casa, e levanta um dos cascos para vermos que está usando os tênis do meu pai. Ah, cara. Meu pai vai ficar furioso quando descobrir que Júnior pegou sua coleção de tênis. Além disso, quem imaginaria que os Nike Jordan caberiam naqueles cascos?

— Imaginei que trariam o Clarividente de volta — diz a srta. Lena. — Queria ter tido uma visão para saber quando viriam. Estou sentada aqui há tanto tempo que minha bunda já ficou dormente.

— *Já entendemos* — diz minha mãe devagar.

A srta. Lena dá uma risadinha, e seus dentes dourados brilham no escuro.

— Você deve ser Zoe. Garota, essa menininha roubou seu rosto. É a cara de Calvin aprontar com uma mulher bonita.

— Obrigada? — responde Zoe, mais como uma pergunta. — Desculpe, não sei seu nome.

— Eu ainda não me apresentei. Sou Lena, a dona do bar que fica na Farish. É um ponto de encontro para os exilados. — Ela olha para JP e Alex. — Fico feliz que tenham sobrevivido. Eu sabia que Nic iria, mas não tinha certeza sobre vocês dois. Principalmente o ansioso.

Ela faz um gesto na direção de Alex.

— Eu também não tinha certeza — admite Alex.

— Você teve uma visão de que eu sobreviveria? — pergunto. — Por que não me contou?

— Calma, garota. Eu não tive visão nenhuma. Sabia que ia sobreviver porque sei do que é capaz. Você é uma força, Nic Blake. Principalmente quando está com fome. Aí é para tomar cuidado.

— Verdade! — concorda JP. — Devia ver como ela fica quando tem fila no Five Guys.

— O nome da lanchonete significa *Cinco* Caras — digo. — Devia haver cinco caras preparando os hambúrgueres pra adiantar a fila.

Alex franze a testa.

— Por que se chama assim se não tem cinco caras?

— Pelo mesmo motivo que não se pode comer os produtos da Apple, mesmo que signifique maçã — diz a srta. Lena. — Os Medianos não fazem muito sentido. Mas não vim aqui falar disso. Bertha me contou que levou vocês até a colônia de Roho.

— Seu trem fala? — pergunta JP. — Por que ela não falou com a gente?

— Você tentou?

Levanto a sobrancelha.

— Não sabíamos que era possível? — arrisco.

— Agora já sabem. Ela disse que vocês não foram os piores hóspedes que já teve, mas podiam ter deixado as coisas mais limpas. Ela relevou porque estavam lidando com muita coisa. Mas, da próxima vez, ajam com mais educação.

Um trem deu uma bronca na gente. Uau!

— Deixa eu ver se entendi — diz Zoe. — Bertha é um trem, e você deixou que três crianças viajassem nela sem supervisão?

A srta. Lena põe a mão na cintura.

— Isso mesmo, e daí? Eles voltaram sãos e salvos, não foi?

Minha mãe fica sem saber o que responder.

— Hummmm. Foi o que pensei. Vocês encontraram a Msaidizi? — indaga a srta. Lena.

— Sim, senhora — digo.

— Que bom. Vai precisar dela.

Ela segura minhas mãos. De repente, várias imagens passam como flashes na minha cabeça. Uma cidade submersa. Um prédio em ruínas. Vovô Doc deitado, inconsciente.

Me assusto e solto as mãos da srta. Lena.

— Meu trabalho aqui está feito — anuncia ela, em voz alta.

Ela se ajeita com o livro nas mãos e sai andando pela calçada.

*

A conversa com os pais do JP é assim: os Williams ficam chocados ao ver JP e perguntam como ele chegou em casa. Zoe diz que o trouxe, depois se apresenta. Os Williams dizem, educados, que é um prazer conhecê-la e que eu "roubei o rosto dela", como a srta. Lena tinha dito. Esses sulistas! Eles não entendem por que ela estava com o filho deles. JP conta que viajou para outro estado comigo e Alex para encontrar uma arma poderosa.

Um silêncio constrangedor se instaura. Os Williams acham que é alguma pegadinha do "TokTok". Alex pergunta o que é TokTok. JP diz aos pais que não e descreve nosso encontro com a filha do Diabo, os Grão-Bruxos e conta como encontramos um dragão no subterrâneo de Jackson. O pastor e a sra. Williams ficam ali parados, em silêncio. Alex traz água para eles e, quando não estão olhando, minha mãe joga o tônico de memória nos copos. Eles se sentam, bebem alguns goles e apagam de imediato. Minha mãe então sussurra em seus ouvidos que eles foram buscar JP no acampamento. Quando acordarem daqui a alguns minutos, é disso que vão se lembrar.

Enquanto ela enche a cabeça deles de mentiras — quer dizer, de novas lembranças —, Alex, JP e eu vamos para o lado de fora e nos sentamos nos degraus da varanda. Grilos cricrilam bem alto e, a distância, ouvimos sirenes e buzinas. Meu pai dizia que Jackson pode ser tão silenciosa quanto o interior e tão barulhenta quanto uma cidade grande, depende do dia.

— Sua avó disse que posso visitar vocês — diz JP. — Ela tem que organizar com os Guardiões, mas não seria legal?

— Aham.

Tento parecer animada, mas não consigo.

De repente me dou conta de que JP e eu não vamos mais ser vizinhos.

Acho que ele está se dando conta disso também.

— Não gosto de despedidas — confessa.

Meus olhos ardem.

— Cara, como assim? Isso não é uma despedida, é um "até logo".

— Exatamente — confirma Alex. — Vovó vai manter a palavra dela. Você vai visitar a gente, e Nic e eu vamos dar um jeito de vir aqui também.

— E vou mandar mensagens pra você todo dia pelo tablet — acrescento. — Não vai se livrar de mim tão fácil.

Ele abaixa a cabeça.

— Ainda assim não vai ser a mesma coisa.

Nunca tive um amigo como JP, então esse negócio de "até logo" é novidade para mim. E não gostei nadinha, para falar a verdade.

— Ei, aqui — diz Alex. Esfrego os olhos e ele entrega o fone de ouvido que ativa os Óculos-D. Ele tinha um a mais no carro de Zoe. — Eles são automáticos e vão se ajustar às suas necessidades. Pode usar pra mandar mensagens holográficas pra gente.

JP fica impressionado.

— Está me dando seus Óculos-D?

— Sim, tenho mais dez desses.

— Uau, obrigado — diz JP. — Espera aí, tenho algo pra você também.

Ele corre para dentro de casa e volta com uma Bola 8 Mágica.

— Ela não usa mágica nem Dom, mas é o mais perto que nós Medianos temos. Se fizer uma pergunta e sacudi-la, ela dá uma resposta.

— Humm. — Alex examina a bola. — Vou tirar só dez na escola este ano? — Ele sacode a bola e se assusta. — Não? Como assim? Isso não pode estar certo.

Ele a sacode de novo com força.

— Não é confiá...

Quer saber? Deixa para lá. Vou deixá-lo acreditar se quiser.

Minha mãe e os pais de JP riem e saem pela porta. Nem dá para perceber que eles foram apagados por um tônico há alguns minutos.

— É muito bom finalmente conhecê-la, senhorita DuForte — diz a sra. Williams. — Uma pena que a visita seja tão breve. Estamos muito cansados da viagem até o acampamento.

Alex, JP e eu nos entreolhamos. Deu certo.

— Entendo totalmente — diz Zoe. — Também temos uma longa viagem pela frente. Devo cair na cama assim que entrar em casa.

O pastor Williams inclina a cabeça levemente.

— De onde você é mesmo?

— De uma cidade pequena — responde Zoe. — Vocês nunca ouviram falar. Digam boa noite, Alex e Nic.

JP e Alex se cumprimentam com as mãos espalmadas. Não vou nem dizer que precisaram de três tentativas para conseguir. Os dois são completamente descoordenados.

JP vem até mim.

— Vou apagar a página do Stevie na Wikipédia e jogar meus livros fora.

Engulo em seco e concordo com a cabeça. É como se Stevie James tivesse morrido hoje. Nunca mais vou poder ler esses livros.

— Boa ideia.

— Vamos nos falar todo dia, e você vai me contar sobre as coisas legais que fizer? — pergunta JP.

— Só se prometer me contar tudo que você vir e o que vai aprontar por aqui com o Júnior.

— Combinado!

Ele estende a mão para mim.

Olho para a mão e depois para ele, aquele garotinho de gravata-borboleta e editor de Wikipédia da casa ao lado. A Msaidizi me atraiu para Jackson, mas eu acabei ganhando algo muito melhor: um amigo.

Dou um abraço nele.

— Obrigada por ser o melhor amigo que já tive.

— Iguais se reconhecem.

Levanto a mão com o punho fechado para cumprimentá-lo. Ele acerta de primeira.

Minha mãe me leva até o carro. Os pais de JP coçam a cabeça ao olhar para o veículo. Ouço o pastor Williams dizer que deve ser um daqueles carros elétricos — um "Tessa", como ele diz. (O correto é "Tesla".)

Saímos com o carro e nos afastamos da casa dos Williams. Olho para JP e seus pais, que acenam da varanda. Acho que JP aponta para os Óculos-D, como um lembrete de que vai manter contato, mas é difícil dizer com certeza por causa das lágrimas em meus olhos.

Observo o borrão em que JP se transformou até estarmos tão longe que não enxergo mais.

*

Cacau mordisca minha orelha para me acordar de manhã. Algumas coisas não mudam. O lugar onde ela está me acordando, bom, esse é bem diferente.

Bocejo e me espreguiço na cama. Ela é redonda e duas vezes maior do que a antiga. Neste momento é macia como uma pluma, mas basta um simples comando e ela fica dura como uma pedra, delicada como uma nuvem ou turbulenta como as ondas do oceano numa tempestade. Não sei por que eu ia querer essa opção, mas é legal que esteja disponível.

Faço carinho em Cacau. Ela desce da cama e começa a latir para uma estrela cadente que passa por nós. Há mais estrelas e planetas brilhando nas paredes e no teto. Resolvi dormir no espaço sideral esta noite. Do mesmo jeito que a cama, a aparência do quarto também pode mudar para o que eu quiser.

— Bom dia, Nichole — diz uma voz. — Dormiu bem?

Levanto e esfrego os olhos. Essa é a Vic-E, a assistente virtual que administra o apartamento da minha mãe. Zoe disse que posso pedir quase qualquer coisa a ela.

Eu não tinha me dado conta de que café da manhã era uma opção.

— Pode me trazer um bolo de caramelo?

— Sinto muito, mas a seleção de refeições precisa da aprovação da sua mãe.

Acho que não era bem "qualquer coisa".

— Waffles e bacon, então. Com um copo de leite.

— Que tipo de leite? Integral? De amêndoa, aveia ou lavanda?

— Hã... aquele tipo que se tira da vaca.

— Presumo que seja uma ótima escolha. Nunca tomei leite ou nenhum outro líquido. Não seria bom para o meu sistema. Sua refeição estará na cozinha daqui a cinco minutos. Gostaria de ver como está lá fora? O clima no distrito tecnológico está maravilhoso hoje.

Dou de ombros.

— Por que não?

As estrelas e planetas desaparecem, e vejo uma janela exibindo a linha do horizonte sob um céu ensolarado. Há prédios altos e envidraçados por todo o distrito. A distância, carros voam pela estrada aérea no meio dos túneis de luz colorida.

Vou até a janela e olho para fora. Não consigo ver a rua daqui deste arranha-céu, apenas os tetos dos prédios mais baixos. Do outro lado da rua, uma família se diverte numa piscina no telhado. Outro prédio tem uma estufa no telhado, e um casal de velhinhos cuida das flores e plantas. Um outdoor holográfico flutua por ali, com uma imagem que mostra Alex e eu sorrindo e a frase "Alex e Nichole Blake voltam para casa com a Msaidizi". Depois, ela se dissolve e se transforma na foto de Tyran com a manchete "Tyran Porter escapa".

— Uma bela vista, né?

Minha mãe está apoiada no batente da porta com um vestido de verão e um sorriso. O rabo de cavalo grosso cai por cima do ombro, e há presilhas douradas brilhando em toda a extensão dele.

— Sim, é legal.

— Espere só até ver o distrito florestal numa manhã de verão. Tenho visto a vida inteira e não canso nunca.

Aperto os olhos e vejo pontinhos azul-arroxeados logo depois dos prédios.

— É aquilo lá?

Ela vem até a janela.

— Isso. Esses são os campos de índigo. Conhece a história de como nossos ancestrais conseguiram fazer infusões com o Dom em garrafas de vidro azul usando folhas de índigo?

— Sim, meu pai me contou... — Paro de falar.

Não deve ser uma boa ideia falar do meu pai aqui.

— Tudo bem falar sobre ele. Também pode ir visitá-lo sempre que quiser.

— Sério?

— Com certeza. Ele é seu pai, nada muda isso. Mas acho que hoje você não vai ter muito tempo de visitá-lo. Sua avó declarou que é uma data comemorativa, e os eventos começam com um brunch de boas-vindas no palácio presidencial. Representantes do mundo inteiro estarão lá.

Outro outdoor holográfico com meu rosto passa pela janela, e mordo o lábio. Eles não fariam nada disso se soubessem que sou o Manowari.

— São muitas homenagens — murmuro.

Zoe apoia o queixo em meu ombro.

— Você vale tudo isso e muito mais. Não deixe ninguém fazer você pensar diferente.

Ela beija minha bochecha.

— Obrigada, mãe.

Ela tem um pequeno sobressalto.

Olho de volta para ela.

— Você está bem?

Ela abre um pequeno sorriso.

— Estou. Por que não se arruma e desce para o café? Que tal?

Assinto, e ela me dá um beijo na testa. Ao fechar a porta, eu a vejo secar os olhos, e é então que me dou conta de que a chamei de mãe.

*

Meu brunch de boas-vindas mais parece um encontro com fãs.

Vamos de limusine voadora, eu, minha mãe e Alex, até uma mansão feita de pedra numa colina bem verde. Tem mais varandas e colunas do que consigo contar, além de janelas que vão do chão ao teto. O tipo de lugar onde eu normalmente me sentiria uma alienígena. Mas Vic-D me ajudou a escolher um vestido florido tão bonito que me sinto adequada a qualquer ambiente. Até que, para uma assistente virtual, ela tem bom gosto, embora não seja muito fã de tênis de cano alto. Ela vai se acostumar.

Vovó Natalie me apresenta a um representante chato depois do outro. Um homem robusto com um cabelo afro bem cheio e sotaque caribenho me dá um aperto de mão firme. Ele diz que é o prefeito da cidade submersa de Nova Atlântida e que serei bem-vinda quando quiser visitá-los. Ele se oferece para fechar o parque aquático por um dia inteiro apenas para Alex, JP e eu, como recompensa por termos encontrado a Msaidizi. Um grupo de representantes de N'okpuru, uma cidade subterrânea, me dá os parabéns pelo "heroísmo".

— É muito triste o que aconteceu com Tyran Porter — diz uma mulher careca de pele escura. — Revoltar-se porque você encontrou a Msaidizi? Que vergonha. Espero que os Guardiões o prendam logo.

Concordo com a cabeça e enfio um pedaço de waffle com frango na boca.

Depois de uma hora de cumprimentos, uma banda formada por Manifestores, Lobisomens e um Vampiro mais velhos sobe no palco. O Vampiro é o vocalista. A banda toca uma espécie de funk e soul de antigamente, e os adultos adoram. Ninguém percebe quando saio para o corredor.

Eu me sento num banco e pego o telefone Mediano que minha mãe me deu. Ela disse que eu poderia usá-lo para falar com JP, já que ele pode demorar um pouco a se acostumar com os Óculos-D. Além do mais, ter que explicar aos pais dele por que há um holograma meu no quarto é uma bomba-relógio que pode explodir a qualquer momento.

Mando uma mensagem para ele:

> Conheci o prefeito de Nova Atlântida.
> Ele se ofereceu pra fechar o parque só
> pra gente!

Três pontinhos aparecem na minha tela, e logo depois:

QUÊ?!?!

Em seguida, mando uma mensagem para o meu pai. Que bom que ele ainda tem o telefone antigo. Os Guardiões não o liberaram para usar nada com donologia. Queria que estivesse aqui, mas estou mandando notícias para ele o dia inteiro. Mando mais uma:

A vovó contratou uma banda antiga
Estão tocando uma música sobre kung
fu ou algo assim

Ele responde bem rápido.

LOL!
É a Smoky Mack and the Cool Cats
A banda favorita da sua avó
Ela tirou essa do fundo do baú

"Fundo demais", respondo.

Vejo a cabeça de Alex na entrada no salão de jantar. Ele olha para os dois lados antes de me ver.

— Precisava dar um perdido também?

— Pra ontem! Então ser neta da presidente é assim?

Ele se senta ao meu lado no banco.

— Em eventos oficiais? Sim. Mas a maioria dos dias é normal. Um Guardião me escolta até a escola e afasta os paparazzi. Depois disso, vou pra qualquer que seja a atividade extracurricular do dia. Se alguma delas for na rua e a mamãe estiver lá, talvez um pequeno grupo se reúna pra olhar. Nosso Guardião cuida pra que ninguém peça autógrafos ou fotos com ela.

— Nada disso que você descreveu é normal.

Alex dá de ombros.

— Normal é subjetivo. Mas vou estar aqui pra ajudar você a lidar com tudo isso. É pra isso que servem os irmãos gêmeos, né?

— É.

Levanto a mão com o punho fechado na direção dele. Ele bate, e nós sorrimos. Vai ser legal ter alguém que me compreenda.

As portas do salão de jantar se abrem novamente, e minha mãe coloca a cabeça para fora:

— Aí estão vocês. Está na hora, gente.

— Hora de quê? — pergunto.

Alex abre um sorrisinho.

— Da parte divertida — responde.

Ele me puxa pelo corredor até duas portas de vidro lá no final que se abrem numa sacada. Há dois Guardiões, um de cada lado. Vovó Natalie sai do salão de jantar e se junta a nós.

— Demorou muito tempo, querida — diz ela. — Você merece as boas-vindas apropriadas.

Ela acena para os Guardiões. Eles abrem as portas da sacada, e ouço os gritos da multidão antes mesmo de vê-la. Minha mãe, minha avó e meu irmão entram na sacada.

Hesito. Sou a pessoa que eles temem há anos. Será que, sabendo disso, vou conseguir encará-los?

Mas também sou uma garota que nunca morou no mesmo lugar por muito tempo. Que nunca teve uma família. Agora, parece que há uma família muito maior do que eu poderia imaginar esperando para me saudar naquela sacada. Por isso, vale a pena esquecer de quem eu estou destinada a ser. Pelo menos por um tempinho. Respiro fundo e dou um passo à frente...

De repente, letras vermelhas e brilhantes aparecem diante de mim. Fico tão assustada que caio de bunda no chão.

ACHOU QUE IA ENCONTRAR O QUE ESCONDI
E IA FICAR POR ISSO MESMO?

Tento recuperar o fôlego e mais mensagens da Caneta-D se revelam:

APROVEITE AS COMEMORAÇÕES
ELAS NÃO VÃO DURAR MUITO

As mensagens desaparecem e a pessoa termina com uma assinatura: *Aprendiz*.

Eu me deito no chão, o coração batendo acelerado enquanto observo as últimas letras sumirem.

Júnior me avisou que encontrar a Msaidizi seria perigoso.

Não imaginei que pudesse ser tão perigoso assim.

Tyran Porter talvez seja o menor dos meus problemas.

— Nichole? — Minha mãe volta para dentro do salão. Ela e um Guardião me levantam. — Querida, o que houve?

— Eu... — Tento encontrar as palavras, mas penso em tudo que ela já passou, toda a preocupação que causei... Isso a deixaria apavorada.

Não posso contar a ela. Pelo menos não agora. Preciso dar um jeito de lidar com isso.

Vou dar um jeito de lidar com isso.

— Estou bem — digo, e me forço a sorrir. — Só um pouco nervosa.

Ela afasta meu cabelo da testa.

— Você não tem nada a temer.

Quem me dera.

Seguro a mão dela, que me leva até a sacada para receber as saudações efusivas.

AGRADECIMENTOS

O verdadeiro presente deste livro está naqueles que o tornaram possível.

Primeiramente e acima de tudo, Deus. Sou grata pela existência do seu filho, Jesus, e por me escolher para contar esta história. Mal posso esperar para ver até onde Ele nos levará.

Minha mãe, Julia, a senhorita Lena da minha vida. Obrigada por enxergar a fantasia antes de mim.

Donna, minha editora e Clarividente pessoal que sempre encontra as coisas boas. Você é um verdadeiro presente notável.

Minha agente, Molly Ker Hawn. Obrigada por ser a magia em pessoa. Espero que JP seja, pelo menos em parte, tão maravilhoso quanto você. Agradeço também a Martha Perotto-Wills, Victoria Cappello e Aminah Amjad.

Minha agente cinematográfica, Mary Pender-Coplan. Você é melhor do que a magia jamais poderia ser. Obrigada por ser minha guardiã.

Meus designers de capa e ilustradores, Jenna Stempel-Lobbel, Alison Donalty e Setor Fiadzigbey, obrigada por criarem algo melhor do que eu poderia imaginar.

Para os notáveis na Balzar + Bray/HarperCollins: Paige Pagan, Jennifer Corcoran, Mark Rifkin, Shona McCarthy, Ronnie Ambrose, Dan Janeck, Robby Imfeld, Emily Mannon, Delaney Heisterkamp, Patty Rosati e Mimi Rankin. Donologia é desnecessária quando tenho vocês.

Marina e Cody, minha assistente e social media. Eu literalmente não teria terminado esse livro sem o trabalho de vocês. Obrigada!

Jackson, no Mississippi. Apesar de tudo, você ainda é um lugar notável. Espero que este livro mostre isto ao mundo. Obrigada por fazer de mim o que eu sou.

E Kobe , a verdadeira Cacau. Você nem vai saber que escrevi isso, mas obrigada por me lembrar que a vida, por si só, já é um presente.

Este livro foi composto na tipografia Berling LT Std,
em corpo 11,5/15, e impresso em
papel off-white no Sistema Cameron da
Divisão Gráfica da Distribuidora Record.